DER
# FAMILIEN
## URLAUB

# WEITERE TITEL VON SHALINI BOLAND

# SHALINI BOLAND

# DER
# FAMILIEN
# URLAUB

Übersetzt von Larissa Jolitz

*bookouture*

Die Originalausgabe erschien 2022 unter dem Titel
„The Family Holiday“
bei Storyfire Ltd. trading as Bookouture.

Deutsche Erstausgabe herausgegeben von Bookouture, 2023
1. Auflage Juli 2023

Ein Imprint von Storyfire Ltd.
Carmelite House
50 Victoria Embankment
London EC4Y 0DZ

deutschland.bookouture.com

ISBN: 978-1-83790-836-3
eBook ISBN: 978-1-83790-835-6

*Für meine wunderschöne Familie*

# PROLOG

Über das Geländer sehe ich die Bewegung verschwimmen. Es geschieht schnell und langsam zugleich. Mir bleibt keine Zeit, um darüber nachzudenken, was passiert, doch genug, um einen Schauer der nächtlichen Luft auf der Haut zu spüren. Genug Zeit, um während des Falls den Ausdruck des Schocks in seinen Augen zu registrieren, dann den der Angst, den des Grauens, und dann nichts mehr.

Schließlich bleibt der Körper regungslos am Boden liegen. Er verstummt. Ein roter Fleck sickert zu einer Pfütze zusammen.

Die Stille schreit mir in den Ohren.

Habe ich das wirklich getan?

Hatte ich eine Wahl?

# EINS

## BETH

»Beth! Bist du das?«, ruft mein Mann Niall aus seinem Arbeitszimmer herunter. »Komm her und sieh dir das an!«

»Ich stell nur schnell die Einkäufe ab!« Ich wuchte die Tüten auf den Küchentisch und hauche in meine Hände, um sie aufzuwärmen. Zum Glück läuft die Heizung auf Hochtouren. In unserem Cottage aus dem achtzehnten Jahrhundert ist es immer zugig, was im Sommer prima ist, im frostigen Februar allerdings weniger.

Ich gehe die knarzende Treppe hinauf zu Nialls Arbeitszimmer. Normalerweise ist seine Tür fest verschlossen, doch jetzt steht sie weit offen und gibt den Blick auf seinen Hinterkopf frei. Er sitzt am Schreibtisch und schaut sich am Laptop eine Website an. Das trübe Winterwetter lässt so gut wie kein Licht durchs Fenster, also schalte ich die Deckenlampe ein.

Ich betrete den Raum und stelle mich neben ihn. Hier drinnen ist es unaufgeräumt, aber gemütlich, genau wie im Rest unseres Cottages. Zwei Wände werden vom Boden bis zur Decke komplett von Eichenholz-Bücherregalen eingenommen. Eine weitere wird von gerahmten Drucken seiner Buchcover geschmückt. Mein Mann schreibt historische Fantasy-Romane, seine beliebte Reihe *Die Chroniken der Hexenstunde* umfasst bereits zahlreiche Bände.

»Guck mal hier.«

Niall zeigt auf den Bildschirm, auf dem atemberaubende Bilder protziger Häuser in umwerfenden Landschaften zu sehen sind.

Ich lese laut, was oben auf der Seite steht: »Erholen Sie sich im eigenen Zuhause weit weg von zu Hause.«

»Wie findest du das?«, fragt Niall, dreht sich in seinem Stuhl um und grinst mich aufgeregt an. In seinen braunen Augen funkelt es erwartungsvoll.

»Ein Urlaub?«, frage ich und wage es kaum zu hoffen.

»Mmhmm.« Er dreht sich wieder zum Laptop um.

Ich sehne mich schon seit Jahren nach einem Urlaub, doch Niall will in seiner wenigen Freizeit lieber zu Hause sein. Wir wohnen am Rand von Sherborne im nordwestlichen Dorset, wo es wunderschön ist – und wo ganz nebenbei bemerkt auch Nialls Buchreihe spielt –, aber ich brenne auf einen Tapeten-wechsel. Als Autor ist Niall oft beruflich im ganzen Land und darüber hinaus unterwegs – Signierstunden, Kongresse, Foren und andere Veranstaltungen –, daher bedeuten Reisen für ihn keine Erholung. Das Dumme ist nur, dass ich als Mutter zu Hause bleibe, also komme ich nie raus.

»Was ist das für eine Seite?«, frage ich. »Ferienhäuser?«

»Besser«, verkündet Niall. »Es ist eine Häusertauschseite.«

»*Häusertausch?*« Es hört sich selbsterklärend an, trotzdem bin ich mir nicht sicher, was ich mir genau darunter vorstellen soll.

»Ja, du weißt schon. Wir übernachten im Haus von jemand anderem, während diejenigen bei uns wohnen.«

So sehr ich mir einen Urlaub wünsche, weiß ich nicht, ob mir der Gedanke gefällt. Vielleicht macht er Witze. »Also würden Fremde bei uns wohnen? In unserem Haus?«

Niall schüttelt den Kopf und sieht mich stirnrunzelnd an.

»Ich dachte, du freust dich. Du redest doch ständig davon, wie gern du wegfahren würdest. Dieser Häusertausch soll super sein. Ich glaube, es war Paul, der die Seite empfohlen hat. Ich hab aber auch schon ein paar Artikel darüber gesehen.« Paul ist Nialls Lektor und berichtet ihm immer von den neuesten Trends. Mein Mann bleibt bei so etwas gern auf dem Laufenden.

Ich blinzle und versuche, meine Gedanken zu ordnen. »Natürlich freue ich mich.« Ich drücke meinem Mann die Schulter. »Ich versuche nur, mit der Idee warm zu werden. Du hast mich ja gerade erst damit überfallen.«

»Schau mal ...« Niall macht ein paar Klicks und öffnet die Seite mit den Erfahrungsberichten. Er zeigt auf den Bildschirm und liest ein paar Ausschnitte laut vor. »*Bestes Erlebnis unseres Lebens ... Wir wollten gar nicht mehr zurücktauschen ...* Oder hier, noch jemand: *Vom ersten Moment an waren wir entspannt. Als wären wir bei uns zu Hause, bloß in einem anderen Land und am Strand. Das würden wir definitiv wieder-holen.«* Er schaut zu mir hoch. »Siehst du?«

»Das hört sich tatsächlich gut an«, gebe ich zurück. Meinen Einwand, dass sie eine schlechte Bewertung wohl auch kaum auf ihre Website stellen würden, behalte ich für mich.

»Überschlag dich nicht gleich vor Begeisterung«, schnaubt Niall.

»Tut mir leid.« Ich lache entschuldigend. »Es ist nur so, na ja, unter dem perfekten Urlaub stelle ich mir Entspannung in einem Luxushotel vor und nicht, mich um das Haus von jemand anderem zu kümmern.«

Niall schüttelt den Kopf. »Für die Arbeit schlafe ich andau-ernd in piekfeinen Hotels, und glaub mir, nach einer Weile fühlen die sich alle gleich an – kommerziell. Ein Häusertausch wäre authentischer, weißt du. Wir könnten nachempfinden, wie es sich wirklich an dem bestimmten Ort lebt, statt in einem nichtssagenden Hotel zu hocken.«

Ich nicke, bin aber nicht überzeugt. Der Gedanke, dass Fremde zu uns kommen und es wie ihr eigenes Zuhause behandeln, beunruhigt mich. Aber ich weiß, wie Niall ist; sobald er sich einmal eine Idee in den Kopf gesetzt hat, lässt er nicht mehr locker. Ich erzähle ihm trotzdem von meinen Bedenken. »Die Sache ist die ... Es ist nicht wirklich eine Auszeit, wenn ich immer noch einkaufen, kochen und den Haushalt schmeißen muss. Verstehst du, was ich meine?«

Nialls Schultern spannen sich an und er holt frustriert Luft. Hoffentlich wird er nicht sauer. Mein Widerwille tut mir auch leid, aber wenn wir nun endlich einen Familienurlaub machen, dann hätte ich auch gern einen, den wir alle genießen können.

»Ich dachte, Kochen wäre deine Leidenschaft?«, sagt er und lehnt sich auf seinem Stuhl zurück.

»Ist es auch, aber nicht im Urlaub.«

Unangenehmes Schweigen. Ich will es gerade brechen, da setzt Niall an.

»Okay, wie wäre es, wenn ich dir verspreche: kein Kochen oder Haushalt. Wir gehen jeden Abend schön essen. Abgemacht?« Er schaut mich an und hebt eine dunkle Augenbraue.

Ich lächle und verspüre einen Anflug von Aufregung. Seit etwa zehn Jahren haben wir schon keinen richtigen Familienurlaub mehr gemacht. Das letzte Mal sind wir weggefahren, als Connor noch gekrabbelt ist, und das war die reinste Katastrophe. Er wurde am zweiten Tag krank und ich blieb die ganze Woche mit ihm im Hotelzimmer. »Für wann hast du dir das denn vorgestellt?«, frage ich. »Juli, August?«

»Wie wär's mit April?«, gibt er zurück.

»Oh, okay. Das sind ja nur noch zwei Monate.«

»Ich weiß, aber mir hängt dieses kalte Wetter zum Hals raus. Ich finde, wir sollten in ein warmes Land fahren, wo die Sonne scheint. Haben die Kinder dann nicht auch irgendwann Osterferien?«

Mein Herz macht einen Sprung, als ich an Ferien in der

Sonne denke. Ich hatte einen Häusertausch innerhalb des UK im Kopf gehabt. Wenn ich gewusst hätte, dass er vom Ausland spricht, wäre ich von Anfang an begeisterter gewesen. »Hast du schon was im Sinn?«

»Wie wär's mit Italien?«, schlägt er vor.

»Klingt fantastisch!« Vor dem inneren Auge kann ich es schon sehen – Zitrushaine, ein Bauernhaus in der Toskana oder vielleicht ein Apartment mit Blick aufs Meer.

Niall grinst. »Ja, oder? Hol dir einen Stuhl aus dem Kinderzimmer, dann gucken wir uns mal an, was für Häuser zur Auswahl stehen.«

Ich folge seinem Vorschlag, und kurz darauf scrollen wir uns durch die Seite. Blöderweise sind die meisten Häuser, die uns gefallen, schon ausgebucht. Vermutlich kein Wunder. Immerhin suchen wir etwas für eine Hochsaison. Inzwischen sind nur noch schäbige Buden übrig, in denen wir nicht einmal einen Nachmittag verbringen wollen, geschweige denn zwei Wochen.

»Gibt es noch andere Häusertausch-Seiten?«, will ich wissen. »Oder vielleicht sollten wir uns ein anderes Land aussuchen. Ich glaube, Zypern soll im April einigermaßen warm sein, Sal war da schon ein paarmal.«

»Warte mal, was ist das denn?« Niall klickt auf ein Angebot und uns lacht das Bild einer herrlichen Villa entgegen, weiß und modern, mit einem türkisfarbenen Pool unter azurblauem Himmel. Die Möbel um den Pool wirken stilvoll und sehr teuer. Alles macht einen makellosen Eindruck.

»Wunderschön.« Ich seufze. »Aber ich bezweifle, dass die mit *uns* tauschen wollen. Ich meine, unser Haus ist natürlich nett, aber in der Liga von dem da kann es nicht mitspielen. Es ist so ziemlich das genaue Gegenteil davon.«

»Darum geht es ja gerade«, meint Niall. »Warum sollte man gegen genau das Gleiche tauschen? Sie bekommen ein gemütliches Cottage in Dorset. Und wir eine sonnige Villa an der Amalfiküste.«

»Meinst du wirklich?« Ich bin noch nicht überzeugt, dass die Besitzer sich darauf einlassen würden. »Ist es in unserem Zeitraum noch frei?«

»Jep.«

»Wem gehört es denn?«, frage ich. »Steht da, mit wem wir tauschen würden?«

»Eine Sekunde.« Niall klickt auf den »Über Uns«-Button.

Gemeinsam lesen wir, was sie eingetragen haben. Laut ihrer Beschreibung sind Amber und Renzo Mason Briten, die schon jahrelang im italienischen Maiori leben. Sie haben zwei Kinder und möchten zwei Wochen Urlaub auf dem Land machen.

»Soll ich unser Haus auf die Seite stellen und sie mal anschreiben?«, fragt Niall.

Die Vorfreude macht einen Hüpfer in meiner Brust. »Ja, mach das.«


Niemals hätte ich gedacht, dass die Familie Mason bereit sein würde, ihre Villa gegen unser bescheidenes Häuschen zu tauschen – so malerisch es auch ist. Als sie dann tatsächlich Interesse äußern, nageln wir den Tausch fest, bevor sie es sich anders überlegen können.

Zwei Stunden später ist alles unter Dach und Fach.

Nun müssen wir nur noch unsere Flüge buchen, dann kann es eigentlich auch schon losgehen.

Ich kann es kaum erwarten.

# ZWEI

## BETH

Ich stehe im Schlafzimmer, betrachte das Bild der Verwüstung und versuche, nicht in Panik auszubrechen. Natürlich freue ich mich auf unseren anstehenden Italienurlaub, aber ich hatte ganz vergessen, wie stressig Packen sein kann. Zumal die Bude aufgrund des Häusertauschs auch nicht so chaotisch bleiben darf. Wir müssen unser Zuhause in einwandfreiem Zustand zurücklassen. Nun, zumindest so einwandfrei, wie es einem gebrechlichen, dreihundert Jahre alten Cottage überhaupt möglich ist.

Ich habe den Masons jede Menge Fotos von unserem Haus geschickt, also sollten sie genau wissen, worauf sie sich einlassen. Amber Mason meinte, es sehe himmlisch aus – genau, wie sie es sich ausgemalt habe –, aber ich werde die Sorge nicht los, was sie denken, wenn sie tatsächlich hier sind. Was, wenn sie sich übers Ohr gehauen fühlen? Unser Cottage ist nicht gerade geräumig. Im Gegensatz dazu hat ihr Haus riesige luftige Räume und vier Schlafzimmer statt unseren zweien. Da wäre zwar noch Nialls Arbeitszimmer, aber das wird abgeschlossen und nicht zugänglich sein. Unsere Jungs, Connor und Liam, teilen sich momentan ein Zimmer. Der Langzeitplan sieht vor, im Garten ein neues Arbeitszimmer zu bauen, sodass wir ein drittes Schlafzimmer gewinnen, doch Niall sträubt sich dagegen, Bauarbeiter ins Haus zu holen, weil die ihn bei der Arbeit stören würden. So oder so ist das Zukunftsmusik; fürs Erste gibt es zwei Schlafzimmer, und damit hat sich's.

Die Masons haben ebenfalls zwei Kinder, einen Jungen und ein Mädchen, also werden die beiden sich das Zimmer der Jungs teilen müssen. Wir kommen bei diesem Häusertausch definitiv besser weg, und unsere zwei können es gar nicht erwarten, jeweils ein eigenes Zimmer zu haben. Ganz zu schweigen von dem Sonnenschein, dem Pool, dem Whirlpool, den Balkonen und dem Mercedes-Cabrio. Schon etwas anderes als mein abgekämpfter alter Renault Clio, der ihnen während ihres Aufenthaltes hier zur Verfügung steht. Hoffentlich hält er durch. Ich habe ihnen die Telefonnummer unserer örtlichen Werkstatt gegeben, nur für den Fall. Ich habe mich zwar auch einmal bei Niall vorgetastet, ob er sie nicht vielleicht seinen Audi TT fahren lassen sollte, aber den dürfen selbst unsere Kinder bloß in besonderen Ausnahmen betreten, also wird er ihn nie im Leben an Fremde verleihen.

Die Nervosität prickelt mir im Bauch, als ich zweimal an Nialls Arbeitszimmertür klopfe. Ich zucke zusammen, als er mit einem verärgerten »Ja? Was ist denn?« antwortet.

Vorsichtig öffne ich die Tür. Mein Mann sitzt vor dem Fenster am Schreibtisch und hat den dunkelhaarigen Kopf über die Tastatur gebeugt, auf dem Bildschirm prangt ein leeres Worddokument, der Cursor blinkt. Seine Schreibtischlampe taucht Papier, Bücher und leere Kaffeetassen in ihren Schein. Ich unterbreche ihn nur ungern, während er schreibt, aber mir bleibt keine andere Wahl.

»Kannst du mal kurz einen Blick auf die Sachen werfen, die ich für dich aufs Bett gelegt habe? Ein Ja oder Nein reicht.«

Wir fliegen morgen, die ganze Woche über hat er meine Bitten zur Seite gefegt, sich Sachen für den Urlaub herauszusuchen, und nun läuft mir die Zeit davon, alles zusammenzusammeln. Ich würde ja selbst Kleidung für ihn aussuchen, aber wenn ich dann die falschen Sachen auswähle, würde er sich auch beschweren.

Niall richtet sich auf, verschränkt die Finger ineinander und streckt mit einem lauten Seufzer die Arme nach vorne aus, dann steht er auf und dreht sich um. »Heute hab ich einen feuchten Dreck geschafft.« Einen Moment lang legt sich ein mürrischer Ausdruck auf sein Gesicht, dann wird sein Blick wieder weich. »Okay, ich schätze, ich könnte durchaus eine Pause von den Grübeleien über das nächste Kapitel vertragen. Was soll ich mir angucken?«

Er folgt mir durch den unebenen Flur in unser Schlafzimmer, wobei er den Kopf unter dem Türrahmen einzieht. Das Zimmer ist hübsch, aber klein, darin haben gerade einmal das Doppelbett, ein Kleiderschrank und eine Kommode Platz. Momentan sieht es auch eher aus wie eine Textilfabrik, in der es eine Explosion gegeben hat. Mein Herz klopft bei dem Gedanken daran, was ich vor unserer Abreise morgen noch alles erledigen muss.

»Das hier sind die Hemden, T-Shirts und Shorts, die ich für dich einpacken wollte.« Ich zeige auf die jeweiligen Stapel auf dem Bett.

»Die nicht, Beth.« Niall schüttelt den Kopf. »Was ist mit einem Anzug?«

»Ich habe den grauen eingepackt.«

Er runzelt die Stirn. »Den dunkelblauen mag ich lieber. Dieses Hemd nicht.«

Mein Mann verbringt die nächsten zwanzig Minuten damit, über den Großteil meiner Auswahl die Nase zu rümpfen. Es wäre so viel einfacher gewesen, wenn er meiner Bitte gefolgt wäre und sich die Kleidung von vornherein selbst ausgesucht hätte. Beim bloßen Gedanken an meine noch anstehenden To-dos bricht mir der Schweiß aus.

Endlich hat Niall seine Auswahl getroffen und ich kann mich ein bisschen entspannen.

»Ich dachte, ich bestelle uns was zu essen?«, schlage ich vor. »Das erspart uns den Abwasch und wir beginnen den Urlaub schon am Abend vorher. Was meinst du? Italienisch, damit wir schon mal in Stimmung kommen? Die Jungs fänden Pizza klasse ...« Ich halte die Luft an und hoffe inständig, dass er zustimmt.

»Klar, Pizza hört sich gut an. Und vielleicht etwas Knoblauchbrot dazu.«

Ich stoße einen erleichterten Seufzer aus. Ich denke nicht, dass ich heute Abend die Kraft oder Zeit hätte, noch zu kochen. Ich backe und koche schon seit Tagen und fülle den Kühlschrank und die Küchenschränke mit hausgemachten Leckereien für die Masons. Das hätte ich nicht tun müssen, aber sie sollen sich hier unbedingt wohlfühlen. Wenn sie es hier schön finden, könnten wir das vielleicht jedes Jahr wiederholen. Das wäre fantastisch. Ich bin fest entschlossen, aus diesem Tausch so viel wie möglich herauszuholen.

»Mum, wann gibt's Essen?« Connor steckt den Kopf zur Tür herein. Ich gewöhne mich einfach nicht an seinen neuen Kurzhaarschnitt. Unser elfjähriger Sohn geht seit letztem Jahr auf die weiterführende Schule, und offenbar waren seine wunderschönen braunen Locken nicht cool, also habe ich widerwillig einen Termin mit unserer Nachbarin Sal ausgemacht – sie ist mobile Friseurin. Jetzt trägt Connor den gleichen langweiligen Haarschnitt wie alle seine Freunde. Noch ein Zeichen dafür, dass er langsam groß wird. Wenigstens scheint er sich in der Schule nun wohler zu fühlen.

»Wie wär's mit Pizza bestellen?«, fragt ihn Niall.

»Jaaa! Können wir, Dad?«

In Nialls dunklen Augen funkelt es. »Das habe ich doch gerade gesagt, oder?«

Connor rast die Treppe hinunter und ruft seinem siebenjährigen Bruder die guten Neuigkeiten zu. »Liam! Dad sagt, wir bestellen Pizza!«

Als wäre die Reise nicht schon aufregend genug, sind die Jungs vor Begeisterung über ihre drei zusätzlichen Ferientage kaum zu bändigen. Die Schule ist erst nächste Woche zu Ende, aber da wir schon für morgen den Flug gebucht haben, habe ich dem Schulleiter geschrieben und gefragt, ob das okay ist. Mr Walton meinte, offiziell sei das ganz und gar nicht okay, inoffiziell wünsche er uns aber einen schönen Urlaub.

Niall lässt den Blick durchs Schlafzimmer schweifen, als sähe er es gerade zum ersten Mal. »Verdammt noch mal, Beth, hier herrscht ja ganz schönes Chaos. Bevor die Masons kommen, muss es aber schon noch deutlich ordentlicher werden.«

Ich schlucke die Erwiderung herunter, dass es längst ordentlich wäre, wenn er seine Sachen schon letzte Woche gepackt hätte, als ich ihn erstmals darum gebeten habe. »Keine Sorge«, winke ich ab. »Bestell du doch schon mal die Pizza. Dann fange ich hier solange an.«

»Hm.« Niall saugt scharf Luft zwischen den Zähnen ein.

Ich lasse die Schultern sinken, als ich seinen Gesichtsausdruck sehe.

»Ich würde die Bestellung ja übernehmen, Beth, aber ich muss noch dieses knifflige Kapitel schreiben. Würde es dir was ausmachen? Ich habe auf dem neuen Handy auch noch gar nicht die Bestell-App.« Er sieht mich entschuldigend an und verlässt dann das Schlafzimmer. »Ach ja, eine große Salamipizza für mich, Beth. Danke!«, ruft er noch vom Treppenabsatz.

Ich starre das Durcheinander auf dem Bett an. Ich schätze, es ist durchaus fair, dass ich mich ums Abendessen und das Packen kümmere. Immerhin muss Niall noch mit der Arbeit fertig werden. Doch auf einmal frage ich mich, wie ich mich von der selbstbewussten jungen Köchin in die gestresste Ehefrau und Mutter verwandeln konnte. Der Plan hatte vorgesehen, dass ich auf ein eigenes Restaurant hinarbeite, während Niall sich um einen Verlag bemüht. Damals teilten wir die Haushaltsaufgaben gerecht untereinander auf – als gleichwertige Partnerschaft. Dann, als ich mit Connor schwanger war, landete Niall seinen Buch-Deal. Seine Reihe wurde zum internationalen Erfolg und er fuhr auf Lesereisen und zu Interviews. Ich freute mich riesig für ihn. Es war für uns beide eine aufregende Zeit. Doch irgendwo blieben schließlich meine beruflichen Ziele auf der Strecke. Ich hörte auf zu arbeiten und steckte meine gesamte Energie in unsere Kinder. Ich liebe meine Familie aufrichtig, aber ich hätte nicht damit gerechnet, wie sehr mir die Arbeit fehlen würde. Und nun, da die Kinder längst zur Schule gehen, könnte ich vermutlich wieder einsteigen. Doch Niall widerstrebt der Gedanke. Er meint, wir brauchen das zusätzliche Einkommen nicht, aber die Jungs zu Hause ihre Mum. Was würden wir in den Ferien und am Wochenende machen? Wahrscheinlich hat er recht. Und ich bin schon so lange raus, dass ich auch gar keine Ahnung hätte, wo ich wieder ansetzen sollte.

Ich schüttle den Kopf und frage mich, warum ich ausgerechnet jetzt über all das nachdenke. Vorbei ist vorbei. Ich habe ein schönes Leben. Ein Leben, von dem die meisten Leute nur träumen, und für das ich dankbar bin. Außerdem habe ich gar keine Zeit, um ein langes Gesicht zu ziehen. Morgen geht es nach Italien. Ich muss Essen bestellen und dann das Haus aufräumen. Ich nehme mein Handy vom Bett und öffne die Bestell-App.

Ich tippe die Adresse ein, kann mich aber nur schlecht auf das konzentrieren, was ich tue. Die Worte auf dem Display verschwimmen mir vor den Augen. Ich weiß, Niall und ich haben gemeinsam beschlossen, dass ich nicht wieder anfange zu arbeiten, dass ich zu Hause bleibe, damit die Dinge weiter reibungslos ihren Gang gehen. Ich habe ihm versichert, dass mir diese Entscheidung recht ist. Wenn das der Fall ist, warum meldet sich dann immer wieder diese unzufriedene Stimme in mir? Warum muss ich immer wieder diese hartnäckigen Gedanken niederringen? Vielleicht sollte ich noch einmal mit meinem Mann reden. Möglicherweise liefert mir dieser Urlaub die Gelegenheit, genau das zu tun.

# DREI

## AMBER

Ich stehe auf dem Balkon und atme den Duft des italienischen Frühlings ein. Es ist der erste warme Abend des Jahres. Der erste Abend, an dem ich ohne Jacke rausgehen kann.

»Hast du genug warme Klamotten?«, ruft Renzo aus dem Schlafzimmer. »Du hast nur drei Pullover eingepackt.«

Ich nippe an meinem Wein. »Ich kann mir jederzeit noch mehr kaufen, wenn wir da sind.«

»Was? Ich hör dich nicht, Amber! Kannst du kurz reinkommen?«

Ich seufze, drehe mich um und trete durch die Balkontüren zurück ins klimatisierte Schlafzimmer.

»Mach die Tür zu. Du lässt die Mücken rein und die kühle Luft raus.«

Ich folge seiner Bitte.

»Hilf uns doch mal. Momentan mach ich hier alles allein.« Renzo wirft einen kritischen Blick aufs Bett und die fein säuberlich gestapelte Kleidung darauf.

»Du machst das doch so gerne«, säusele ich. »Immer, wenn ich helfe, machst du es am Ende noch mal neu. Ich habe mir angewöhnt, nicht im Weg rumzustehen.«

»Das liegt daran, dass du nicht packst, Amber, sondern alles in den Koffer pfefferst und dich dann beschwerst, wenn es zerknittert ist.«

»Stimmt.« Ich nicke und grinse ihn neckend an.

Er schüttelt den Kopf, das dunkle Haar fällt ihm ins Gesicht. Ich weiß nicht, ob er sauer auf mich ist oder sich nur konzentriert.

Ich hole tief Luft und versuche, guten Willen zu zeigen. »Okay, dann sag mir, was ich tun soll.«

»Nein, mach dir keine Gedanken. Du hast recht, ich übernehme das.«

»Siehst du! Du machst das gerne. Willst du auch einen Schluck?« Ich hebe mein Glas und wackle damit herum.

»Nicht, bis ich hier fertig bin. Hol noch ein paar Pullover aus dem Schrank. Wir sind zwei Wochen da, keine zwei Tage. Es soll nass werden und Schneeregen geben. Was müssen wir auch nach England fahren? Hättest du nicht etwas Wärmeres aussuchen können?« Er macht sich daran, aufgerollte T-Shirts am Kofferboden aufzureihen. Laut meines Mannes zerknittern sie weniger, wenn man sie rollt, statt faltet.

Ich schiebe einen Stapel seiner Hemden zur Seite und setze mich ans Fußende des Bettes. Ich weiß genau, dass ihn das ärgert, aber ich kann nicht anders. Er liebt mich zu sehr, um etwas zu sagen, doch ich bemerke, wie er bei meiner beiläufigen Zerstörung seiner durchdachten Ordnung zusammenzuckt. Ich nehme seine Hand und lege sie um den Stiel meines Glases. »Hier, nimm einen Schluck. Ich möchte, dass die Kinder etwas Zeit im UK verbringen und ihr Englisch auch mal außerhalb der eigenen vier Wände anwenden. Ihre Wurzeln kennenlernen. Wir sind ja kaum noch dort.«

Mein Mann tut, was ich sage, und nippt an meinem Wein. »Weil England kalt und teuer ist. Deshalb wohnen wir ja in Italien, weißt du noch?«

Ich ziehe eine Schnute und lasse die Schultern sinken. »Du

willst also nicht hin? Ich wünschte, du hättest früher was gesagt.«

Renzo gibt mir das Glas zurück. Er hat kaum etwas getrunken. »Natürlich will ich hin. Ich bin nur nicht besonders scharf auf das Wetter.«

Ich lege den Kopf in den Nacken und schließe für einen Moment die Augen. »Es ist ein gemütliches Cottage. Wir machen uns romantische Abende am Kaminfeuer und spazieren zum Pub um die Ecke. In Sherborne gibt es offenbar auch ein Schloss. Beth Dingenskirchen hat mir eine ganze Liste ›spaßiger Freizeitaktivitäten‹ gemailt. Die Kinder werden begeistert sein. Und ich dachte, du wolltest mal eine Weile rauskommen.«

»Das will ja ich auch. Achte gar nicht auf mich. Es wird super. Obwohl ich mir nicht so sicher bin, ob mir der Gedanke an Fremde in unserem Haus gefällt. Das ist eine komische Vorstellung – eine andere Familie bei uns zu Hause.«

»Wir sind auch bei ihnen zu Hause.«

»Ja, stimmt schon. Meintest du nicht, er ist ein berühmter Schriftsteller?«

»Anscheinend.«

»Ich hab noch nie von ihm gehört.« Renzo verzieht das Gesicht und ich entdecke ein Fünkchen Neid darin.

»Papa ...«

Wir drehen uns beide zu der Stimme unserer sechsjährigen Tochter um. Ich neige den Kopf, als ich sie da im Nachthemd, mit dem Daumen im Mund und dem Teddy unterm Arm, stehen sehe.

»Du solltest im Bett liegen, junge Dame. Es ist schon sehr spät.« Ich setze einen gespielt strengen Blick auf.

Flora ist unser jüngeres Kind, dann ist da noch der elfjährige Frank. Beide sind hier in Italien geboren, aber komplett zweisprachig aufgewachsen. Zu Hause sprechen wir hauptsächlich Englisch, damit sie es weiterhin fließend beherrschen.

»Fliegen wir jetzt nach England?«, fragt sie schläfrig, den Daumen immer noch im Mund.

»Nein, Miss Flora.« Renzo nimmt sie schwungvoll auf den Arm und bringt sie damit zum Kichern. »Wir fliegen jetzt wieder ins Bett. Auf geht's.« Während er sie in ihr Zimmer zurückbringt, gehe ich wieder auf den Balkon und schaue auf den Pool hinaus. Er ist für die Sommersaison gereinigt und frisch gefüllt, die Lichter werden von der Wasseroberfläche gebrochen. Etwas abseits, unter einem bewachsenen Pavillon, blubbert der Whirlpool einladend vor sich hin. Unser Zuhause ist wunderschön. Ein Zufluchtsort.

Ich halte stocksteif inne, als der Zaun am Ende des Gartens klappert und ich aus dem Augenwinkel eine Bewegung wahrnehme. Mein Herz setzt einen Schlag aus und Schweißperlen bilden sich mir auf dem Rücken und der Brust. Mit einer Hand halte ich mein Weinglas fester, mit der anderen klammere ich mich ans Balkongeländer. Ich fluche auf Italienisch, als ich sehe, dass es bloß die Nachbarskatze ist. Sie will wahrscheinlich schon wieder ihr Geschäft in unserem Garten verrichten. Ich atme aus, beruhige meinen Atem und ärgere mich über mich selbst, weil ich so schreckhaft war. Tja, die nächsten zwei Wochen dürfen sich Niall und Beth Kildare mit der Katze befassen. Sie sollten lieber nicht anfangen, sie zu füttern. Dass sie das verfluchte Vieh auch noch ermutigen, wäre das Letzte, was ich gebrauchen kann.

Ich denke daran zurück, wie Renzo geäußert hat, keine Fremden in unserem Haus zu wollen. Bisher hatte ich mir keine Sorgen darüber gemacht, doch urplötzlich bereitet mir der Gedanke an eine andere Familie hier Übelkeit. Sie werden in unserem Bett schlafen, unsere Schränke und Schubladen öffnen, von unseren Tellern essen und unser Besteck benutzen, als wäre es ihr eigenes. Vor meinem inneren Auge sehe ich ihre Kinder in unserem Pool spielen, während Beth sich auf einer

Liege ausstreckt und ihr Mann sie am ganzen Körper mit Sonnencreme einschmiert.

Ich wende mich ab und gehe wieder hinein, wobei ich angesichts meiner stark zitternden Hände mit den Balkontüren kämpfe. Ich leere mein Weinglas.

Dieser Urlaubstausch war meine Idee. Ich war diejenige, die Renzo dazu überredet hat. Warum also kommen mir nun Zweifel?

# VIER

## BETH

Während wir durch die Abflughalle gehen, ziehe ich das Handy aus der Tasche.

»Ich schreibe nur kurz Amber.«

»Mum, ich hab Hunger.« Liam nimmt meine freie Hand und beginnt, mich zur Treppe hinüberzuziehen. »Können wir da hin?« Er zeigt auf den Gastronomiebereich oben.

Ich lasse seine Hand los und tippe eine Nachricht.

*Sind in Gatwick!*

»Du schreibst Amber?« Niall runzelt die Stirn.

»Ich gebe ihnen nur Bescheid, dass wir am Flughafen sind.« Ich grinse meinen Mann aufgeregt an. In seinen neuen Jeans und dem Strickpullover mit Zopfmuster sieht er umwerfend aus, trotz des Stirnrunzelns und der fest zusammengepressten Lippen.

Ich kann gar nicht glauben, dass wir endlich hier sind. Das Gepäck ist eingecheckt, jetzt haben wir noch zwei Stunden totzuschlagen, bis unser Flug nach Neapel geht. Es hat Spaß gemacht, die letzten Wochen über die Reise zu planen und mit

Amber hin und her zu schreiben. Wir haben Wissenswertes über unsere Heimatstädte und kleine Eigenheiten unserer jeweiligen Häuser ausgetauscht. Offenbar hat ihre Klimaanlage manchmal ihren eigenen Kopf. Ich habe sie vorgewarnt, dass es schon mal bis zu einer Stunde dauern kann, bis wir heißes Wasser bekommen. Zum Glück stammt sie von hier, also ist sie an die Rohre und Anlagen gewöhnt. Ich habe sie außerdem vorgewarnt, dass wir zwar schon April haben, England aber immer noch der Meinung ist, es sei tiefster Winter, also sollen sie warme Kleidung einpacken. Auf meinem Handy summt ihre Antwort.

*Wie aufregend! Wir packen gerade noch zu Ende.*
*Hoffentlich gefällt es euch hier.*

*Das wird es ganz bestimmt. Gute Reise! X*

*Danke. Euch auch! X*

Ich gehe gedanklich noch einmal die zurückliegenden vierundzwanzig Chaos-Stunden durch. Ich dachte, wir würden das Packen und Aufräumen niemals gebacken kriegen. Doch nachdem ich bis fast zwei Uhr nachts aufgeblieben bin, strahlt unser Cottage jetzt mehr als jemals zuvor oder jemals wieder in seinem Leben. Die Heizung ist so eingestellt, dass sie zwei Stunden vor ihrem Eintreffen anspringen sollte, der Holzvorrat ist aufgestockt, Anfeuerholz liegt am Kamingitter bereit. Überall ist aufgeräumt, staubgesaugt, Staub gewischt, geputzt und auf Hochglanz poliert. Ich wünschte nur, es würde immer so schön aussehen. Die Woche habe ich sogar im Vorgarten Unkraut gejätet und die Fenster geputzt. All das hat mir jede Kraft geraubt.

Nicht zum ersten Mal frage ich mich, warum wir nicht einfach ein Hotel buchen oder ein Ferienhaus mieten konnten – es ist ja nicht so, als fehlte uns das Geld –, aber ich hatte schon so lange versucht, Niall zu einem Urlaub zu überreden, dass ich nichts gegen seinen Vorschlag sagen wollte. Nachher hätte ich ihn wieder komplett von der Idee abgebracht.

Aber nun ... Nun, da die Putzerei und das Aufräumen abgehakt sind, liegt unser zweiwöchiger Urlaub vor uns wie ein funkelndes Juwel. Ich atme tief ein und aus und genieße die seltene Wärme der Zufriedenheit in mir.

»Mum!« Liam schnappt sich mein Handy.

»Liam, gib das zurück.«

»Ich hab Hunger.« Er macht die dunklen Augen schmal und sieht dabei genauso aus wie sein Vater. »Da oben ist ein Wagamama.« Sein Gesicht nimmt einen hoffnungsvollen Ausdruck an.

Ich hole Luft und strecke die Hand aus. Liam lässt mein Handy hineinfallen, seine Miene verfinstert sich wieder zu Ärger. Niall und Connor gehen weiter, ohne etwas von Liams Verstimmtheit mitzubekommen. »Nimm dir nicht einfach Mummys Handy, ohne zu fragen.« Mir ist klar, dass, wenn wir uns nicht irgendwo hinsetzen und den Kindern etwas zu essen besorgen, ein Wutanfall unausweichlich sein wird. Es war ein langer Morgen, erst das Aufräumen in letzter Minute, dann Reiseproviant vorbereiten, zum Flughafen fahren, einen Parkplatz suchen und einchecken. Die Jungs haben sich die ganze Fahrt über gezankt und Niall hat mehr als einmal die Beherrschung verloren, während ich mich um Frieden bemüht habe.

Ich beschließe, dass es von nun an anders wird. Wir werden keine dieser gestressten Familien sein, die sich in der Öffentlichkeit streiten. Wir werden entspannt und fröhlich sein. Ausgeglichen und unbeschwert. Ich freue mich schon so lange auf diesen Urlaub, dass ich mir den ersten Tag nicht von etwas so Banalem wie einem hangry Kind ruinieren lassen werde.

»Wagamama?«, frage ich Liam stirnrunzelnd. »Was ist das denn? Davon hab ich noch nie gehört.«

»Mu-um!« Er grinst und stupst mir sanft gegen den Arm – er weiß, dass ich sein Lieblings-Schnellrestaurant sehr wohl kenne. Nialls Eltern waren an seinem siebten Geburtstag mit ihm dort und er fand es super.

»Na dann los. Lass uns zu deinem Dad und Bruder aufschließen.« Liam und ich beschleunigen unsere Schritte. Ich hatte gehofft, vorher noch durch ein paar Läden stöbern zu können, aber das tue ich dann nach dem Essen. Ich merke, dass ich mich sogar darauf freue, mich ins Restaurant zu setzen, ein schönes kühles Glas Wein zu trinken und als Familie Zeit miteinander zu verbringen. Es ist schon so lange her, dass Niall und ich zuletzt ein Gespräch über etwas anderes als Haushalt oder Alltagsplanung geführt haben, und ich bin fest entschlossen, die Romantik in unserer Beziehung wieder aufleben zu lassen. Außerdem will ich einmal Spaß mit den Kindern haben, statt immer nur die meckernde Mum zu sein. Mein Herz wird federleicht bei dem Gedanken an all die Möglichkeiten, die diese zwei Wochen eröffnen könnten.

»Niall!«, rufe ich meinem Mann hinterher, der sich mit Connor unterhält. Es ist schön zu sehen, dass er sich mit den Kindern beschäftigt. Die letzten Jahre schien er ständig auf Reisen zu sein, oder aber sich mit seiner Arbeit weggeschlossen zu haben.

Liam erreicht sie vor mir. »Mum hat gesagt, wir dürfen bei Wagamama essen«, verkündet er atemlos, aber mit leuchtenden Augen und voller Begeisterung darüber, solche bedeutsamen Neuigkeiten mitteilen zu können.

Connor sieht mich fragend an, er wartet auf eine Bestätigung.

»Wenn es für euren Dad okay ist. Wir haben ja Urlaub ...« Ich lächle Niall zu.

»Sicher. Ich wüsste nicht, was dagegenspricht.«

Meine Schultern entspannen sich. Alle haben wieder gute

Laune. »Es ist oben, lass uns doch einen Tisch suchen.« Ich gehe voraus, Liam hält mit.

»Beth ...«

Ich drehe mich um.

»Die Sache ist die. Ich habe immer noch eine ganze Menge unbeantworteter E-Mails. Macht es dir was aus, wenn du mit den Kids hingehst und ich mir ein ruhiges Plätzchen zum Arbeiten suche?«

»Du musst doch auch was essen«, gebe ich zurück. »Komm doch mit und iss was, du kannst im Flugzeug noch arbeiten.«

Sein Blick verdüstert sich. »Ich möchte das aber aus dem Kopf haben, bevor es losgeht. Auf dem Flug noch zu arbeiten, ist das Letzte, was ich will. Für mich soll das auch ein Urlaub sein.«

Ich schlucke den Kloß in meinem Hals hinunter. »Tut mir leid, na klar. Geh nur und erledige, was du zu tun hast. Ich besorge den Kindern was zu essen.«

»Es ist ja nicht so, als wollte ich unbedingt arbeiten, weißt du. Ich würde mich auch lieber mit dir und den Kindern zurücklehnen.«

»Natürlich. Soll ich dir was holen? Ein Sandwich oder ...«

»Nein, ich finde schon einen ruhigen Platz entweder bei Jamie's Italian oder bei Juniper's. Okay, dann mal los, je schneller wir hinkommen, desto eher beginnt mein Urlaub.«

Während wir die Treppe hochsteigen, sind die Jungs still. Sie sind genauso enttäuscht wie ich, dass ihr Dad sich nicht zu uns gesellt. Aber ich sage mir, dass es nur diese eine Mahlzeit ist und Niall ja auch lieber bei uns wäre, als zu arbeiten. Oben angekommen, wendet er sich ab und steuert auf ein schickes Restaurant zu, während wir uns auf den Weg zu Wagamama machen.

Ich weiß zwar, dass es lächerlich ist, aber ich spüre Tränen aufsteigen. Ich rede mir ein, dass das nur die Müdigkeit ist. Ich verdränge den unliebsamen Gedanken, dass Niall vielleicht wirklich keine Zeit mit uns verbringen will. Dass er lieber am Telefon hängt, oder vor dem Laptop. Ich muss mit diesem Selbstmitleid aufhören. Dieser ganze Häusertausch war doch seine Idee. Wenn er keine Zeit mit uns verbringen wollte, warum hätte er das dann vorschlagen sollen? Ich hole tief Luft und versuche, den Jungs zuliebe etwas Begeisterung aufzubringen.

»Wer hat Hunger?«

Connor bleibt stehen und verschränkt die Arme vor der Brust. »Warum können wir nicht auch dahin gehen, wo Dad ist?«

Ich seufze. »Tut mir leid, Con, aber Dad braucht Ruhe, weil er noch ein letztes bisschen Arbeit zu erledigen hat.«

»Er arbeitet aber immer! Warum muss er immer arbeiten und du nicht? Kannst du das mit der Arbeit nicht machen, damit Dad mit *uns* essen kann?«

Bei seinen Worten dreht sich mir der Magen um. Jetzt fühlen sich auch schon die Jungs von ihrem Dad zurückgewiesen. Ich darf nicht zulassen, dass diese Enttäuschung uns den Start in den Urlaub vermiest. »Es ist ja nur für ein paar Stunden. In Italien haben wir zwei ganze Wochen. Dad wird jeden Abend mit uns zusammen essen, wenn wir da sind, ja?«

Ich hoffe inständig, dass das auch der Fall sein wird. Familienurlaub hin oder her, an mir nagt der Verdacht, dass Niall sich trotzdem zum Arbeiten zurückziehen wird. Hoffentlich bieten Pool und Strand den Jungs genug Ablenkung. Aber wenn es tatsächlich so kommen sollte, was bietet *mir* dann Ablenkung? Was bedeutet das dann für unsere Beziehung? Für unsere Familie? Werde ich den Mund halten und es hinnehmen oder werde ich von irgendwoher den Mut aufbringen, ihm die Meinung zu sagen? Den Mut, wieder etwas Hoffnung, etwas *Leben* zurück in unsere Ehe zu bringen.

# FÜNF

## BETH

Die Aufregung darüber, in einem Restaurant zu essen, lässt die Jungs schon bald ihre Enttäuschung über die Abwesenheit ihres Vaters vergessen. Sie dürfen alles bestellen, was sie wollen – inklusive drei Runden Limo –, und hinterher lasse ich noch leckeren Nachtisch für uns alle springen. Zwei Gläser kühler Weißwein in rascher Folge mildern meine Sorgen ab. Ich nehme das Essen kaum wahr, weil ich zu sehr in Gedanken versunken bin. Die Jungs essen schweigend. Ich lasse sie auf ihre Handys starren und komme mir wie eine Rabenmutter vor. Ich sage mir, dass wir die Zeit vor dem Bildschirm einschränken, sobald wir in Italien sind.

Ich schaue selbst aufs Handy. Immer noch eine Stunde bis zum Abflug. Ich schreibe Niall und erkundige mich, wie es mit seiner Arbeit läuft. Es kommt nicht sofort eine Antwort, also beschließe ich, ihn in Ruhe zu lassen und mit den Jungs wieder nach unten zu gehen. Ich würde mich gerne noch nach hübscher Unterwäsche und einem sexy Urlaubsoutfit umsehen. Ich muss etwas unternehmen, um Nialls Aufmerksamkeit zu erregen. Früher lag er mir einmal zu Füßen. Er wollte seine gesamte Zeit mit mir verbringen. Nun kommt es mir so vor, als wäre ich eher ein Ärgernis. Wenn ich mit ihm rede, höre ich beinah, wie er mich stumm antreibt, endlich fertig zu sprechen, damit er sich wieder seiner Arbeit widmen kann. Doch ich kann ihm schlecht einen Vorwurf machen, immerhin reden wir kaum noch über etwas anderes als über den Haushalt und die Kinder. Dieser Urlaub stellt ein Licht am Ende des sonst so endlosen Alltagstunnels dar.

Ich muss ihn dazu bringen, mir Beachtung zu schenken. Mit siebenunddreißig bin ich immer noch einigermaßen attraktiv. Ich habe langes dunkles Haar und reine Haut. Meine Brüste haben das Stillen zweier Babys ziemlich gut weggesteckt. Größe achtunddreißig trage ich zwar nicht mehr, aber auch er ist nicht mehr so gut in Form wie vor zwölf Jahren. Wir müssen wieder Spaß miteinander haben.

Ich bezahle die Rechnung und versuche, mir keine Gedanken über meine Ausgaben zu machen. Es ist ja nicht so, als müssten wir jeden Penny umdrehen – zumindest glaube ich das. Niall hat nie konkret darüber geredet, wie viel er mit seinen Büchern verdient. Er kümmert sich um die Finanzen, und das habe ich immer so hingenommen, obwohl ich mich lieber aktiver daran beteiligen würde. Ich rechtfertige meinen anstehenden Kaufrausch vor mir selbst als ein Mittel, unsere Ehe wieder auf die richtige Bahn zu bringen. Außerdem ist mir der Wein zu Kopf gestiegen und hat mich etwas waghalsig gemacht. Ich bin nicht daran gewöhnt, mittags schon Alkohol zu trinken.

»Okay, Jungs, wir schauen mal in ein paar Läden vorbei. Auf geht's.«

»*Shoppen?*« Connor verzieht das Gesicht und lässt sich tiefer in seinen Stuhl sinken. »Können wir nicht hierbleiben und auf dich warten?«

»Nein. Es dauert nicht lang. Kommt mit.«

»Darf ich was von Lego kaufen?«, fragt Liam mit hoffnungsvollem Blick.

»Heute nicht.« Ich stehe auf und warte darauf, dass sich meine Söhne widerwillig von ihren Stühlen lösen.

Ich ignoriere ihr zweistimmiges Murren, während wir das Restaurant verlassen und die Treppe wieder hinuntergehen. Ich stelle mir etwas Seidiges mit Spitze vor, das ich unter einem aufreizenden Kleid tragen kann, das meinen Körper umschmeichelt und an den richtigen Stellen meine Kurven zur Geltung bringt. Ich denke, ich gönne mir auch roten Lippenstift. Ich trage kaum noch Lippenstift, und wenn, dann meist in einem unauffälligen Hautton oder nur Lipgloss.

Ich denke an die Frau zurück, die ich einmal war. Energiegeladen, spaßig und engagiert in ihrer erfolgreichen Karriere als angesehene Köchin in einem Londoner Restaurant. Damals hatte ich so viele Freunde. Mein Leben war erfüllt und schwungvoll. Ich möchte wieder etwas von meinem alten Ich zurückgewinnen und Niall daran erinnern, warum er mich geheiratet hat.

Ich lächle bei der Erinnerung daran, wie Niall sich abgerackert hat, um mich überhaupt zu einem ersten Date zu überreden. Ich fiel ihm eines Abends in einer Bar auf, er kam zu mir herüber und sagte mir, er finde mich wunderschön. Meine Freundinnen und ich lachten darüber und hielten es für einen billigen Anmachspruch. Ich lehnte höflich ab, als er mich auf einen Drink einlud. In der Woche darauf ging er in derselben Bar wieder auf mich zu, und dieses Mal kamen wir ins Gespräch. Er erzählte mir, er sei Schriftsteller. Daraufhin sah ich ihn mir genauer an und kam zu dem Schluss, dass ich ihn interessant fand, sogar ein klein wenig attraktiv. Ich ließ mir von ihm einen Drink spendieren.

Ihn schreckte es nicht ab, dass ich als Köchin lange und soziallebenfeindliche Arbeitszeiten hatte und mir wenig Zeit für Dates blieb. Er erwies sich als hartnäckig und eroberte mich mit seinem ruhigen Charme, seinem Ehrgeiz und seiner Leidenschaft für das Schreiben. Er sagte, dass ich ihn inspiriere;

dass ihm die Ideen nur so zufliegen würden, seit er mich kennengelernt hatte. Ich fühlte mich geschmeichelt.

Monate später erfuhr ich, dass er die Hauptfigur in seinen Chroniken der Hexenstunde an mich angelehnt hatte: ein dunkelhaariges Mädchen mit roten Lippen, dunklen Augen und hochmütigem Blick – seine Worte, nicht meine. Wer lässt sich von so etwas denn nicht erobern? Doch während seine fiktive Hexe jung und schillernd blieb, sieht das bei meinem realen Ich anders aus.

Ich steuere eine Luxus-Boutique an, die aus jeder Ecke Exklusivität verströmt: sparsam befüllte Kleiderständer und Regale, keine offen sichtbaren Preisschilder. Alles wirkt hell und zart, wie gemacht für sonnengeflutete Strände oder Cocktailabende auf warmen Terrassen. Es zieht mich zu einem jadefarbenen Satinkleid hinüber, mit smaragdgrün besetzten Trägern und offenem Rücken. Ich male mir aus, wie ich dazu ein Paar scharfe High Heels trage. Ich habe dabei ein jüngeres Ich im Kopf, aber bestimmt hilft mir diese Vision, mehr Selbstbewusstsein aufzubauen.

Auf der Stange hängen zwei Exemplare des jadegrünen Kleides – eines in Größe S und eines in M, beide sehen hoffnungslos winzig aus. Wenn das M ist, brauche ich wohl XXXL.

»Mum, ich muss mal.«

Ich schaue von der Kleiderstange auf. Liam ist noch nicht im Zappelstadium, wir dürften also noch ein paar Minuten haben. »Okay, Schatz, warte kurz.«

»Können wir jetzt gehen? Hier ist es langweilig«, fügt Connor hinzu.

Eine gertenschlanke Verkäuferin eilt herbei. »Finden Sie sich zurecht? Kann ich Ihnen helfen?« Sie lächelt ein dem Anschein nach aufrichtiges Lächeln. »Das ist ein wunderschönes Kleid. Es würde Ihnen mit Ihrem dunklen Haar ausgezeichnet stehen.«

»Ich habe Bedenken wegen der Größe. Das in M sieht etwas zu klein für mich aus.«

»Es ist gerade eine neue Lieferung hereingekommen, lassen Sie mich mal eben nachsehen.« Sie verschwindet nach hinten und ich sehe mich halbherzig bei den anderen Kleidern um. Keines davon springt mir so ins Auge wie das jadegrüne. Ich werfe einen Blick aufs Handy. Immer noch keine Antwort von Niall, obwohl ich angezeigt bekomme, dass er meine Nachricht gelesen hat.

»Na also, Sie haben Glück!« Die Verkäuferin reicht mir das Kleid und deutet auf die Umkleidekabine. »Verzeihen Sie bitte, dass das Kleid ein bisschen zerknittert ist; ich bin noch nicht dazu gekommen, es zu glätten.«

Ich werfe einen Blick auf das Etikett. Es ist Größe L, also passt es hoffentlich. »Super, vielen Dank.« Ich schaue noch einmal aufs Handy. Die Zeit wird langsam knapp. Ich frage mich, ob sie überhaupt ausreicht, um das Kleid anzuprobieren. Ich zögere, beschließe dann aber, dass ich es bereuen würde, wenn ich es nicht täte. »Jungs, wartet vor der Umkleide auf mich, es dauert nicht lang.«

Ich betrete die Kabine, ziehe mich aus und streife mir den kühlen Satin über den Kopf. Ich betrachte mich im Spiegel. Wie angegossen. Ich weiß nicht, wann ich das letzte Mal etwas anprobiert habe, das so gut an mir aussah. Ich lege mir eine Hand aufs Herz und atme tief durch. Wenn Niall auf dieses Kleid nicht anspringt, ist für unsere Ehe jede Hoffnung verloren. Vielleicht trage ich es schon heute Abend. Wir könnten alle zusammen als Familie ausgehen. Ich stelle mir den Abend vor – Niall im Anzug, ich in diesem Kleid, die Jungs richtig fesch in ihren neuen Hemden.

Okay, jetzt sollte ich mich aber besser beeilen, das Kleid kaufen und auf einem Bildschirm nachsehen, ob unser Gate schon angezeigt wird. Schnell schlüpfe ich zurück in meine

Jeans und mein Sweatshirt, lege mir das Kleid über den Arm und verlasse die Umkleidekabine.

»Mum, ich muss ganz dringend.« Inzwischen zappelt Liam.

»Das wundert mich nicht nach der ganzen Limo. Ich bezahle das schnell und dann schnappen wir uns Dad, der kann mit euch beiden auf die Toilette gehen.«

»Können wir jetzt gleich zu ihm?« Liam klingt zusehends verzweifelt.

»Eine Sekunde.« Ich zücke das Handy. Immer noch keine Antwort von Niall. Ich schicke ihm noch eine Nachricht hinterher.

*Die Jungs müssen auf die Toilette. Kannst du jetzt runterkommen? Wir treffen uns unten an der Treppe.*

»Mum!« Liam verzieht das Gesicht und rennt in die Umkleidekabine, aus der ich gerade gekommen bin.

»Liam, komm da raus. Was machst du da drinnen?«

Connor sieht mit blassem Gesicht zu mir auf. Er lehnt sich dicht zu mir und flüstert: »Ich glaube, er hat sich in die Hose gemacht.«

»*Was?*« Das Herz rutscht mir in die Hose. Wir haben keine Wechselsachen. Ich werde ihm etwas kaufen müssen. Er kann keine zweieinhalb Stunden mit nasser Jogginghose im Flugzeug sitzen. »Liam?« Ich folge ihm in die Kabine.

Er hockt in der Ecke, Tränen laufen ihm übers Gesicht. »Ich hab dir doch gesagt, ich muss mal«, krächzt er.

»Es tut mir so leid, Schatz. Das hast du mir wirklich gesagt, und ich habe nicht zugehört. Keine Sorge, wir besorgen dir neue Klamotten.«

»Können wir trotzdem nach Italien fliegen?«, schluckt er.

»Aber natürlich, mein Liebling.« Ich gehe in die Hocke und nehme ihn in den Arm. Gebe ihm einen Kuss auf die tränennasse Wange. Abermals schaue ich aufs Handy. Niall hat endlich geantwortet.

*Bin in fünf Minuten da.*

»Es ist in meine Schuhe und Socken gelaufen«, schluchzt Liam.

»Alles in Ordnung?«, fragt die Verkäuferin von außerhalb der Kabine. »Wie saß das Kleid?«

»Sag ihr nicht, was passiert ist!«, zischt Liam.

»Natürlich nicht. Keine Sorge. Binde dir den Pullover um die Hüften«, raune ich ihm zu und antworte dann lauter der Verkäuferin: »Danke, leider nicht so gut.« Mit Liam an der Hand komme ich wieder heraus und gebe ihr das Kleid zurück.

»Ach, wie schade. Ich war mir sicher, es würde Ihnen ganz toll stehen.«

Ich lächle ihr bedauernd zu und versuche, nicht daran zu denken, wie schön ich mich darin gefühlt habe.

Sie scheint etwas zu riechen und zieht die Nase kraus. Wir verlassen eilig den Laden, bevor sie auf die Quelle des Geruchs kommt.

Draußen werfe ich einen Blick hinüber zur Treppe, doch Niall ist noch nicht da. Ich gehe mit den Jungs in einen Surfer-laden und suche überteuerte Jogginghosen, Socken und Turn-schuhe aus. Liam stellt sich pingelig dabei an, was er haben möchte, und Connor beschwert sich, es sei nicht fair, dass Liam ein neues Outfit bekommt. Ich verliere die Beherrschung und fahre ihn an, dass er sich ja auch in die Hose machen könne, wenn er ein neues Outfit will. Das kommt lauter und wütender heraus, als es sollte, und wir ziehen unfreiwillig ein paar Blicke auf uns, aber wenigstens sind die Jungs jetzt wieder still.

Ich bekomme ein schlechtes Gewissen. Warum bin ich nicht früher mit Liam zur Toilette gegangen? Das war selbst-süchtig von mir; ein sexy Kleid zu kaufen, war mir wichtiger als das Wohlergehen meines Kindes. Das sieht mir nicht ähnlich. Meine Kinder stehen bei mir immer an erster Stelle. Was stimmt nicht mit mir? Das zeigt vermutlich, wie dringend ich eine Auszeit brauche. Ich schüttle den Kopf. »Okay, lasst uns zur Umkleidekabine gehen. Wir ziehen untenrum alles aus, machen dich mit diesen Taschentüchern sauber und stecken deine nassen Sachen in eine Tüte.«

Mein Handy summt. Noch eine Nachricht von Niall.

*Wo zum Teufel seid ihr? Ich bin unten an der Treppe und unser Gate wird schon angezeigt. Wir müssen jetzt los.*

Ich hole tief Luft und bemühe mich, kein frustriertes Knurren von mir zu geben. Wenn Niall bei uns geblieben wäre, statt sich für ein friedliches kleines Privat-Mittagessen davonzumachen, wäre nichts hiervon passiert. Wo ist der vergnügliche Start in unseren Familienurlaub hin, den ich vor gar nicht allzu langer Zeit noch vor Augen hatte? Wie konnten die Dinge derart schnell in diesem katastrophalen Chaos versinken? Ich hoffe nur, dass wir rechtzeitig das Gate erreichen.

# SECHS

*Liebe ist nicht bloß ein Gefühl. Sie ist etwas Körperliches, Greifbares. Etwas **Schreckliches**. Der Schmerz tief in mir ist real. Er begleitet mich rund um die Uhr.*

*Ich dachte, Zeit und Abstand würden die Wunde schließen. Dass eine Narbe zurückbleiben würde, ich aber irgendwie in der Lage wäre, weiterzumachen. Aber das ist nicht der Fall.*

*Ich bin immer noch wie gelähmt. Die Qual wird von Woche zu Woche schlimmer. Sie bohrt und windet sich in mir wie ein Messer oder ein Tier, das sich in mich hineingräbt.*

*Die Knoten in meinem Magen ziehen sich fester zusammen, die Säure in meiner Kehle brennt. An manchen Tagen, so wie heute, blenden mich Hass und Wut so sehr, dass alles verschwimmt. Ich kann mich auf nichts anderes konzentrieren.*

*Mir fällt nur ein einziger Weg ein, um die Qualen zu lindern. Ein einziger Weg, um mich besser zu fühlen.*

*Ich weiß, was ich zu tun habe ...*

# SIEBEN

## AMBER

Nach dem Durchhänger von gestern Abend geht es mir heute wieder besser. Ich sehe unserer anstehenden Reise sehr viel zuversichtlicher entgegen. Der Check-in verlief problemlos, nun nehmen wir vier ein spätes Abendessen in einem Restaurant in der Abflughalle des Flughafens Capodichino zu uns.

»Du bist so still«, bemerkt Renzo, in seinen liebevollen, dunklen Augen liegt ein Anflug von Sorge.

»Alles in Ordnung.« Ich nehme über den Tisch hinweg seine Hand. Es war sein Welpenblick, der mich als Erstes zu ihm hingezogen hat. Ich habe Renzo bei der Winterhochzeit eines Freundes vor zwölf Jahren in Ravello kennengelernt. Während des Gottesdienstes musste er weinen und erwischte mich dabei, wie ich ihn anstarrte. Ich hob eine Augenbraue, er zuckte mit den Schultern und lächelte durch seine Tränen hindurch. Nach der Trauung kam er zu mir und erklärte, die Braut sei seine jüngere Schwester, die in letzter Zeit viel durchgemacht habe, sodass er sich umso mehr für sie freue. Es gefiel mir, dass er sich nicht dafür schämte, seine Emotionen so offen zu zeigen.

Ich sprach ihn auf sein perfektes Englisch an und meinte,

aufgrund seines Aussehens hätte ich ihn für einen Italiener gehalten. Er erklärte, dass sein Vater aus England komme und seine Mutter aus Italien, sie allerdings im vorherigen Jahr gestorben sei, was diesen Tag doppelt emotional machte. Ich sagte, ich sei eine Freundin von Federico, dem Bräutigam. Die Braut kannte ich nicht persönlich, aber ich versicherte Renzo, dass sie einen guten Mann geheiratet hatte. Ich hatte über die Jahre immer mal wieder mit Federico zusammengearbeitet, und all seine Freunde und Bekannte hatten ausschließlich Nettes über ihn zu berichten.

Nach dem Essen und den Hochzeitsreden verbrachten wir den Rest des Abends damit, uns über unser Leben auszutauschen. Ich erzählte, dass ich im PR-Bereich arbeite. Er vertraute mir an, dass seine langjährige Beziehung gerade zu Ende gegangen sei. Er sagte, er besitze eine kleine Kette Juweliergeschäfte – eins in Amalfi, ein weiteres in Maiori – und würde sich gerne einmal über eine mögliche Werbekampagne dafür unterhalten. Zu der Zeit lebte ich in Rom, reiste aber im darauffolgenden Monat erneut hinunter an die Küste, um mich mit ihm zu treffen. Normalerweise hätte ich so etwas nicht gemacht. Meine gesamte sonstige Arbeit spielte sich in Rom ab. Doch etwas an Renzo zog mich zu ihm.

Frank kam noch im selben Jahr zur Welt, und acht Monate darauf heirateten wir.

»Amber?«, fragt Renzo.

Mir wird klar, dass er mit mir gesprochen hat. »Tut mir leid, ich war ganz woanders.« Ich schaue aus dem Restaurantfenster und betrachte die Reisenden, die daran vorbeilaufen. Manche schlendern gemütlich vor sich hin, während andere mit nervösem Gesichtsausdruck durch die Menge hindurchhetzen. Mein Herz setzt einen Schlag aus, als ich einen Mann entdecke, der von drüben an einem Souvenirladen zu mir herüberstarrt. Aber dann winkt er, und eine Frau am Nebentisch winkt zurück. Ich muss mich zusammenreißen und aufhören, so schreckhaft zu sein.

»Erde an Amber. Ich habe gefragt, wie deine Spaghetti sind.«

»Sorry.« Ich zwinge meinen Blick und meine Aufmerksamkeit zurück zu meinem Mann. »Mmh, gut. Bin pappsatt, aber ich nehme noch ein Glas Falanghina.« Ich presse die Kiefer zusammen, als ich höre, wie hoch und zittrig meine Stimme klingt. Ich ermahne mich zur Ruhe.

Renzo winkt dem Kellner, der sofort mit der Flasche herbeieilt. Auch das hat mein Mann so an sich: Er beherrscht Situationen. Leute nehmen ihn ernst.

»Papa, kriegen wir ein Eis?« Flora fragt immer erst ihren Vater, bevor sie zu mir kommt, denn sie weiß, dass er eher Ja sagt.

Renzo zwickt sie in die Wange. »Aber natürlich, meine kleine Zuckerfee. Franco? Ein Eis?« Renzo fällt beim Namen unseres Sohnes immer wieder auf die italienische Version zurück. So nennen ihn auch all seine Freunde.

Franco nickt knapp. Er ist beleidigt, weil wir ein Handyverbot am Tisch ausgesprochen haben, obwohl er gerade mitten in einem Onlinespiel steckte.

»Hieß das gerade ›Ja, bitte‹?«, fragt Renzo lächelnd. »Ich muss es nämlich exakt wörtlich so hören.«

Franco murmelt ein kaum hörbares Ja. Renzo wirft mir einen Blick zu und wir schenken uns gegenseitig stumm Mitleid dafür, dass unser Sohn langsam, aber sicher in der Teenager-Übellaunigkeit versinkt.

Renzo und die Kinder führen mit dem Kellner eine ausführliche Diskussion über Eissorten, während ich ein weiteres halbes Glas Wein leere. Er schmeckt vorzüglich. Mein Handy vibriert. Mit klopfendem Herzen ziehe ich es aus der Tasche. Nach den Zweifeln von gestern bin ich nun überzeugt, dass dieser Urlaub das Richtige ist. Ich muss rauskommen. Mich entspannen.

»Das ist unfair!« Franco zeigt auf mein Handy. »Ihr habt gesagt, keine Handys während dem Essen.«

Renzo stupst ihn sanft an. »Damit war gemeint, nicht mit anderen Leuten zu chatten oder zu spielen, Franco. Deine Mum benutzt das Handy entweder für die Arbeit oder es hat mit dem Urlaub zu tun – beides sorgt dafür, dass ihr ein schönes Leben habt. Na los, ich will ein fröhliches Gesicht sehen, wir fahren in den Urlaub.« Renzo zieht eine komische Grimasse und Franco muss unfreiwillig lächeln.

»Es ist bloß eine Nachricht von der Arbeit«, bestätige ich. »Aber vielleicht schreibe ich Beth noch schnell, dass wir bald in den Flieger steigen.«

Renzo nickt.

Unser Flug geht später als der der Kildares. Wahrscheinlich kommen wir irgendwann in den frühen Morgenstunden in Sherborne an, allerdings hoffe ich, dass die Kinder den Großteil der Reise über schlafen. Ich tippe eine Nachricht:

*Hoffe, ihr hattet einen guten Flug. Bei uns geht bald das Boarding los!*

Ich verziehe innerlich das Gesicht über meinen übertrieben heiteren Ton. Ich wirke wie eine Art Animateurin in einem Ferienresort. Aber ich habe Beths Ausdrucksweise imitiert, damit sie sich wohler fühlt. Wenn sie mich im wahren Leben treffen würde, wäre ihr schnell klar, dass ich in Wirklichkeit überhaupt nicht so bin. In meiner PR-Karriere muss ich umgänglich und professionell auftreten, aber ganz bestimmt würde man mich nicht als quirlig bezeichnen. Es war mir immer lieber, auf stille Weise selbstbewusst zu sein und mich zurückzuhalten. Das erzielt meiner Meinung nach bessere Ergebnisse. Es bringt Menschen dazu, etwas für einen tun zu *wollen*. Sich verzweifelt abzustrampeln, um einem zu gefallen. Wenn man nur ab und zu mal einen Krümel fallen lässt, kommt sich der Empfänger vor, als wäre in dunkler Nacht eine magische Flamme nur für ihn entfacht.

Ich warte auf Beths Antwort. Normalerweise schreibt sie mir innerhalb von Sekunden zurück. Diesmal nicht. Sie müssen wohl schon in der Luft sein.

Ich frage mich, ob Beth in Wirklichkeit genauso nervig ist, wie sie in E-Mails und Nachrichten wirkt.

Wahrscheinlich schon.

# ACHT

## BETH

»Da sind sie! Guckt mal!« Connor zeigt auf unsere Koffer, die wie durch ein Wunder direkt hintereinander auf dem Band gelandet sind.

»Ich hab sie zuerst gesehen!«, beteuert Liam.

»Nie im Leben.«

»Genug jetzt, Jungs«, weist Niall sie zurecht, ohne den Blick vom Handy abzuwenden.

Ich gehe um unseren Gepäckwagen herum und mache mich bereit, mir einen der Koffer zu schnappen. »Niall, kannst du auch einen nehmen?«

»Was?« Er runzelt die Stirn und sieht zerstreut auf. »Äh, ja, klar.«

»Ich übernehme das«, sagt Connor und macht einen Schritt auf das Kofferband zu.

»Darf ich auch, Mum?«, fragt Liam und schiebt sich seitlich vor mich.

Ich nehme ihn bei der Hand. »Liam, Schatz, kannst du ein Stück zurückgehen? Die Koffer sind vielleicht etwas zu schwer für dich.«

»Aber nicht zu schwer für *mich*«, behauptet Connor, lehnt sich vor und streckt die Hand aus.

»Ich kann das aber auch«, sagt Liam, jetzt lauter.

Niall hält sich heraus. Meine Schultern spannen sich an. Wenn ich Connor einen Koffer nehmen lasse und Liam nicht, gibt es einen Streit im ganz großen Stil. Sie sind übermüdet und aufgedreht und ich habe gerade nicht die Kraft, mich damit zu befassen. »Jungs, ihr müsst jetzt beide mal Platz machen ...«

»Aber ...«

»Kein Aber. Dad und ich holen die Koffer, ihr zwei müsst dafür auf den Wagen aufpassen. Damit ihn uns keiner wegnimmt.«

Connor zieht ein finsteres Gesicht. Er weiß, dass ich ihn nur abwimmeln will. Doch Liam stemmt eine Hand in die Hüfte und stellt sich wachsam an den Wagen, Gott sei Dank.

Connor beugt sich vor mich, nimmt den ersten Koffer und schwingt ihn triumphierend auf den Wagen, wobei er ihn mir davor noch gegen den Knöchel knallt.

»Gut gemacht!«, sagt Niall.

Connor strahlt über das Lob seines Vaters.

»Das ist unfair!« Liam läuft rot an.

Ich schnappe mir den zweiten Koffer und wuchte ihn auf den Wagen, dann gehe ich um ihn herum und schiebe los. »Okay, dann wollen wir mal.« Wenn ich das Theater ignoriere, verfliegt es hoffentlich von selbst. Die Nachwirkungen des Weins plus zwei Gin Tonic im Flugzeug bescheren mir langsam Kopfschmerzen. Ich muss etwas Wasser trinken. »Hey, Leute, ist das zu glauben, dass wir in Italien sind?« Ich versuche, die Stimmung zu heben. Ich möchte uns alle in Plauderlaune versetzen und die Vorfreude auf den Urlaub hervorkitzeln.

Niemand antwortet. Connor und Niall schlendern neben mir her, aber Liams Gesicht ist immer noch gerötet und verschwitzt, er hält die Arme wütend vor der Brust verschränkt.

»Möchtest du auf dem Wagen sitzen?«, frage ich ihn und bleibe stehen.

Ich merke, dass die Idee reizvoll klingt, aber er ist hin- und hergerissen – er überlegt, ob er nicht doch lieber sauer bleiben will. Zum Glück gewinnt die Unwiderstehlichkeit einer Fahrt auf dem Gepäckwagen die Überhand. Er grinst und lässt sich neben die beiden Koffer fallen. Erleichtert schiebe ich weiter. Durch das zusätzliche Gewicht dreht eines der Räder durch und ich muss es immer wieder richtiglenken. Ich überlege, Niall um Hilfe zu bitten, aber auf seinem Handy summen wie verrückt die Nachrichten und er löst den Blick nicht vom Display. Ich habe mein Handy noch gar nicht wieder eingeschaltet, seit wir gelandet sind.

Wir verlassen das Terminal. Die Luft ist schwer und warm, Benzin- und Asphaltgeruch liegen darin. Aus dem Gebäude ragt ein Vordach, das uns gegen die Nachmittagssonne abschirmt. Ich stelle den Gepäckwagen bei einer Reihe anderer ab und übergebe einen der Koffer an Niall, der schweren Herzens das Handy zurück in die Tasche steckt und den Griff herauszieht, damit er den Koffer rollen kann.

Als wir aus dem Schatten des Gebäudes treten, ziehe ich am Kragen meines Sweatshirts. Ich wusste, dass es hier wärmer ist als in England, aber ich war nicht auf die grelle Helligkeit und die drückende Hitze vorbereitet. Ich wünschte, ich hätte keine Jeans angezogen. Ich sollte das Sweatshirt ausziehen, aber ich habe schon die Hände voll. Pausenlos trudeln in endloser Aneinanderreihung Taxis und Minibusse ein, also gehen wir in Richtung eines Zebrastreifens.

»Mir ist heiß!«, verkündet Liam und bläst die Wangen auf. Er bleibt stehen und wischt sich die Stirn.

Plötzlich lachen wir alle über Liams kleines, rotes Gesicht und seine ernste Miene. Nialls und meine Blicke treffen sich und er lächelt mir zu, sodass mein Magen einen Hüpfer macht.

Mir fällt ein Stein vom Herzen, dass die Anspannung endlich verschwunden ist.

»Normalerweise ist es im April noch nicht so warm in Neapel«, sagt Niall. »Hast du dir den Wetterbericht angeguckt?«

Ich nicke. »Heute Nacht soll es ein Gewitter geben. Aber die nächsten Tage ist dann wieder Sonne angesagt, es sieht also gut aus.«

»Ein Gewitter? Deshalb ist es so schwül. Wo ist dieses Auto? Hoffentlich hat es eine Klimaanlage.«

»Ich denke schon, aber auf jeden Fall ist es ein Cabrio, also brauchen wir die vielleicht gar nicht. Amber meinte, sie stellen es auf den Kurzzeitparkplatz vor dem Terminal. Eigentlich wollte sie uns auch noch ein Foto schicken, wo es genau steht, so wie wir es auch gemacht haben. Lass mich mal kurz nachschauen, ob eins gekommen ist.« Ich nehme das Handy aus der Tasche und warte, während es startet. Dann wische ich über den Bildschirm und öffne unseren Nachrichtenverlauf. »Fehlanzeige. Vielleicht ist die Nachricht noch nicht durchgekommen.« Ich lege mir eine Hand an die Schläfe. Inzwischen pocht mir der Kopf. »Wir müssen aus der Sonne raus.«

»Dir ist aber schon klar, dass zwei Wochen Sonne vor uns liegen, Beth? Italien ist nicht gerade für sein kühles Wetter bekannt.« Niall schüttelt den Kopf und lächelt in sich hinein.

»Ich weiß, ich bin nur nicht daran gewöhnt, weiter nichts. Ich schreibe ihr mal.« Ich schicke Amber eine Erinnerung, dass sie uns noch sagen wollte, wo sie geparkt haben, aber als ich nicht sofort eine Antwort erhalte, rufe ich sie an. Ich lande direkt auf der Mailbox und hinterlasse eine Nachricht. Ich bemühe mich, nonchalant und fröhlich zu klingen, als würde mich das gar nicht weiter aus der Ruhe bringen, aber meine Stimme hört sich kläglich und nervös an.

»Okay, hier rumzustehen und Löcher in die Luft zu starren, bringt auch nichts. Gucken wir uns doch mal um, vielleicht finden wir es ja.« Niall stapft weiter auf den Fußgängerübergang zu. Dann dreht er sich um. »Du hast doch gesagt, es ist ein Mercedes, oder?«

»Ja, ein dunkelblaues Cabrio. Sollte leicht zu erkennen sein.« Während wir meinem Mann über die Straße folgen, lasse ich den Blick über die geparkten Autos schweifen und schaue ab und zu aufs Handy, ob vielleicht eine Nachricht aufploppt.

»Es ist kein großer Parkplatz«, sagt Niall. »Lass uns an einem Ende anfangen und uns durcharbeiten. Okay, Jungs, wir suchen nach einem dunkelblauen Mercedes mit Faltdach. Ruft, wenn ihr ihn seht.«

Die nächsten zehn Minuten laufen wir den Parkplatz ab, doch das Auto der Masons ist offensichtlich nicht hier.

»Hoffentlich ist es nicht geklaut worden.« Ich bekomme es mit der Angst zu tun. »Immerhin ist es ein ziemlich protziges Auto.«

»Sicher, dass sie vom Kurzzeitparkplatz gesprochen hat?«, fragt Niall, der überhaupt nicht auf meine Sorge eingeht und sich die Schweißperlen von der Oberlippe wischt. »Vielleicht haben sie es ins Parkhaus gestellt, damit es nicht so heiß wird. Du könntest dich verlesen haben.«

Ich fühle mein Stresslevel etwas absinken. »Warte kurz, ich schaue nach.« Ich scrolle durch meinen Austausch mit Amber und überlege, ob ich mich tatsächlich verlesen haben könnte. Niall wäre wirklich angepisst, wenn ich uns umsonst quer über den Parkplatz hätte laufen lassen. »Nein, schau mal hier ...« Ich halte ihm das Handy hin, aber er zeigt kein Interesse daran, also sage ich ihm, dass ich mich nicht vertan habe. »Sie hat eindeutig geschrieben, dass sie es auf dem Kurzzeitpark ...«

Niall winkt ungeduldig ab. »Ist ja gut, ich glaub dir.«

»Ich hab Durst«, sagt Liam mit mitleiderregendem Gesichtsausdruck.

Ich reiche ihm meine Wasserflasche mit den letzten paar Schlucken darin. Ich hätte noch mehr Wasser kaufen sollen, als wir noch im Flughafen waren. »Teile es mit deinem Bruder. Jeder zwei Schlucke.«

»Ist das alles, was wir an Wasser haben?«, fragt Niall. »Ich könnte auch welches gebrauchen.«

Ich hole tief Luft und versuche, die wachsende Nervosität zu unterdrücken. Ich sage mir, dass kein Grund zur Sorge besteht. Wir sind alle bloß müde und uns ist heiß, und wir müssen einfach nur Ambers und Renzos Auto finden. Irgendwann werden wir alle darüber lachen. »Soll ich uns noch etwas Wasser holen«, biete ich an, »während ihr weiter nach dem Auto sucht?«

»Ohne die Kids bin ich schneller«, entgegnet Niall. Er marschiert davon. »Schreib mir, wenn du das Wasser hast, und ich sage Bescheid, wenn ich das Auto gefunden habe. Das ist doch lächerlich, also echt. Du hättest dir was Besseres überlegen sollen, wie wir das hier regeln.«

»Es war nicht meine Idee, sondern Ambers.«

»Du musst ja nicht jeder Idee von anderen zustimmen, wenn sie Mist ist«, gibt Niall zurück. »Wir hätten ein Taxi vom Flughafen nehmen sollen. Mir ist sowieso nicht nach fahren.«

Hoffentlich erwartet Niall nicht, dass ich fahre – nach meinem Wein zum Mittagessen und den beiden Gin Tonic im Flugzeug bin ich über dem Limit. Er hatte gesagt, dass er sich darauf freue, sich ans Steuer zu setzen und nach Maiori hinunterzukurven. Sonst hätte ich nichts getrunken. »Kommt mit, Jungs, wir holen uns Wasser. Vielleicht brauche ich auch einen Kaffee.«

Während wir zurück zum Terminal gehen, versuche ich, nicht darüber nachzudenken, was für ein wackliger Start das für unseren Urlaub ist. Ich versuche, mir keine Sorgen darüber zu machen, was wir tun, wenn wir das Auto nicht finden. Und vor allem versuche ich, nicht daran zu denken, dass Niall mir die Schuld geben wird, falls diese Reise eine Katastrophe wird.

# NEUN

## BETH

Nachdem wir eine stressige Stunde damit verbracht haben, sämtliche Parkplätze am Flughafen Neapel nach dem Auto der Masons abzusuchen, geben wir schließlich auf und beschließen, ein Taxi zu nehmen. Wir können ja auch jederzeit wiederkommen, sobald wir herausfinden, wo sie es geparkt haben. Allerdings meint Niall, die Masons können ihn mal kreuzweise, wenn sie meinen, wir verschwenden unsere Urlaubszeit damit, auf der Suche nach ihrem Auto ständig zum Flughafen zu gurken.

Während wir Neapel Richtung Süden verlassen, weist uns Niall vom Beifahrersitz aus auf den Vesuv hin. Der Berg wäre an sich schon ein beeindruckender Anblick, doch der Eindruck wird durch die dahinter aufziehenden Gewitterwolken noch verstärkt. Während Liam schon nach fünf Minuten Fahrt an meiner Schulter eingeschlafen ist, ist Connor ganz hin und weg vor Ehrfurcht über den richtig echten Vulkan in der Ferne. Wir versprechen ihm, mal einen Tagesausflug dorthin zu machen.

Schon bald machen wir Bekanntschaft mit den kurvigen Straßen der Amalfiküste. Wir schlängeln uns an steilen Klippen entlang, schrauben uns in hübsche Küstenorte hinab und dann wieder bergauf. Das Tageslicht schwindet und nach und nach erstrahlen die Lichter.

Es könnte eine wunderbare Reise sein, aber nach dem Debakel mit dem nicht auffindbaren Auto werde ich den beunruhigenden Gedanken nicht los, dass diese ganze Häusertausch-Geschichte vielleicht eine Masche ist und wir einem Trickbetrüger die Schlüssel zu unserem Auto und unserem Haus gegeben haben. Ich kann die Fahrt überhaupt nicht genießen, weil sich bleiernes Grauen in meiner Magengrube ausbreitet. Die ganze Zeit über ist mir übel vor Sorge, dass wir an der Villa ankommen und feststellen, dass sie in Wirklichkeit jemand anderem gehört, oder dass es sie überhaupt nicht gibt. Auch, wenn die Häusertausch-Idee ursprünglich von Niall kam, habe ich mich um die gesamte Organisation gekümmert, und so kann ich gar nicht anders, als mich persönlich für den Verlauf der Reise verantwortlich zu fühlen.

Schon geht es die Klippen wieder hinunter nach Maiori, unserem Urlaubsörtchen. Der Taxifahrer kurvt die lichtergesäumte Strandpromenade entlang. Trotz der Reihen von Liegen und Sonnenschirmen am Strand, der hell erleuchteten Geschäfte, der Bars, Restaurants, Hotels und Ferienwohnungen herrscht im ganzen Ort eine gedämpfte Nebensaison-Atmosphäre.

»Wohnen wir hier?«, fragt Connor und drückt die Nase an das Taxifenster.

»Ja«, antwortet Niall. »Wie findest du es?«

»Gibt's hier Boote? Können wir mit einem fahren?«

»Vielleicht«, meint Niall. »Wenn ihr euch gut benehmt.«

»Ich würde gern mal nach Capri rüber«, füge ich hinzu. »Dort soll es ein paar ganz tolle Restaurants geben. Vielleicht könnten wir mal einen Tag hinfahren.«

»Gleich sind wir da«, sagt der Fahrer, biegt von der Hauptstraße ab und entfernt sich vom Strand. Wir passieren Läden und Plätze, Hotels und Apartmentanlagen. Die Straßen werden schmaler und steiler, und ab und zu erhasche ich einen Blick auf das dunkle Meer unter uns. Amber hat mir versichert, ihr Haus liege nahe dem Strand, aber es kommt mir so vor, als wären wir jetzt schon ein ganzes Stück davon entfernt. Ich werde unsagbar erleichtert sein, wenn wir die Villa erreichen und ich endlich meine Unruhe ablegen kann. Ich habe auch schon Paola geschrieben, Ambers und Renzos Nachbarin, die uns hineinlassen und die Schlüssel übergeben soll.

Unser Fahrer biegt noch ein paarmal ab. Die Straße, die wir nun entlangfahren, ist schmal und von Bäumen gesäumt. Die Häuser stehen weit auseinander und werden halb von Hecken und hohen Toren verdeckt. Das Taxi wird langsamer.

»Ist es hier?«, fragt der Fahrer. »Villa Della Luna?«

Mein Blick fällt auf ein Namensschild aus Schiefer an einem Steinpfeiler. »Ja, sieht so aus.« Mein Herz macht einen Sprung, als ich durch das geöffnete Doppeltor spähe. Das Haus ist beinah so eindrucksvoll wie die Landschaft drumherum. Eine riesige, moderne weiße Villa mit viel Glas, davor eine makellose blassgraue Auffahrt mit einer Reihe Topftannen und Palmen zu jeder Seite, erleuchtet von im Boden eingelassenen Lampen. Es ist alles so schön, dass ich vor Dankbarkeit weinen könnte. Wir fahren durch das Tor und steuern auf die große schwarze Haustür zu.

Weitere Sicherheitsbeleuchtung springt an, als wir uns dem Haus nähern.

»Nicht schlecht«, kommentiert Niall.

»Wie cool«, ruft Connor. »Hier wohnen wir?«

»In der Tat«, antworte ich und erlaube mir ein kurzes innerliches Flattern der Aufregung. Ich schüttle Liam sanft an der Schulter. »Hey, Schlafmütze. Wir sind da.«

»Mmh?« Seine Wangen sind gerötet und sein Haar ist warm und schweißfeucht an der Stelle, an der er sich an mich gelehnt hat.

»Liam, Zeit, aufzuwachen.«

Er öffnet die Augen, streckt sich und gähnt laut. Niall und Connor sind bereits aus dem Taxi gestiegen und der Fahrer holt unser Gepäck aus dem Kofferraum. Ich trete auf die Auffahrt, gefolgt von einem zerzausten und desorientierten Liam. Die Luft ist warm und schwer.

»Mummy, ich hab Durst.«

»Hier.« Ich reiche Liam eine Flasche lauwarmes Wasser aus meiner Tasche.

»Guten Abend«, ertönt die Stimme einer Frau hinter mir.

Ich drehe mich um und sehe eine elegante, blonde Dame die Auffahrt entlang auf uns zukommen. Niall geht ihr entgegen. Mir fällt ein, dass der Taxifahrer auf seine Bezahlung wartet, also krame ich in meiner Tasche nach dem Portemonnaie und fummle erst eine Weile mit den ungewohnten Euroscheinen herum, bis ich den Fahrpreis richtig zusammen habe. Der Taxifahrer macht sich wieder auf den Weg und ich geselle mich zu Niall, die Kinder im Schlepptau.

»Das ist Paola«, sagt Niall. »Sie wohnt nebenan. Paola, das ist meine Frau, Beth.«

»Hi«, sage ich und frage mich, wie reisemüde ich auf einer Skala von eins bis zehn wohl aussehe.

»Schön, Sie kennenzulernen.« Sie hat einen charmanten Akzent. Sie streckt eine winzige, manikürte Hand aus.

Meine eigene Hand fühlt sich in ihrer kühlen, trockenen feucht an.

Sie sieht mich an und legt den Kopf schief. »Für einen Moment, ich denke, Sie sind Amber; Sie sehen sehr gleich aus.«

»Wir sind wohl beide dunkelhaarig.« Verlegen zupfe ich an meinen Haaren herum. »Sie wohnen also nebenan?«

»Ja, nebenan. Das links ist unsere Haus.« Sie deutet auf eine altmodische graue Villa, die hinter einer Steinmauer und stattlichen Zypressen nur teilweise zu erkennen ist.

»Sehr schön«, sage ich.

»Danke.« Sie nickt einmal. »Ist nicht so modern wie diese.

Mehr traditionell. Es war das Haus von den Großeltern von meine Mann, und jetzt wir haben unsere Familie da.« Sie wendet sich den Jungs zu. »Und wie alt sind Ihre wunderschöne Kinder?« Es funkelt in ihren Augen.

Connor und Liam schauen beide zu mir, zu schüchtern, um zu antworten.

»Connor«, fordert Niall auf. »Paola hat dir eine Frage gestellt.«

»Elf«, murmelt er.

Liam greift nach meiner Hand und sagt nichts.

»Connor ist elf und Liam sieben«, sage ich.

»Wunderbar! Das ist eine gute Alter. Ich habe fünf Kinder, und der jüngste, er ist vierzehn.«

»Wow«, antworte ich. »Dafür sehen Sie überhaupt nicht alt genug aus.«

Sie lacht. »Danke. Nun, Sie müssen müde sein, ich zeige Ihnen die Schlüssel und die Alarmanlage, ja?«

Wir folgen ihr zur Haustür, wo sie uns erklärt, welchen Schlüssel wir nehmen müssen und wie wir die Tür öffnen. Dann führt sie uns weiter in den klimatisierten Eingangsbereich, wo sie die Alarmanlage erläutert. Ich kann mich kaum auf ihre Anweisungen konzentrieren und hoffe, dass Niall sich das alles merken kann. Stattdessen achte ich auf das Innere des Hauses selbst.

Es sieht aus wie ein modernes Kunstwerk. Der Boden besteht aus weißem, geadertem Marmor, die Wände sind ebenfalls weiß. Die hohe Diele wird vom weichen Licht quadratischer, in die Decke eingelassener Lampen erhellt. Die Hauptlichtquelle ist allerdings die weiße, halb gläserne Treppe, die zu glühen scheint. Ich sehe, dass jede Stufe von innen erleuchtet wird – der freistehende Aufgang ist eine einzige riesige Lampe. Insgesamt wirkt der Raum gradlinig und frisch, ohne dabei kalt zu erscheinen.

»Gefällt's Ihnen?« Paola bemerkt meine heruntergeklappte Kinnlade und lächelt mir zu.

»Es ist atemberaubend.« Ich muss beim Gedanken an unser eigenes bescheidenes Zuhause schlucken. Ambers Fotos sind dem Haus keineswegs gerecht geworden. Tatsächlich kann ich kaum glauben, dass es sich um dasselbe Haus handelt, das sie auf der Häusertausch-Website inseriert hatte. Sie hat wirklich untertrieben. Sofort befürchte ich, hier Unordnung zu machen. Was, wenn die Kinder etwas kaputtmachen oder vollkleckern?

»Okay, ich lasse Sie jetzt allein, ja?« Paola sieht erst mich, dann Niall an. »Sie haben meine Nummer, also Sie rufen an, wenn Sie etwas brauchen.«

»Vielen Dank«, antworte ich, immer noch wie benommen. »Es war sehr nett von Ihnen, uns hereinzulassen.«

»Natürlich, natürlich. Ist keine Problem. Ich gehe jetzt, koche Abendessen für meine Kinder. Ciao.«

»Ciao«, antworten Niall und ich wie aus einem Mund. Ich komme mir bei dem Wort wie eine Hochstaplerin vor. Die letzten Wochen habe ich versucht, ein paar Sätze auf Italienisch zu lernen, aber ich komme nicht einmal ansatzweise an Niall heran, der es fast fließend beherrscht. Seine Romane sind in Italien ziemlich beliebt, daher war er im Laufe der Jahre für einige Lesereisen hier und musste diverse Interviews mit der Presse führen.

Die Tür schließt sich hinter Paola und wir stehen allein im weiten, hallenden Eingangsbereich.

»Gar nicht schlecht, was?«, sage ich.

»Voll krass!« Jetzt, da Paola weg ist, ist Connors Stimme zurückgekehrt. »Wo ist der Pool?«

Wir lassen die Koffer an Ort und Stelle stehen und durchqueren die Diele zu den übrigen Räumen im Erdgeschoss. Wir sehen üppige Pflanzen in weißen Töpfen, gerahmte Schwarz-Weiß-Fotos und ein paar stilvoll platzierte graue Teppiche. Eine Wand wird vom Boden bis zur Decke von einem Bücherregal eingenommen, an einer weiteren, nach hinten versetzten Wand lagern gespaltene Holzscheite, vermutlich für den modernen weißen Holzofen in der Wohnzimmerecke. Durch den gesamten Bereich ziehen sich schlanke schwarze Säulen, die die Decke in den offenen Räumen stützen.

Und dort, durch die gläserne Rückwand, schimmert ein blasstürkisfarbener Pool in der Dunkelheit, dessen Unterwasserlichter die Oberfläche in einen Spiegel verwandeln.

»Dürfen wir da rein?« Liam rennt zur Tür, presst die Hände dagegen und hinterlässt schwitzige Handabdrücke auf der Scheibe. Ich versuche, ihnen nicht zu viel Beachtung zu schenken. Wir haben Urlaub. Am Ende unseres Aufenthaltes machen wir einmal ordentlich sauber.

»Mum, dürfen wir?«, fragt Connor.

»Später«, verspreche ich.

»Ach, lass sie doch schnell eine Runde schwimmen«, sagt Niall. »Vielleicht springe ich sogar mit rein.«

»Es wird langsam spät. Wir müssen noch etwas essen«, gebe ich zurück und wünschte, ich wäre spontaner. Aber wenn die Kinder nicht bald etwas in den Magen bekommen, werden sie quengelig, und mit den Konsequenzen muss dann wieder ich mich befassen.

»Gleich nach dem Schwimmen gehen wir essen«, sagt Niall. »Es gibt doch bestimmt ein Restaurant in der Nähe.«

»Okay.« Ich nicke. »Lasst uns eine Runde schwimmen gehen.«

»Jaaa!«, jubeln die Jungs und fangen an, uns mit Fragen zu ihren Badehosen und ihrem aufblasbaren Spielzeug zu bombardieren, und ob sie hineinspringen dürfen und wie kalt das Wasser ist.

Bei ihrer Begeisterung wird mir leichter ums Herz. Es erinnert mich daran, dass ich mich auch einmal treiben lassen sollte. So wollte ich es doch – unsere Familie, die im Urlaub entspannt Spaß hat. Nun, spaßiger und entspannter als beim abendlichen

Schwimmen im Pool einer schicken, modernen Villa geht es ja wohl kaum.

Niall und ich schleppen die Koffer die beleuchtete Treppe hinauf, weisen jedem der Jungs ein Zimmer zu und erkunden dann das große Schlafzimmer am Ende des Flurs. Wie die restliche Villa verfügt auch dieser Raum über eine hohe Decke und wirkt luftig. Die Wände sind weiß, aber der Boden hier oben besteht aus dunklem, glattem Holz. Statt eines Fensters gibt es dunkel gerahmte Schiebetüren, die auf einen weißen Balkon mit viel Glas hinausführen, auf dem zwei Metallliegestühle, ein Tisch mit passenden Stühlen sowie schwarze Steintöpfe mit in Form geschnittenen Büschen und Bäumchen stehen. Wie gemacht für eine morgendliche Tasse Kaffee oder einen Cocktail am Abend.

Wir haben ein Super-Kingsize-Bett mit eingebauten Nachttischen. Das einzige andere Möbelstück ist eine opulente Chaiselongue aus grauem Samt gegenüber vom Bett, darüber hängt eine übergroße Fotoleinwand der wunderschönen Familie Mason, die uns vor einem verschwommenen Strandhintergrund anschaut.

»Wo sollen wir denn unsere Kleidung hintun?«, frage ich und schaue mich vergeblich nach einem Schrank oder einer Kommode um.

Niall öffnet eine Tür und späht hindurch. »Hier drin.«

Ich folge ihm in ein riesiges Ankleidezimmer mit Einbauschränken und Schubläden an jeder Wand. Hier und da sind in einer Öffnung in der Schrankwand eine Handtasche, ein Paar Schuhe oder ein Parfümflakon speziell zur Schau gestellt. Es sieht aus wie in einem Designerladen.

Jenseits des Ankleidezimmers befindet sich ein weißes Marmorbad mit zwei Waschbecken und einer breiten, tiefen Badewanne. Was darin allerdings am meisten ins Auge fällt, ist die Glasrückwand der Doppeldusche, denn darauf sind in Überlebensgröße Schwarz-Weiß-Fotografien der nackten

Amber abgebildet. Ein Bild von hinten, auf dem sie über die Schulter schaut. Das nächste im Profil. Auf dem dritten ist sie von vorne zu sehen, die Hände in den Hüften.

Nialls Augen werden groß. Einen Moment lang stehen wir beide wie gelähmt da. Ich versuche, seinen Blick zu erhaschen, damit wir zusammen darüber lachen können, aber er räuspert sich. Er ist schon wieder auf dem Weg zurück ins Schlafzimmer. Ist mein Mann schockiert? Erregt? Desinteressiert? Schwer einzuschätzen. Ich hingegen fühle einen Moment lang ein unbehagliches Ziehen in der Magengrube.

# ZEHN

## BETH

Die Terrasse des Restaurants liegt unter einem rankenbewachsenen, mit Lichterketten geschmückten Lauben-dach. Stühle und Tische aus Glas und Rattan stehen auf tradi-tionellen Terrakottafliesen, dazwischen Töpfe mit Zitronenbäumchen. Zwei uralte Olivenbäume mit krummen Stämmen lehnen sich in den Raum, als wollten sie all den lebhaften Gesprächen lauschen. Ich sehe keinen einzigen freien Tisch, und wir vier bleiben etwas deplatziert am Rand der Terrasse stehen. Wir müssen es wohl woanders versuchen.

Auf den Straßen draußen war alles ruhig; dass das Restau-rant hinter der unscheinbaren Eingangstür aus allen Nähten platzt, kommt also unerwartet.

»Wir hätten wahrscheinlich reservieren sollen«, sagt Niall.

Mir ist klar, dass er damit sagen will, *ich* hätte reservieren sollen. Ich schlucke. »Tja, es war das erste, das wir versucht haben. Vielleicht sollten wir noch etwas weitergehen. Wir finden doch bestimmt noch was anderes?« Ich seufze. »Was für eine Aussicht.« Jenseits der Terrasse funkeln die Lichter von Maiori in der Tiefe, und das dunkle Meer kräuselt sich unter einem fast vollen Mond. Dieses Restaurant war eines von mehreren, die Amber Mason empfohlen hat. Wenn das Essen auch nur einigermaßen an die Atmosphäre und die Aussicht herankommt, muss ich ihr wohl danken.

»Buona sera.« Eine freundlich aussehende Kellnerin kommt auf uns zu. Sie scheint etwa in meinem Alter zu sein, hat eine kurvige Figur und traumhafte, karamellfarbene Locken, die sie sich aus dem Gesicht gebunden hat. Man sieht uns anscheinend an, dass wir Touristen sind, denn sie spricht sofort auf Englisch weiter: »Willkommen in der Terrazza Luciana. Ein Tisch für vier, ja? Zum Abendessen?« Meine Schultern entspannen sich. Es ist schon beinah neun, und ich weiß nicht, ob ich es ausgehalten hätte, auf der Suche nach einem anderen Restaurant noch länger herumzulaufen. Unser abendliches Schwimmen war schön, aber ich würde jetzt auf der Stelle ins Bett fallen, wenn ich nicht so hungrig wäre. Die Jungs sind genauso platt.

»Ja, bitte«, antwortet Niall. »Ein Tisch hier draußen wäre super.«

»Tut mir leid, die Terrasse ist voll, wie Sie sehen. Wir haben drinnen noch ein paar freie Tische.«

»Drinnen ist auch in Ordnung.« Ich lächle.

»Bitte ...« Sie bedeutet uns, hineinzugehen.

Ich mache einen Schritt vorwärts, doch Niall rührt sich nicht von der Stelle und legt mir eine Hand auf den Arm, ein Stirnrunzeln verfinstert seine Miene. »Ich würde lieber draußen sitzen. Passt nicht noch ein Tisch auf die Terrasse?« Er lässt den Blick schweifen. »Da, schauen Sie mal, bei dieser Pflanze. In dem Bereich müsste doch noch Platz für einen kleinen Tisch sein.«

»Es tut mir leid, aber wir brauchen den Platz als Durchgang, sonst wird es zu eng für die Kellner. Drinnen ist es auch schön, Sie können am Fenster sitzen, dann haben Sie da auch die Aussicht.«

Niall schweigt einen Moment lang und ich hoffe, dass er

keinen Aufstand veranstaltet. »Gut. Dann gehen wir eben nach drinnen.« Er macht ein Gesicht wie sieben Tage Regenwetter.

Die Kellnerin hält inne. »Warten Sie kurz, okay?« Sie lässt uns stehen, eilt davon und spricht mit einem älteren Kellner, der erst den Kopf schüttelt und dann nickt. Er ruft einen weiteren Kollegen herbei, und die drei sprechen laut und schnell auf Italienisch.

Ich trete von einem Fuß auf den anderen, spiele an meinem Armband herum und hoffe, dass wir bald einen Platz bekommen. Ich spüre, wie Nialls Geduldsfaden zu reißen droht. Zum Glück kommt die Kellnerin bald zurück und winkt uns hinein. Sie führt uns zu einem Tisch am Fenster. Wie versprochen ist die Aussicht auch hier herrlich, aber die klimatisierte Luft fühlt sich nach dem warmen Abend draußen kühl an.

Niall bestellt eine Flasche Wein, und die Jungs möchten beide eine Sprite.

Die Kellnerin lächelt mir freundlich zu. »Sie trinken drinnen was, während meine Kollegen einen Tisch auf der Terrasse für Sie herrichten, in Ordnung?«

»Sicher?«, frage ich und komme mir vor, als wären wir ungehobelte Touristen, die sie so lange gedrängt haben, bis sie ihren Willen bekommen.

Ihr Lächeln bleibt fröhlich. »Natürlich. Wir machen es perfekt für Sie.«

Mein Mann deutet ein Nicken an. »Danke.«

»Gut. Ich bringe Ihre Getränke.«

Sobald sie außer Hörweite ist, lehnt sich Niall auf seinem Stuhl zurück. »Ich wusste ja, dass sie uns noch dazwischen bekommen. Das war reine Faulheit. Wollten sich nicht damit abmühen, einen Tisch rauszutragen. Manchmal macht es sich bezahlt, sich ein bisschen querzustellen.«

Ich beiße mir auf die Lippe, weil ich die Kellnerin am liebsten in Schutz nehmen würde. Das Restaurant ist brechend voll und sie hetzen von hier nach da, ich würde sie also nicht als faul bezeichnen. Aber die Sache ist keinen Streit wert, also lasse ich es darauf beruhen. »Ist es hier nicht superschön? Jungs, was meint ihr?«

»Es ist gut«, nickt Connor. »Können wir noch mal in den Pool, wenn wir wieder zu Hause sind?«

»Morgen«, antworte ich.

Liam werden die Augen schwer. Er rutscht vom Stuhl und will zu mir auf den Schoß klettern.

»Noch nicht einschlafen, Schätzchen. Erst müssen wir etwas essen, okay? Und ein schönes, sprudelndes Glas Sprite trinken. Das weckt die Lebensgeister wieder.« Ich helfe ihm auf seinen Stuhl zurück. Ich würde es zwar genießen, wenn er zu mir auf den Schoß schmusen kommt, weil er das inzwischen nur noch so selten tut, aber wenn ich ihn lasse, würde er in Nullkommanichts einschlafen, und er soll erst zu Abend essen.

Es war ein langer Tag. Ich kann kaum glauben, dass wir heute Morgen um sechs in unseren Betten in Dorset aufgewacht sind und Eis von der Windschutzscheibe gekratzt haben. Nun sitzen wir hier in kurzen Ärmeln an der Amalfiküste, und vor uns liegen zwei Wochen Entspannung.

Die Kellnerin kehrt mit unseren Getränken zurück, und wir sitzen gerade einmal fünf Minuten drinnen, bis sie uns zu unserem Tisch nach draußen führt. Es herrscht angeregte und heitere Stimmung. Um uns herum höre ich kein Wort Englisch. Es scheinen nur italienische Familien und Paare hier zu sein. Vielleicht liegt es daran, dass wir uns ein ganzes Stück abseits der Küstenstraße befinden und hier die Einheimischen essen gehen.

»Es ist warm.« Niall zupft sich am Hemd.

»Schwül«, stimme ich zu. Die Härchen auf meinen Armen stellen sich auf und ich rieche Ozon in der Luft.

»Bald kommt ein Gewitter«, prophezeit Niall.

»Hoffentlich regnet es nicht jetzt, wo wir draußen sitzen.«

Wir spähen beide zum Himmel empor, und ich suche nach

einem anderen Gesprächsthema als dem Wetter. Ich muss wieder eine Verbindung zu meinem Mann herstellen. Ihn daran erinnern, warum er sich einmal in mich verliebt hat. Wehmütig denke ich zurück an das jadegrüne Kleid aus dem Laden am Flughafen. Es wäre perfekt für heute Abend gewesen. Stattdessen trage ich ein altes, geblümtes Maxikleid, dessen Träger ich mit einer Sicherheitsnadel an meinem BH befestigt habe, weil er gerissen ist, als ich das Kleid letzten Sommer ausgezogen habe, und ich dann vergessen habe, ihn wieder anzunähen.

Trotz Schwüle und kleinen Funktionsstörungen bei der Kleidung ist es ein zauberhafter Abend. Die Jungs werden wieder munter, als Getränke und Essen kommen, und das Personal ist äußerst aufmerksam. Niall gibt zu, dass das Restaurant ein echter Volltreffer war. Das Essen ist hervorragend. Niall isst Fisch, die Jungs Pasta, und ich habe mich auf Empfehlung der Kellnerin für das Zitronenrisotto entschieden, was zu den besten Gerichten zählt, die ich je probiert habe.

»Ich darf nicht zufällig das Rezept haben?«, frage ich, als sie unsere Teller abräumen kommt. »Ich verstehe, wenn das nicht möglich ist, aber es war einfach ausgezeichnet.«

»Ich weiß nicht, ob er die Familiengeheimnisse herausrückt«, gibt sie mit einem Lachen zurück, während sie die Teller stapelt. »Aber ich frage mal nach. Mein Bruder ist der Küchenchef.«

»Ein Familienbetrieb. Wie schön.« Niall nickt.

»Ja«, erklärt sie. »Das Restaurant hat meinen Eltern gehört. Sie haben es nach mir benannt – Terrazza Luciana. Jetzt haben sich meine Eltern zur Ruhe gesetzt und mein Bruder und ich haben übernommen.«

»Das ist ja toll.« Plötzlich bin ich neidisch auf sie. »Ich war auch mal Köchin. Ich habe immer davon geträumt, ein eigenes Restaurant zu eröffnen.«

»*Wirklich?*« Ich scheine Lucianas Interesse geweckt zu

haben. »Was denn für ein Restaurant? Italienisch, will ich hoffen.«

Mir schießt die Röte ins Gesicht. Zu Hause erkundigt sich nie jemand nach meinen Träumen. Ich weiß nicht, was mich geritten hat, dass ich mich jetzt einer Fremden gegenüber über meine Vergangenheit öffne. Vielleicht liegt es am Wein. »Ich habe französische Küche gelernt, aber natürlich liebe ich auch italienisches Essen.«

»Pff, französische Küche!« Luciana zieht die hübsche Nase kraus und tut so, als würde sie abfällig auf den Boden spucken, aber dann lacht sie.

»Beth ist eine gute Köchin«, meldet sich Niall zu Wort. »Vielleicht nicht so gut wie Ihr Bruder, aber ...« Er zuckt mit den Schultern und stupst mir in die Rippen, um klarzumachen, dass er scherzt.

Luciana stemmt eine Hand in die Hüfte. »Vielleicht sollten wir Sie in die Küche stellen. Sind Sie hier zu Besuch oder leben Sie hier?«

»Leider nur zu Besuch«, antworte ich. »Wir bleiben zwei Wochen. Heute ist unser erster Abend.«

»Und Sie haben uns gleich gefunden! Okay, quatschen wir noch ein bisschen. Ich will mehr von Ihrem Traum hören. Aber möchten Sie zuerst noch etwas zu trinken? Oder vielleicht ein Dessert?«

Niall bestellt uns beiden einen koffeinfreien Kaffee, und die Jungs wollen Eis. In mir kribbelt es immer noch nach Lucianas kurzer Interessensbekundung. Wahrscheinlich wollte sie nur höflich sein, aber mich hat schon seit Jahren niemand mehr nach meiner früheren Karriere gefragt. Es überrascht mich, noch immer einen schwachen Funken meines alten Ehrgeizes im Bauch zu spüren. Seltsam, aber ich empfinde eine Verbundenheit mit dieser Frau, als könnten wir gute Freundinnen sein, wenn ich hier leben würde. Sie wirkt warmherzig und lustig. Außerdem sieht es ganz so aus, als führte sie die Art geschäftiges, sinnerfülltes Leben, das mir auch gefallen würde.

Nachdem Luciana unseren Tisch verlassen hat, genieße ich die nächtliche Aussicht und empfinde so etwas wie nervöse Zuversicht. Der heutige Tag war die reinste Achterbahnfahrt, anstrengend und stressig, aber nun, da wir an diesem wunderschönen Ort angekommen sind, hoffe ich, dass unser Urlaub genauso perfekt wird, wie ich ihn mir ausgemalt habe.

Ich rufe die Jungs zur Ruhe, die sich darüber zanken, welche Eissorte die beste ist. Bisher haben sie sich heute Abend so gut benommen; hoffentlich sind sie jetzt nicht übermüdet.

Die Terrasse leert sich zusehends. Alle umarmen Luciana, bevor sie gehen. Sie scheint jeden hier zu kennen. Und trotz des vielen Geplauders werden alle Gäste schnell bedient, alle Tische fix abgewischt und alle Bestellungen rasch entgegengenommen. Ihre Belegschaft ist auf zack.

»Warum hast du ihr erzählt, du würdest davon träumen, ein Restaurant zu eröffnen?«, fragt Niall und tupft sich den Mund mit einer Serviette ab.

»Ich habe mich nur etwas unterhalten.« Ich zucke mit den Schultern und versuche, es herunterzuspielen. Niall kann bei manchen Dingen merkwürdig reagieren, und ich will nicht, dass er sich auf meine Bemerkung versteift und denkt, ich sei unglücklich. Ich meine, es *war* mein Traum, ein eigenes Restaurant zu eröffnen, und das weiß Niall auch. Das Leben hat bloß anders gespielt.

Er schweigt einen Moment lang. Dann setzt er wieder an: »Also wünschst du dir, du hättest es getan? Ein Restaurant eröffnet ... statt für unsere Familie da zu sein?« Ein verletzter Ausdruck legt sich auf sein Gesicht. »Oder willst du mir ein schlechtes Gewissen einreden?«

»Natürlich nicht, Dummerchen.« Ich reibe ihm beruhigend den Arm. »Ich habe eine Entscheidung getroffen, mit der ich glücklich bin. Es ist nur so, dass wir in einem Restaurant sind und uns mit einer Restaurantbesitzerin unterhalten, also habe ich meine Laufbahn als Köchin angesprochen. Das ist alles. Etwas, das wir gemeinsam haben, verstehst du?«

»Schokolade schmeckt am besten«, sagt Liam.

»Schokoladeneis sieht aus wie Kacke.« Connor verzieht in gespieltem Ekel das Gesicht.

»Gar nicht wahr!«, empört sich Liam.

»Schsch.« Ich lehne mich zu den Jungs hinüber und werfe ihnen einen strengen Blick zu. »Connor, hör auf, deinen Bruder zu ärgern. Liam, du darfst nicht so laut herumschreien. Wir sind in einem Restaurant.«

»Aber er hat gesagt ...«

»Nichts da.« Ich erhebe den Finger. »Das gilt für euch beide: Benehmt euch, sonst gibt es kein Eis.«

»Dad.« Connor zieht seinem Vater am Ärmel. »Was ist das beste Eis? Schokolade – was wie Kacke aussieht – oder Erdbeer?«

Niall ignoriert Connors Frage und steht auf.

»Alles okay?« Ein nervöses Gefühl rührt sich in mir.

»Ich muss mich nur ein bisschen bewegen. Ich hab zu viel gegessen; brauche etwas Abstand. Heute war es hektisch.«

»Bewegen?«, frage ich.

»Bitte schön!« Luciana kehrt mit zwei matten Gläsern Limoncello für mich und Niall zurück, dazu zwei der gewaltigsten Eisbecher, die ich je gesehen habe. Die Kugeln sind mit Schokosoße, Marshmallows und bunten Streuseln garniert, obendrauf zischen Wunderkerzen.

»Boah!«, rufen Liam und Connor wie aus einem Mund, ihr Streit ist mit einem Mal vergessen.

»Wow, die sehen ja unglaublich aus.« Ich lächle Luciana verwundert an. »So etwas Ausgefallenes hatten wir gar nicht bestellt.«

»Die gehen aufs Haus«, antwortet sie. »Wenn Ihre Jungs so sind wie meine, schmeckt es ihnen bestimmt.«

»Das ist aber nett.« Niall nickt kühl. »Ich bin in ein paar Minuten zurück.« Er schiebt sich an mir vorbei.

»Alles in Ordnung?«, fragt Luciana, nachdem Niall die Terrasse verlassen hat.

Der abrupte Abgang meines Mannes treibt mir die Hitze in die Wangen, aber ich verstehe ihre Frage absichtlich falsch. »Ja, wunderbar, vielen Dank. Sie hätten sie wirklich nicht so verwöhnen müssen. Das ist sehr nett von Ihnen.«

»Gar keine Ursache.«

»Sie sagten, Sie haben auch Söhne?«, wechsle ich das Thema, nehme einen Schluck von meinem Zitronenlikör und genieße das fruchtige, leicht alkoholische Aroma.

»Ja, zwei. In ähnlichem Alter wie Ihre, denke ich.« Sie wirft ihnen einen herzlichen Blick zu.

»Connor ist elf und Liam sieben.« Zum zweiten Mal an diesem Abend lasse ich sie an Einzelheiten aus meinem Leben teilhaben.

»Okay, meine sind zwölf und neun. Es sind gerade Schulferien, also helfen sie mir im Restaurant.«

»Wow, das ist ja super. Habt ihr das gehört, Jungs? Lucianas Söhne helfen ihr im Restaurant.«

Meine Kinder sind zu sehr von ihrem Dessert eingenommen, als dass sie mir auch nur ein bisschen Aufmerksamkeit schenken würden, und so erhalte ich lediglich ein zerstreutes Murmeln.

»Ja, aber sie beschweren sich darüber«, grinst Luciana. »Lautstark. Sie würden lieber bei ihren Freunden sein, sich Unsinn ausdenken, von der Hafenmauer ins Wasser springen und anderen Kram anstellen, von dem sie meinen, ich wüsste nichts davon.«

»Klingt gefährlich«, bemerke ich. Dann fürchte ich, dass es vielleicht wie Kritik klang. Womöglich wirke ich wie eine überfürsorgliche Mutter, aber ich kann mir nicht vorstellen, meinen beiden jemals so etwas zu erlauben.

Luciana zuckt mit den Schultern. »Das haben wir alle gemacht, als wir klein waren, aber bei den eigenen Kindern bereitet es einem mehr Sorgen als bei einem selbst. Es ist nicht einfach, weil ich so viel arbeiten muss und nicht immer auf sie aufpassen kann.«

Mir wird klar, wie glücklich ich mich schätzen kann, dass ich dieses Problem nicht habe. Obwohl ich auch gerne eine Karriere wie Lucianas hätte. »Aber es muss klasse sein, am Strand zu wohnen. Zum Glück hat das Haus, in dem wir hier wohnen, einen Pool, also sind die zwei hier den Urlaub über beschäftigt.« Ich nicke zu Connor und Liam hinüber.

»Oh, das klingt toll. Meine beiden hätten auch gern einen Pool. Ich glaube, dieses Jahr wird es ganz schön heiß.«

»Nicht im UK«, erwidere ich lächelnd.

»Oh nein. Bei Ihnen regnet es, oder?«

»Momentan sind es Eis und Schneeregen. Deshalb ist es echt ein Traum, an einem wärmeren Ort zu sein.«

»Hört sich nicht gut an.« Luciana verzieht das Gesicht und wir lachen beide.

»Dieser Limoncello ist übrigens vorzüglich.« Ich nehme noch einen Schluck und koste ihn aus.

»Das Rezept stammt von meiner Mutter«, sagt sie nickend.

»Sie machen den selbst?«

»Na klar. Unserer ist der beste. Mit einer Geheimzutat«, fügt sie mit einem wissenden Lächeln hinzu.

»Also«, sage ich aus spontaner Großzügigkeit heraus, »wenn Ihre Jungs mal zum Schwimmen vorbeikommen wollen, sind sie herzlich willkommen. Sie auch. Connor und Liam würden sich über Gesellschaft freuen.«

»Im Ernst?« Luciana macht große Augen.

»Natürlich. Wir wohnen ganz in der Nähe – Villa Della Luna, nur ein paar Straßen weiter.«

»Die kenne ich! Da wohnen Amber und Renzo Mason. Sie

essen oft hier. Manchmal machen wir auch Catering bei ihnen zu Hause. Sie sind gerade nicht da?«

»Nein. Wir haben einen Häusertausch gemacht. Sie wohnen in unserem Haus in England.«

»Ein Tausch? Was für eine tolle Idee! Ihr Pool ist herrlich.« Luciana küsst sich begeistert die zusammengelegten Fingerspitzen.

»Das stimmt.«

Wir vereinbaren, dass sie und ihre Kinder morgen Vormittag um zehn vorbeikommen. Ich frage, ob sie einen Mann oder Lebensgefährten hat, den sie mitbringen möchte, aber ihre Miene verdüstert sich und sie antwortet, sie sei geschieden. Nachdem die Verabredung getroffen ist, mache ich mir plötzlich Sorgen, was Niall dazu sagen wird. Es soll ja nur für ein oder zwei Stunden sein und gibt den Jungs etwas zu tun, also wird er schon einverstanden sein.

Aber was, wenn nicht?

# ELF

## AMBER

Es ist schon spät, als wir vor dem Cottage der Kiladres halten. Das Licht vor der Haustür leuchtet uns einladend entgegen. Wir haben zwar ein paar Fotos gesehen, aber jetzt wird mir klar, dass ich mit ziemlich niedrigen Erwartungen angereist bin – zumindest von außen sieht es in Wirklichkeit echt schön aus. Es ist ein strohgedeckter Steinbau mit zwei Schornsteinen und Bleiglasfenstern zu beiden Seiten des Eingangs. Durch den Frost, der auf dem Dach und im Vorgarten glitzert, sieht es aus wie auf einer Weihnachtskarte.

Die Fahrt von Gatwick war okay, obwohl wir uns mit all unserem Gepäck in Beths winzigen Renault quetschen mussten. Wir haben allein zwanzig Minuten gebraucht, um alles in den Kofferraum zu bekommen. Trotzdem mussten wir einen der Koffer zwischen die Kinder auf die Rückbank stellen.

Beth und ich hatten einander im Voraus je einen Autoschlüssel zugeschickt. Aus Sicherheitsgründen haben wir uns aber dagegen entschieden, auch die Haustürschlüssel per Post zu versenden. Zum Glück haben sich jeweils Freundinnen bereit erklärt, die Schlüssel bei unserer Ankunft vorbeizubringen.

Renzo und ich haben uns beim Fahren abgewechselt und auf der Hälfte des Weges Halt gemacht, um auf die Toilette zu gehen und uns bei McDonald's einen Kaffee zu holen. Er übernahm die erste Etappe und ich die zweite. Nach unserer Pause sind die Kinder eingeschlafen, vor etwa einer halben Stunde ist dann auch Renzo weggenickt, sein Schnarchen lässt das ganze Fahrzeug vibrieren.

Nun, da wir endlich angekommen sind, spüre ich, wie sich mein Körper entspannt. Ich löse den Klammergriff vom Lenkrad und lasse die Schultern kreisen. Hoffentlich ist das Cottage von innen genauso ansprechend wie von außen. Ich möchte gerade einfach nur in ein gemütliches Bett fallen und die Augen schließen.

»Sieht nett aus.« Renzo gähnt laut.

»Hallo, Schlafmütze«, gebe ich zurück.

»Tut mir leid, ich weiß, ich sollte mich eigentlich mit dir unterhalten und dir Gesellschaft leisten.« Er drückt mir den Oberschenkel.

»Schon okay.«

»Haben sie den Schlüssel irgendwo hinterlegt?«, fragt er und streckt die Arme nach vorne.

»Ich habe eine Nummer, die ich anrufen soll. Offenbar hat die Nachbarin zwei Schlüssel für uns. Sally heißt sie, glaube ich. Sie wollten die Schlüssel nicht unter der Fußmatte lassen.« Ich lehne mich zum Beifahrer-Fußraum hinüber, um mein Handy aus der Tasche zu holen. Während ich noch dabei bin, fällt meine Aufmerksamkeit auf ein Licht, das gegenüber dem Cottage angeht. Eine Gestalt taucht von jenseits der Hecke an der Grundstücksgrenze auf – eine Frau in cremefarbenem Frottee-Bademantel und Turnschuhen. Sie kommt auf uns zu. »Hey, Renz. Das ist vielleicht die Nachbarin. Sie muss gesehen haben, wie wir angekommen sind.« Ich öffne die Autotür, trete auf den schmalen Gehsteig hinaus und schnappe nach Luft, als ich die Eiseskälte im Gesicht spüre. Ich hatte vergessen, wie schrecklich frostig es im UK im April noch sein kann. Nach der einschläfernden Wärme des Autos bin ich nun mit einem Schlag wieder hellwach.

»Amber?«, fragt die Frau und bleibt vor mir stehen. Sie ist klein, blond und um die vierzig. Ihr Gesicht sieht natürlich aus. Sie sieht mich abschätzend an, ihr Blick wandert über meine Kleidung, mein Gesicht und meine Haare.

»Ja, hi, ich bin Amber.« Ich schlinge mir die Arme gegen die Kälte um den Körper und lächle.

»Ich bin Sal, Beths Nachbarin. Sie klingen ja englisch, ich dachte, Sie seien Italienerin. So wunderschönes dunkles Haar.« Sal spricht mit einem weichen Dorset-Akzent.

»Danke. Nein, wir leben in Italien, aber ursprünglich komme ich aus Surrey. Tut mir leid, dass Sie wegen uns so lange aufbleiben mussten.«

»Schon in Ordnung. Beth weiß, dass ich eine Nachteule bin. Ich habe ihr gesagt, dass mir das überhaupt nichts ausmacht. Entschuldigen Sie bitte den Bademantel.«

»Hallo, ich bin Renzo.« Mein Mann tritt auf den Gehsteig und streckt die Hand aus.

»Freut mich, Sie kennenzulernen.« Sal schüttelt ihm die Hand und späht dann ins Auto. »Die sind ja weit weg im Traumland, die lieben Kleinen. Wollen wir hineingehen, damit Sie in Ruhe ankommen können?«

Ich folge Sal den schmalen Gartenweg entlang zur hölzernen Haustür, während Renzo die Kinder aus dem Auto holt.

Sie reicht mir einen Schlüsselring mit einem Lederherz als Anhänger. »Sie müssen die Tür zu sich ran ziehen, während Sie den goldfarbenen Schlüssel im Uhrzeigersinn drehen.«

Ich folge ihrer Anweisung. Nach ein paar Versuchen dreht sich der Schlüssel mit einem befriedigenden Klicken und ich drücke die Tür auf.

»Gut gemacht. Abschließen funktioniert genauso, nur

gegen den Uhrzeigersinn natürlich.« Sally muss lachen. »Sie haben hier zwei Schlüssel für die Haustür und einen für die Hintertür.«

Ich betrete eine winzige steingeflieste Veranda, die von einer Messinglaterne an der Decke erleuchtet wird. An der linken Wand hängen eine Reihe Kleiderhaken. Auf dem Boden steht ein leeres Schuhregal. Daneben vier Paar grüner Gummi-stiefel. Ich drücke die innere Tür auf, die ins eigentliche Haus führt. Direkt vor mir befindet sich eine schmale, steile Treppe. Sally streckt die Hand aus, um das Licht einzuschalten, und ich lasse den Blick schweifen, nehme alles auf.

Ich wende mich leicht nach links und betrete eine Art Diele, die gleichzeitig als Esszimmer dient. An den dunklen Bodendielen hat sichtlich der Zahn der Zeit genagt, die Holz-balken an der weißen Decke sorgen für eine warme Atmo-sphäre. Eine Ecke wird von einem riesigen, eindrucksvollen Kamin aus grauem Stein und roten Ziegeln eingenommen, in dem ein Holzofen verbaut ist.

Eine cremefarbene Kommode kauert in einem der Alkoven und eine Sitzbank kurvt sich an einem tiefen Erkerfenster entlang, daneben zwei Sessel und ein rundes Wohnzimmer-tischchen aus glänzendem Holz. In der Mitte des Zimmers, neben dem Kamin, steht ein langer Bauerntisch mit Esszimmer-stühlen, die nicht zueinander passen. Der Raum wirkt warm und einladend, aber mich stört sofort seine kunstvolle Schäbig-keit. Sie erinnert mich an Frauen, die Stunden mit dem Versuch eines perfekten Ungeschminkt-Looks verbringen. Die dir weis-machen wollen, dass sie von Natur aus so aussehen. Mit diesem Raum ist es das Gleiche. Ganz offensichtlich hat jemand viel Zeit investiert, damit es hier mühelos gemütlich aussieht. Meiner Meinung nach wirkt es eher verkrampft. Vielleicht bin ich aber auch nur müde.

»Zauberhaft, oder?«, schwärmt Sal.

»Mmh, hübsch«, antworte ich und denke an meine lichtgeflutete, luftige weiße Villa zu Hause.

»Lassen Sie mich Ihre Koffer holen«, sagt Sal. »Sind sie im Kofferraum?«

»Machen Sie sich keine Umstände«, widerspreche ich. »Sie haben schon mehr als genug getan, indem Sie so lange aufgeblieben sind und uns hereingelassen haben. Ich möchte Ihre Zeit nicht noch länger beanspruchen.«

»Das ist überhaupt kein Problem. Ich hole die Koffer und lasse Sie dann in Ruhe.« Sie huscht zurück nach draußen. Ich kann immer noch nicht glauben, dass sie so lange wachgeblieben ist, um einer fremden Familie dabei zu helfen, in ihrem Ferienhaus anzukommen. Sie muss eine sehr gute Freundin von Beth sein. Entweder das, oder sie ist extrem neugierig und wollte wissen, wie wir so sind. Meine Nachbarin hat sich auch bereit erklärt, die Kildares in Empfang zu nehmen, aber das war ja auch zu einer vernünftigen Uhrzeit.

»Sind die Schlafzimmer oben?« Renzo kommt mit der immer noch schlafenden Flora auf dem Arm hinein. Sie hat die Wange an seine Schulter gelegt, den Mund offen. Franco steht mit zerknittertem Sweatshirt und nur halb geöffneten Augen neben ihm.

»Ich vermute es«, antworte ich. »Aber es gibt insgesamt nur zwei. Franco und Flora müssen sich eins teilen.«

»Oh.« Renzo sieht mich verwundert an. Er weiß, dass ich es normalerweise lieber habe, wenn die Kinder auch im Urlaub je ein eigenes Zimmer haben. »Okay, soll ich sie nach oben bringen? Oder möchtest du?«

»Mach du das. Ich werde …« Ich verdrehe die Augen und nicke in Richtung Haustür, um ihm anzudeuten, dass ich Sally abschütteln werde, damit wir alle ins Bett gehen können.

Renzo nickt und führt die Kinder die steile Treppe hoch. Die Stufen knarzen bedenklich.

»Bitte schön.« Beths Nachbarin kommt schnaufend mit

zwei unserer Koffer herein und stellt sie an den Fuß der Treppe. Ich habe keine Ahnung, wie sie das hinbekommen hat. Schon einen davon konnte ich kaum anheben. »Ich hole noch Ihre anderen zwei Taschen.« Sie ist wieder verschwunden, bevor ich entgegnen kann, dass das nicht nötig ist.

Während sie fort ist, stecke ich den Kopf durch die Tür am Ende des Esszimmers. Das muss die Wohnküche sein. Ich schalte das Licht an und betrachte die altmodisch gestrichenen Holzschränke, die Eichenholz-Frühstückstheke an der einen Seite und den schmalen Küchentisch mit Bänken an der anderen. Das einzige Zugeständnis an das einundzwanzigste Jahrhundert sind die topmoderne Kaffeemaschine auf der Theke und die schwarz gerahmten Schiebetüren, die in den rabenschwarzen Garten hinausführen. Morgen erforsche ich alles genauer, aber fürs Erste will ich mir jetzt die Reise vom Körper duschen, mir die Zähne putzen und schlafen.

»Amber?« Sallys Stimme geht mir jetzt schon auf die Nerven, dabei kenne ich die Frau erst fünf Minuten. »Ah, da sind Sie ja. Die restlichen Taschen sind im Esszimmer.«

»Das war nett von Ihnen«, sage ich und bemühe mich um einen dankbaren Ton. »Das hätten Sie wirklich nicht tun brauchen.«

»Keine Ursache. Sie sind bestimmt müde von der Reise. Hier ist es etwas kälter als in Italien.«

»Nur ein kleines bisschen.« Ich gebe ein Gähnen vor und hoffe, sie versteht den Wink.

*Fehlanzeige.*

»Wenigstens hat Beth die Heizung für Sie angelassen.« Sal nickt anerkennend. »Soll ich Ihnen beiden noch eine Tasse Tee machen, bevor ich gehe? Dann müssen Sie nicht suchen?«

*Ich glaube, ich bekomme es gerade noch hin, ein paar Tassen und einen Teebeutel aufzutreiben.* »Nein, Sie haben wirklich schon genug für uns getan. Wahrscheinlich gehen wir sofort ins Bett. Vielen Dank, dass Sie aufgeblieben sind.« Ich lachle und komplementiere sie höflich aus der Küche, durchs Esszimmer und zur Haustür hinaus. »Wie lieb, dass Sie die ganzen Koffer für uns reingebracht haben. Das wäre wirklich nicht nötig gewesen. Danke sehr.« Ich mache meinen Blick weich und schenke ihr mein dankbarstes Lächeln.

Sal legt mir eine Hand auf den Arm und erwidert das Lächeln. »Wenn Sie noch etwas brauchen, melden Sie sich einfach. Ich wohne gegenüber in Hausnummer sechs, Beth hat meine Telefonnummer aber auch an den Kühlschrank gehängt.«

»Fantastisch. Alles klar, dann tschüss.«

»Wiedersehen, Amber. Sagen Sie Renzo und den Kindern Gute Nacht von mir.«

»Das werde ich.« Mit einem erleichterten Seufzen schließe ich die Haustür. Hoffentlich schaut sie nicht ständig hier vorbei. Sie scheint genau der Typ Mensch zu sein.

Ich sollte nach oben gehen und meinem Mann mit den Kindern helfen, aber erst checke ich noch schnell meine Nachrichten. Seit wir Italien verlassen haben, habe ich noch nicht wieder aufs Handy geguckt. Ich setze mich in einen der Sessel am Erkerfenster, hole tief Luft und wische über den Bildschirm. Fünf verpasste Anrufe, drei Nachrichten auf der Mailbox und eine ganze Reihe Textnachrichten von Beth.

Zuerst höre ich die Mailbox ab. In der ersten Nachricht bittet mich Beth, noch einmal zu bestätigen, wo wir das Auto geparkt haben, weil es nicht an der Stelle steht, die ich ihr genannt habe. In der zweiten Nachricht klingt sie bereits panischer. Sie mache sich Sorgen, es könnte gestohlen worden sein, sei sich aber nicht sicher, was sie jetzt tun soll. Soll sie die Polizei rufen und den Diebstahl melden? Sie meint, sie wolle lieber erst auf eine Antwort von mir warten, falls wir es woanders geparkt haben. Sie wolle nicht die Zeit der Polizei verschwenden. In der dritten Nachricht informiert sie mich, dass sie sich vorerst entschieden haben, ein Taxi zu nehmen.

Ihre Stimme ist hoch und sprudelt vor Nervosität. Im Hintergrund höre ich, wie ihr Mann die Kinder anschnauzt, sie sollen ruhig sein.

Ich schreibe eine Nachricht zurück.

*Beth, es tut mir furchtbar leid. Wir haben das Auto völlig vergessen! Renzo hat ein Taxi zum Flughafen bestellt, und ich habe gar nicht weiter darüber nachgedacht. Wir waren so in Eile, die Kinder fertig zu machen, dass mir unsere Autoabsprache komplett entfallen ist. Der Wagen steht sicher zu Hause in der Garage, also benutzt ihn bitte ruhig. Ihr habt ja die Schlüssel, oder? Ich hoffe, ihr hattet deswegen nicht zu viel Stress!*

Mit Kindern zu verreisen, ist nervenaufreibend genug, und dann auch noch so was. Sie müssen sich unheimliche Sorgen gemacht haben, als sie in Italien ankamen und dachten, unser Auto sei vielleicht gestohlen worden.

Ich lehne mich im Sessel zurück, lächle und beglückwünsche mich selbst dazu, »vergessen« zu haben, das Auto zum Flughafen zu fahren. Es geht doch nichts über ein bisschen Anreisestress für einen schlechten Start in den Urlaub ...

# ZWÖLF

## BETH

Das Herz pocht mir beklommen in der Brust. Meine Sorge über Nialls Reaktion war berechtigt.

»Ich verstehe nicht, was du dir überhaupt dabei gedacht hast«, sagt er kühl. Wie als Echo seiner scharfen Worte grollt der Donner, während der Regen auf uns vier niederprasselt. Die Jungs rennen ausgelassen vor Aufregung über Blitz, Donner und warmen Regen vorweg.

»Lauft nicht zu weit!«, rufe ich den zwei leichtherzigen Gestalten hinterher. »Es tut mir leid, Niall, eigentlich habe ich mir dabei überhaupt nichts gedacht. Es erschien mir einfach wie ein nettes Angebot.«

Wir sind auf dem Heimweg von der Terrazza Luciana, und in dem Moment, als wir einen Schritt aus dem Restaurant gemacht hatten, beschloss das Gewitter, herunterzukommen. Ich trage nur ein dünnes Baumwollkleid, und die Jungs Shorts und Hemden. Wir sind bereits nass bis auf die Haut.

»*Ein nettes Angebot?*« Niall lacht ungläubig. »Es ist nicht mal unser Haus, geschweige denn unser Pool. Fändest du es gut, wenn Amber und Dingenskirchen anfangen, irgendwelche Fremden zu *uns* einzuladen?«

»So ist es doch nicht …«

»Doch, genauso ist es!«

»Es tut mir leid. Es ist nur … Luciana und ich haben so viel gemeinsam. Ich wollte sie besser kennenlernen. Außerdem meinte sie, sie kennt die Masons. Sie war schon mal bei ihnen.«

»Ich dachte, das sollte ein Familienurlaub sein. Ständig redest du davon, dass wir vier mehr Zeit zusammen verbringen sollen, und kaum tun wir das endlich, lädst du andere Leute ein. Weißt du, ich arbeite wirklich hart, Beth. Jetzt habe ich endlich mal ein bisschen frei, da möchte ich die Zeit nicht mit irgendeiner Kellnerin und ihren Blagen verbringen.« Er gibt ein Knurren von sich und stapft davon, um zu Connor und Liam aufzuschließen.

Ich lasse die Schultern hängen und beginne zu zittern. Trage ich die Schuld an diesem Streit? Oder reagiert Niall über? Vielleicht liegt es daran, dass wir beide müde und gereizt sind. Bestimmt sieht nach einem zeitigen Schlafengehen schon alles anders aus. Ich beschließe, vorerst ein Stück zurückzu-bleiben und auf Abstand zu gehen. Ihm Zeit zu geben, um sich wieder zu beruhigen.

Vorhin habe ich auch recht viel Wein getrunken, dazu die beiden Gin Tonic auf dem Flug. Zu Hause trinke ich normaler-weise nicht viel, aber heute wollte ich abschalten und mich zurücklehnen. Vielleicht hat das mein Urteilsvermögen getrübt. Wenn ich Alkohol getrunken habe, neige ich durchaus dazu, übermäßig freundlich zu sein. Vielleicht war das auch heute Abend der Fall. Genauso neigt Niall, wenn er etwas getrunken hat, dazu, mürrisch zu werden. Ich sollte mir keine Sorgen machen. Sobald wir zu Hause sind, mache ich uns beiden einen warmen Tee und versuche, ihn dazu zu bringen, mir zu verzeihen.

Wir biegen in unsere Straße ein. Überall liegen nasse Zweige herum. Die Bäume schwanken bedenklich, und ich habe Sorge, dass vielleicht einer ganz umkippt. Der Wind fühlt sich dafür jedenfalls stark genug an.

Durch den trommelnden Regenvorhang ist Niall nur als dunkler Umriss vor mir zu erkennen, mit unseren zwei hüpfenden Jungs daneben. Ich spüre einen Stich der Enttäuschung, weil er sich nicht einmal umdreht, um sich zu vergewissern, ob es mir gut geht. Was, wenn ich von einem abgebrochenen Ast getroffen oder von einem Fremden verschleppt worden wäre? Ein Teil von mir will sich weiter zurückfallen lassen. Mich verstecken. Ihm Angst um mich machen. Herausfinden, wie lange es dauert, bis er anfängt, nach mir zu suchen. Aber so etwas würde ich nie tun. Davon abgesehen, hat er dermaßen schlechte Laune, dass er wahrscheinlich ins Bett gehen würde, ohne nachzusehen, ob ich überhaupt noch lebe.

Ich sollte aufhören, Trübsal zu blasen. Das tut mir nicht gut. Einfach nach Hause, die Kinder abtrocknen und sie ins Bett stecken und dann selbst schlafen gehen. Und hoffen, dass morgen ein besserer Tag wird.

Als ich das Haus erreiche, steht die Tür weit offen, Wind und Regen peitschen hinein. Ich atme schwer und bibbere, während ich den bereits mit Pfützen gesprenkelten Marmorboden weiter nasstropfe. Die Wasserspur führt die Stufen hinauf. Hoffentlich versetzt mir die Lampentreppe keinen Stromschlag. Ich hätte mich vermutlich unten ausziehen und abtrocknen sollen, aber momentan kann ich kaum einen klaren Gedanken fassen.

»Jungs!«, rufe ich.

Ich bleibe am oberen Ende der Treppe stehen und horche. Johlen und Gelächter dringen aus einem der Zimmer. Ich folge dem Radau und öffne die Tür. Connor und Liam springen durch den Raum wie aufgescheuchte Tiere, sie hüpfen auf dem Bett und den Sesseln herum und verteilen in ihrem durchnässten Zustand Wasser auf Laken und Polstern.

»Was ist denn hier los?« Ich lege meinen strengsten Ton auf.

»Wir dürfen den Boden nicht berühren«, erklärt Liam. »Und wir dürfen auch nicht stehen bleiben. Das ist ein Spiel. Connor hat es sich ausgedacht. Du kannst auch mitspielen, Mum!«

»Alles klar, Schluss jetzt damit, kommt da runter. Ab ins Badezimmer mit euch beiden. Wo ist euer Dad?«

»Er ist ins Bett gegangen«, antwortet Connor und springt auf einen niedrigen Samthocker.

Wir sind noch keinen Tag hier, und schon herrscht im Zimmer das absolute Chaos. Wenn wir nicht aufpassen, zerstören wir dieses makellose Haus noch komplett. Wir hätten uns eine schlichtere Unterkunft aussuchen sollen, etwas Rustikaleres und Abgenutzteres. Etwas, bei dem man nicht jeden Fleck sieht.

Schließlich bugsiere ich die Jungs unter die warme Dusche, bekomme sie dank der reichlich vorhandenen weißen Flauschhandtücher trocken und stecke sie in ein anderes, nicht durchnässtes Schlafzimmer mit zwei Betten. Heute Nacht können sie sich ein Zimmer teilen. Daran sind sie sowieso gewöhnt. Um das nasse Zimmer kümmere ich mich morgen. Im Augenblick bin ich zu erschöpft dafür.

Liam fallen die Augen zu, noch bevor ich das Licht ausgeschaltet habe.

»Mum.« Connors Stimme dringt durch den dunklen Raum zu mir.

»Ja, Schätzchen?«

»Ist Dad böse auf uns?«

Mein Herz bekommt einen kleinen Riss. »Nein, natürlich nicht. Er ist müde. Es war ein sehr langer Tag.«

»Okay. Gute Nacht, Mum.«

»Gute Nacht, Connor. Gute Nacht, Liam. Ich hab euch lieb.«

»Wir haben dich auch lieb.« Ich lasse die Tür ein Stückchen angelehnt. Das Licht im Flur werde ich anlassen, falls sie in der Nacht aufwachen und nicht wissen, wo sie sind.

Ich halte inne und zögere, unser Schlafzimmer zu betreten. Ich will nicht noch einen Streit mit Niall über mich ergehen lassen. Vielleicht sollte ich noch eine Weile nach unten gehen und abwarten, bis er schläft.

»Beth? Bist du das?« Die Tür öffnet sich. Niall steht im Bademantel im Rahmen und trocknet sich die Haare mit einem Handtuch. »Ich hab mich schon gefragt, wo du steckst. Hast du unten abgeschlossen?«

»Ich glaube schon. Ich habe die Haustür abgeschlossen, das reicht, oder?«

»Ja.« Er lässt den Blick an mir hinabwandern. »Du bist ja immer noch klatschnass.«

»Ich weiß. Ich musste mich um die Kinder kümmern. Sie haben in Connors Zimmer ein ganz schönes Durcheinander angerichtet.«

Niall lehnt sich an den Türrahmen. »In dem Kleid siehst du übrigens ziemlich heiß aus, so ganz durchnässt.«

Ich grinse, mir wird leichter ums Herz. »Ich sehe absolut fertig aus.«

»Fertig ist schon in Ordnung«, gibt er zurück. »Solange es fertig ausgezogen ist.«

Ich gehe zu ihm, unser Streit ist vergessen. Er küsst mich und schält mir das nasse Kleid vom Leib. Ich zittere, also führt er mich ins Bad, wo wir zusammen eine warme Dusche nehmen. Ich versuche, Ambers Nacktfoto an der Wand auszublenden, doch während Niall und ich Sex haben, fallen mir die übergroß abgebildeten Brüste unserer abwesenden Gastgeberin unübersehbar ins Auge. Ich bin mir nicht sicher, ob die Fotos Niall noch etwas mehr als gewöhnlich anstacheln, aber ich versuche, den Gedanken beiseitezuschieben. Ich bin einfach nur erleichtert, dass mein Mann mir verziehen hat und wir an unserem ersten Urlaubsabend glücklich ins Bett gehen können.

In einträchtiger Stille trocknen wir uns ab und kehren dann erschöpft und zufrieden ins Schlafzimmer zurück.

Mein Handy summt. Ich nehme es vom Nachttisch. »Amber hat geschrieben.«

Niall gibt keine Antwort. Er zieht sich seine Baumwoll-Pyjamashorts an.

Ich überfliege die Nachricht und schüttle ungläubig den Kopf. »Das errätst du nie.«

»Dann sag's mir«, gibt Niall zurück.

»Sie haben vergessen, das Auto zum Flughafen zu fahren! Sie haben stattdessen ein Taxi genommen.« Ich setze mich aufs Bett und lehne mich an das Kopfteil. »Deshalb konnten wir es nicht finden.«

»Willst du mir sagen, ich bin den ganzen Flughafen Neapel abgelaufen und habe ein Auto gesucht, das überhaupt nicht da war?« Nialls Gesicht läuft bei diesen Worten zusehends rot an.

»Anscheinend steht es hier in der Garage. Wenigstens wurde es nicht gestohlen«, füge ich hinzu. »Und wir müssen nicht noch einmal zurück zum Flughafen, um es zu holen.«

»Nicht zu fassen!« Niall läuft im Zimmer auf und ab. »Wer vergisst denn so was?«

»Klingt wirklich etwas verpeilt«, stimme ich zu.

»Der ganze Ärger für nichts«, grummelt Niall.

»Jetzt ist es doch egal«, versuche ich, ihn zu beruhigen, erleichtert, dass es doch nicht mein Fehler war. »Lass uns die Sache vergessen.«

»Lächerlich«, zischt er. »Und gegenüber von dem da schlafe ich bestimmt nicht.« Er zeigt auf die riesige Schwarzweiß-Leinwand der Familie Mason. »Fass mal auf der anderen Seite mit an, wir hängen es ab und schieben es unters Bett.«

»Das können wir nicht machen. Was, wenn wir es beschädigen?«

Niall verdreht die Augen. »Es ist doch nur ein Foto. Komm schon. Ich leg mich nicht ins Bett, wenn eine fremde Familie auf mich runterstarrt. Das ist gruselig.«

»Nicht so gruselig wie Sex unter der Dusche, während Amber zuschaut.«

Niall muss lachen. »Ja, oder? Das war irgendwie seltsam.«

»So was von seltsam«, pflichte ich ihm bei und bin froh, ihm ein Lachen entlockt zu haben. Ich dachte, er würde an die Decke gehen, als ich ihm von dem Auto erzählt habe. »Ich finde aber trotzdem, wir sollten uns nicht an ihren Sachen zu schaffen machen. Die Jungs haben schon das ganze Zimmer unter Wasser gesetzt. Wir müssen sorgsamer mit der Villa umgehen. Ich meine, sie sieht aus wie ein Musterhaus. Und dann kommen die Kildares und stiften Verwüstung.«

»Ein Foto von der Wand zu nehmen, ist ja wohl kaum Verwüstung. Und ganz ehrlich, ich will keine zwei Wochen lang wie auf Eiern gehen. Wir sind hier, um uns zu entspannen, nicht um auf Zehenspitzen herumzuschleichen. Und ich kann mich nicht entspannen, wenn mich ihre blasierten Gesichter die ganze Nacht angrinsen.«

Nialls Ausbruch überrascht mich. Es sieht ihm nicht ähnlich, wegen so etwas derart durchzudrehen. »Wie wär's, wenn wir ein Laken drüberhängen?«

»Na gut. Aber beeil dich. Ich bin müde. Ich muss schlafen.«

Die nächsten fünf Minuten suche ich Schränke und Schubladen im Ankleidezimmer und Bad nach einem Laken ab, finde aber keinerlei Bettwäsche. Ich entdecke allerdings einen breiten Seidenschal, der es auch tun sollte. Ich versuche, ihn über das Foto zu hängen, aber das blöde Teil rutscht immer wieder herunter. Schließlich klemme ich die Ecken des Schals hinter die Leinwand und er bleibt endlich hängen.

»Na also!«, verkünde ich an meinen Mann gewandt. Doch Niall liegt bereits schnarchend auf dem Bett ausgestreckt.

Ich tapse zu meiner Bettseite hinüber und lege mich halb

gegen das Kopfteil aufgerichtet hin. Ich wünschte, zwischen Niall und mir wäre dauerhaft alles im Lot. Die Lage erscheint ständig so prekär. Ich ärgere mich über mich selbst, weil ich Luciana und ihre Familie eingeladen habe. Weil ich für Unruhe gesorgt habe. Aber so eine Kleinigkeit sollte doch eigentlich keine solche Kluft zwischen uns reißen. Ich fühle mich, als könnte ich gar nichts mehr richtig machen. Aber ich sollte auch damit aufhören, mich in diese negative Gedankenspirale hineinzusteigern. Um mal das Positive zu sehen: Niall und ich hatten heute Abend Sex unter der Dusche! So etwas haben wir schon seit Ewigkeiten nicht mehr gemacht. Und die Jungs sind ebenfalls zufrieden. Außerdem soll morgen die Sonne scheinen. Die Hauptsache ist, dass wir alle zusammen hier sind, als Familie.

Ich stelle fest, dass ich durch den dünnen Seidenschal immer noch die Gesichter der Familie Mason erkennen kann. Jetzt sieht es noch gruseliger aus als zuvor. Ich wünschte, wir hätten das verdammte Ding abgenommen, wie Niall es wollte. Mir schwirrt der Kopf. Ich muss immer noch ein bisschen ange-schickert sein. Ich schalte das Licht aus und starre in die Dunkelheit, lausche dem prasselnden Regen und dem Wind, der die Bäume durchrüttelt. Ich versuche, nicht daran zu denken, wie mulmig mir zumute ist. Ich muss die Sorgen aus meinem Kopf verbannen. Ich muss schlafen. Doch die Ereig-nisse des Tages spielen sich in meinem Hirn ab wie ein Film in Dauerschleife.

Ich versuche, nicht an die kleine Packung Schlaftabletten zu denken, die ich mitgenommen habe. Ich sollte besser die Finger davon lassen, nachdem ich Alkohol getrunken habe. Aber mir wird klar, dass ich heute ohne Tablette kein Auge zutun werde. Ich bin zu aufgekratzt. Ich schlüpfe aus dem Bett und gehe ins Bad, wo mein Kulturbeutel liegt. Ich durchwühle ihn, aber die Tabletten scheinen nicht darin zu sein. Mein Herz macht einen kleinen nervösen Sprung, bis mir wieder einfällt, dass ich sie beim Auspacken in die Nachttischschublade getan habe.

Ich schleiche zurück ins Schlafzimmer und öffne vorsichtig die Schublade. Meine Anspannung löst sich sofort in Luft auf, als sich meine Finger um die kleine Packung schließen. Im Licht des Ankleidezimmers drücke ich eine Tablette heraus, lasse sie mir auf die Zunge fallen und spüle sie mit einem Schluck Wasser hinunter. Als ich neben meinem schnarchenden Mann zurück ins Bett gleite, fühle ich bereits, wie der Schlaf seine Finger nach mir ausstreckt.

Der weiße Seidenschal über dem Porträt der Masons schwebt in der Dunkelheit wie ein Gespenst. Ich presse die Augen zu und drehe mich auf die Seite. Schlaf einfach. Morgen ist ein neuer Tag.

# DREIZEHN

*Ich muss mich dazu zwingen, mich zurückzuhalten. In letzter Zeit komme ich zu dicht heran. Stelle meine Gefühle über alles andere. Leichtsinnigkeit könnte alles aufs Spiel setzen.*

*Es hilft, einen Plan zu haben. Ich fühle mich nicht mehr, als würde ich von einer Klippe ins Leere stürzen. Stattdessen habe ich nun einen Zweck, um den sich meine Tage formen.*

*Ein Ziel, auf das ich hinarbeite.*

*Nach dem ich trachte.*

# VIERZEHN

## BETH

Ich wurstle in der lichtgefluteten weißen Küche der Masons umher, öffne Schränke und schließe sie wieder, bin einfallslos und etwas enttäuscht von dem, was ich dort finde. Oder besser gesagt von dem, was ich *nicht* finde.

Connor und Liam waren früh wach und bettelten darum, schwimmen gehen zu dürfen. Ich fühle mich heute Morgen erschlagen und habe einen kleinen Kater, aber da es unser erster richtiger Urlaubstag ist, habe ich mich aus dem Bett gequält, mir kaltes Wasser ins Gesicht gespritzt und bin mit den Kindern nach unten gegangen, während ich Niall noch ausschlafen lasse. Das Gewitter letzte Nacht hat eine kühle Frische zurückgelassen, doch die Sonne wärmt den Garten bereits wieder auf. Es wird bestimmt ein heißer Tag.

Ich bin unruhig bei dem Gedanken, Niall heute zu begegnen. Wir haben uns gestern Nacht zwar wieder versöhnt, aber er könnte durchaus erneut die Beherrschung verlieren, wenn die Ankunft von Luciana und ihren Kindern unmittelbar bevorsteht. Ich bin selbst erstaunt über mein Selbstbewusstsein, sie einfach so einzuladen. Aber sie schien so eine liebenswerte Person zu sein.

Mein Magen dreht sich um, als Niall den Raum betritt. Er sieht gut aus in seinen beigefarbenen Leinenshorts und dem dunkelblauen Polohemd. Sein Gesichtsausdruck verrät nichts.

»Morgen. Möchtest du einen Kaffee?« Ich versuche, weder allzu fröhlich noch allzu zerknirscht zu klingen.

»Ja, Kaffee klingt gut. Mach einen starken, ja?« Er klingt nicht verärgert. Gut. Ich drücke die Daumen und die Zehen gleich mit, dass er die Sache abgehakt hat.

Ich schließe die Kühlschranktür. Ich werde noch kurz einkaufen müssen, bevor sie kommen. Wir haben Cornflakes, Milch und Orangensaft, aber das ist im Grunde schon alles. Kein Brot, Obst, keine Snacks. Wenigstens gibt es eine vernünftige Kaffeemaschine – überlebenswichtig in meinem erbarmungswürdigen Zustand heute Morgen. Vorhin habe ich eine halbe Ewigkeit die Bedienungsanleitung studiert, also sollte ich jetzt den Dreh raus haben. »Eine zünftige Tasse italienischer Kaffee, kommt sofort«, sage ich und verziehe innerlich das Gesicht vor meinem gezwungen-vergnügten Tonfall.

Niall zieht einen der zehn weißen Stühle hervor und setzt sich an den dunklen Holztisch.

Ich fülle die Kaffeebohnen in die Maschine und drücke den Knopf für die Mühle. Für ein Weilchen erfüllen ein befriedigendes Surren und der durchdringende Duft der frisch gemahlenen Bohnen die Küche. Ich schaue den Jungs durch die Schiebetüren dabei zu, wie sie im Pool herumplanschen. Das gesamte Bild fühlt sich an wie in einer Hochglanzwerbung.

»Steht die Verabredung mit dieser Kellnerin noch?«, fragt Niall und reißt mich aus meinem Tagtraum.

Das Herz rutscht mir in die Hose.

»Ich hoffe, du bist zur Vernunft gekommen und hast abgesagt.«

»Ähm, nein.« Ich wende mich ab und fuhrwerke mit seinem Kaffee herum. »Sie kommt.«

»Schade. Es ist schon schlimm genug, wenn unsere zwei

Krach machen, geschweige denn *vier* lärmende Kinder.« Er saugt scharf die Luft ein. »Wann kommen sie denn?«

Ich schlucke. »Wir haben zehn gesagt.« Ich schaue auf die Uhr. »Jetzt ist es gleich Viertel nach neun.«

»Haben wir Toast? Oder Obst? Rührei wär auch klasse. Ich bin am Verhungern.«

»Da sind ein paar Cornflakes.«

»Ist das alles?« Niall verzieht das Gesicht. »Haben wir ihnen zu Hause nicht tonnenweise Kram im Kühlschrank und in den Küchenschränken dagelassen? Gehörte das nicht zum Häusertausch-Deal dazu?«

»Eigentlich nicht«, antworte ich. »Ich dachte nur, es wäre höflich, ihnen ein paar Mahlzeiten dazulassen, damit sie einen guten Start haben.« Ich verschweige ihm, dass ich mein Herzblut darin investiert habe, ihnen mehrere kleine Festmahle zu kreieren. Dass wahrscheinlich ein bisschen die Pferde mit mir durchgegangen sind. Ich schätze, ich hätte wohl sichergehen sollen, dass sie uns zumindest das Grundlegende bereitstellen.

»Du hättest dasselbe für uns ausmachen sollen. Ich meine, ein Brot und ein paar Eier sind doch nicht zu viel verlangt, oder?«

Insgeheim bin ich derselben Meinung, aber ich muss Niall beruhigen und darf ihn nicht noch weiter aufregen. Ich bringe ihm seinen Kaffee und stelle ihn auf den Tisch. Ich sollte wohl einen Untersetzer benutzen, aber ich sehe nirgendwo welche liegen. »Kein Problem. Ich springe schnell raus und hole uns was. Erinnerst du dich, ob du irgendwo in der Nähe Geschäfte gesehen hast? Ich muss für heute Vormittag sowieso noch ein paar Snacks besorgen. Ich will keine schlechte Gastgeberin sein.«

»Na klar, Gott bewahre, dass du nachher noch eine schlechte Gastgeberin bist«, murmelt er vor sich hin.

»Sie werden gar nicht so lange hier sein«, versuche ich, ihm zu versichern, ohne auf seine Stichelei einzugehen. »Außerdem: Wenn ihre Kinder hier sind, hält das unsere davon ab, sich zu zanken. Ich glaube, ihre sind ein bisschen älter, das hilft wahrscheinlich auch.« Ich höre, wie beschwichtigend und flehend ich klinge. Ein Teil von mir wünscht sich, ihm einfach sagen zu können, er solle sich damit abfinden. Es geht nur um zwei verdammte Stunden seines Lebens, Herrgott noch mal. Aber ich möchte, dass wir eine schöne, friedliche Zeit haben. Wenn ich diese Wogen glätten kann, bringt das hoffentlich wieder alles ins Lot. »Ich dachte, es wäre vielleicht schön, ein paar Einheimische kennenzulernen. Es gefällt dir doch immer, jemand Neues zu treffen und unter Leute zu kommen.«

»Ja, aber nicht, wenn ihre Gören dabei sind. Das soll eine entspannende Auszeit für uns sein, kein Treffpunkt für die örtlichen Straßenkinder.«

»Also, *hast* du welche gesehen?«, bringe ich ihn zum Thema zurück.

»Was gesehen?«

»Geschäfte in der Nähe.«

»Nein, aber irgendwas muss es bestimmt geben.« Niall kippt seinen Kaffee herunter. »Okay, mach dir keine Gedanken übers Frühstück. Wenn hier heute Vormittag Kinderhort ange- sagt ist, besorge ich mir in Maiori was zu essen. Ich bin später wieder da.« Er stellt seine Tasse zurück auf den Tisch und steht auf.

»Nein, geh nicht. Ich sage ab, okay?«

Er hält einen Moment lang inne und verengt die dunklen Augen zu Schlitzen. »Hast du überhaupt ihre Nummer?«

»Nein, aber die finde ich schon heraus. Ich rufe im Restau- rant an. Oder ich laufe schnell rüber und sage persönlich Bescheid.«

Niall schüttelt den Kopf. »Lass gut sein. Es ist einfacher, wenn ich gehe.«

»Das musst du doch nicht.«

»Ich nehme den Laptop mit. Dann kann ich auch gleich etwas Arbeit erledigen. Schreib mir, wenn sie weg sind, ja?«

Ich gebe es auf, ihn überreden zu wollen. Sobald er sich etwas in den Kopf gesetzt hat, ist er nicht mehr umzustimmen. »Okay, aber kannst du noch zehn Minuten bei den Kindern bleiben, während ich einen Laden suche?«

Er setzt sich wieder. »Na gut. Aber beeil dich. Ich möchte weg sein, bevor sie hier antanzen, sonst muss ich noch plaudern. Sie hält mich für unhöflich, wenn ich abhaue, sobald sie hier ist.«

»Kein Problem. Ich mache mich sofort auf den Weg.«

Als ich vom Einkaufen zurückkomme, verschwindet Niall auf der Stelle. In der nächsten Straße habe ich ein kleines Lebensmittelgeschäft gefunden. Dort gab es zwar nicht die beste Auswahl, aber wenigstens konnte ich Brot, Snacks und noch mehr Milch und Saft auftreiben. Ich muss zugeben, dass ich erleichtert bin, Niall nicht hier zu haben, wenn unsere Gäste kommen. Auf diese Weise kann ich mich wenigstens entspannen, während sie hier sind, ohne mir Sorgen zu machen, dass sie ihm auf die Nerven gehen. Obwohl ich später vermutlich noch eine Weile weiter werde katzbuckeln müssen. So einfach wird er mich nicht davonkommen lassen.

Es klingelt. Ich bin nicht dazu gekommen, in den Spiegel zu schauen und mich vorzeigbar herzurichten, aber abgesehen davon, dass mir heiß ist und ich ein bisschen schwitze, werde ich schon in Ordnung aussehen. Ich trage mein blaues Lieblingssommerkleid und habe das Haar zu einem halben Pferdeschwanz zusammengebunden.

Auf dem Weg durch die weitläufige Marmordiele zur Tür fühle ich mich ein bisschen wie eine Hochstaplerin. Als spielte ich hier die Hausherrin in meiner millionenschweren, topmodernen Mustervilla. Die Illusion zerfällt, als ich an der Tür herumfriemeln muss, um sie aufzubekommen.

»Tut mir leid!«, rufe ich. »Ich hab Schwierigkeiten mit der Tür.« Endlich gelingt es mir und die Tür schwingt auf.

Luciana steht lächelnd da, ihre Korkenzieherlocken fallen ihr lose um die Schultern. Zwei hübsche lockenköpfige Jungen stehen mit Handtüchern, aufblasbarem Badespielzeug und Wasserpistolen unter den Armen neben ihr.

»Oh, schau sich das mal einer an! Da werdet ihr aber gut ankommen«, sage ich, bevor mir einfällt, dass sie vielleicht gar kein Englisch verstehen. Aber sie grinsen und schwingen die Wasserpistolen.

Der ältere der beiden sagt: »Danke für die Einladung. Sonst müssten wir jetzt in Onkel Matteos Küche stehen und Gemüse schneiden.«

»Da habt ihr ja gerade noch mal Glück gehabt«, antworte ich. »Kommt rein.«

Die Jungs laufen direkt durch zum Pool, wo meine beiden am Rand sitzen und mit den Füßen im Wasser herumplanschen.

»Das ist sehr nett von euch«, sagt Luciana und betritt das Haus. »Marco und Gianni waren ganz wild darauf, eure englischen Jungs kennenzulernen und im Pool zu schwimmen.«

»Sehr gerne. Möchtest du einen Kaffee?«

»Gern.« Sie folgt mir in die Küche.

»Sieht so aus, als hätten sie sich schon bekannt gemacht.« Ich nicke Richtung Pool, wo alle vier sich hinunterbeugen, um die Wasserpistolen aufzufüllen.

»Ich hoffe, das mit den Pistolen ist okay für euch. Ich habe ihnen gesagt, sie sollen nicht herumrennen und zu viel Lärm machen.«

»Schon okay«, versichere ich ihr, gehe zur Kaffeemaschine und bin doppelt froh, dass Niall weg ist. Vier Jungs, die durch die Gegend tollen und alles mit Wasser vollspritzen, hätten das

Fass bei ihm zum Überlaufen gebracht. Ich erschaudere beim Gedanken an seine Reaktion auf das potenzielle Chaos.

Luciana holt eine Pappschachtel aus ihrer Strandtasche. »Ich habe ein paar frische Sfogliatelle von meinem Bruder mitgebracht.«

Ich nehme die Schachtel und schaue hinein. Sie ist mit warmen muschelförmigen Gebäckstücken gefüllt. »Danke. Die sehen aber lecker aus. Rieche ich da Zitrone? Was hast du gesagt, wie sie heißen?«

»*Sfogliatelle* – ein traditionelles Gebäck. Diese hier sind mit Zitronencreme gefüllt, aber man kann sie mit allem Möglichen machen – Haselnuss, Pistazie, was immer man mag.«

»Wow! Die essen wir zu unserem Kaffee. Ich habe noch nicht gefrühstückt, also kommt das gerade recht.«

Luciana setzt sich auf einen Barhocker an der langen Kücheninsel, während ich uns die Getränke mache. Sie lässt den Blick durch den Raum schweifen. »Dein Mann ist nicht da?«

Ich wende mich ab, um an der Maschine herumzufummeln. »Niall hat ein bisschen Arbeit zu erledigen, er lässt sich entschuldigen und Grüße ausrichten.«

Sie nickt. »Er ist nicht glücklich darüber, dass wir vorbeikommen, oder?«

»*Was?* Nein, alles wunderbar bei ihm. Er ist unterwegs und sucht sich ein Café. Er ist Autor und muss arbeiten, wann immer ihm die Inspiration kommt.« Ich setze einen gespielt aufrichtigen Gesichtsausdruck auf, merke aber, dass Luciana mir das nicht abkauft.

Sie zuckt leicht mit den Schultern, sucht sich dann eins der Gebäckstücke aus der Schachtel aus und nimmt einen Bissen. »Mmh, die sind gut geworden. Das habe ich schon lange nicht mehr gegessen. Was schreibt dein Mann denn?«

Die Kaffeemaschine surrt. Ihre Unterstellung über Niall ärgert mich ein wenig, obwohl sie damit richtig liegt. Ich lege etwas von dem Gebäck auf einen Teller und warte, bis die Maschine Ruhe gibt, bevor ich auf ihre Frage antworte. Ich erzähle ihr von der Fantasy-Reihe meines Mannes und bin ein bisschen enttäuscht, dass sie noch nie von ihm gehört hat. Da seine Bücher in Italien so beliebt sind, dachte ich, sie hätte seinen Namen vielleicht schon einmal gehört. Tatsächlich scheint sie relativ abschätzig und unbeeindruckt, was ich seltsam finde. Gestern Abend kam sie mir so warmherzig und freundlich vor. Vielleicht habe ich mich getäuscht.

Ich hatte eigentlich vor, uns an den Pool zu setzen, während die Kinder schwimmen, aber da es dort nun eher weniger gemütlich ist, trinken wir unseren Kaffee stattdessen auf dem niedrigen grauen Sofa in der gegenüberliegenden Ecke des Zimmers. Von der einen Seite hat man einen Blick durch eine Schiebetür hinaus auf einen Terrassentisch, von der anderen Seite auf den Pool. Ich stelle den Gebäckteller auf den niedrigen weißen Couchtisch und setze mich. Meine nackten Füße versinken im weichen grauen Schaffellteppich.

»Es tut mir leid, wenn ich eben etwas unhöflich über deinen Mann geredet habe«, sagt sie und lässt die Schultern sinken.

»Du warst nicht unhöflich«, sage ich, obwohl ich sie in der Tat etwas schnippisch fand.

»Nicht unhöflich ... bloß ... egal.«

Ich bin verwirrt. Ich habe das Gefühl, sie möchte etwas sagen, also ermuntere ich sie. »Stimmt etwas nicht?«

»Es ist nichts. Wie ich dir gestern Abend erzählt habe, bin ich frisch geschieden, also momentan nicht gut auf Männer zu sprechen, weiter nichts.«

»Das tut mir leid zu hören. Das muss eine schwere Zeit gewesen sein.«

»Nimm dir eins.« Sie zeigt auf das Gebäck.

Ich folge ihrer Anweisung und suche mir eins der warmen Blätterteigstücke aus. Ich beiße hinein und fühle, wie mein

Geschmackssinn zu neuem Leben erwacht. Es ist süß, zugleich herb und einfach nur köstlich.

Luciana lacht über meinen Gesichtsausdruck. »Schmeckt gut, was? Nimm dir noch eins.«

Ich stimme in ihr Lachen ein und schlucke herunter, bevor ich antworte. »Die sind unglaublich. Sag deinem Bruder, er ist ein Genie.«

»Das tue ich bestimmt nicht. Er ist schon eingebildet genug.« Sie grinst, wird dann aber wieder ernst. »Mein Ex-Mann ist kein sehr netter Mensch. Er ist ... kontrollsüchtig. Hat sich mir und den Kindern gegenüber nicht anständig verhalten. Matteo, mein Bruder, hat mir geholfen, ihn zu verlassen. Es hat einen kleinen Skandal verursacht, weil er in der Gegend sehr angesehen ist. Aber es war die richtige Entscheidung.«

»Das klingt furchtbar. Es tut mir leid, dass du das durchmachen musstest.«

»Danke. Er war nicht gut für mich. Überhaupt nicht.«

Ich nicke und bin etwas verlegen, weil sie mir so schnell etwas so Persönliches anvertraut. Aber ich schätze, es ist schön, dass sie sich mir gegenüber wohl genug fühlt, um darüber zu sprechen.

»Dein Mann, Niall. War er gestern Abend unzufrieden?«

»Ach was«, wische ich ihre Bedenken beiseite. »Nach unserer langen Anreise waren wir alle etwas mies drauf, das war alles. Ich war auch gereizt.«

»Echt?« Sie nippt an ihrem Kaffee. »Nein. Ich fand dich sehr freundlich.«

»Ich muss die Gereiztheit besser versteckt haben als Niall.« Ich gebe ein unbekümmertes Lachen von mir. Ich kann ihr wohl kaum sagen, dass Niall verärgert war, weil ich sie eingeladen habe.

Lucianas Miene verfinstert sich. »Mein Ex-Mann war ständig sauer auf mich. Ich konnte nichts richtig machen. Er hat nur auf mir herumgehackt. Das ist kein sehr schönes Gefühl.«

Ich rutsche auf dem Sofa herum. Hoffentlich will sie damit nicht andeuten, dass mein Mann auch nur annähernd wie ihr Ex ist. Ich weiß, dass Niall manchmal ein bisschen ... in seinen Gewohnheiten festgefahren sein kann. Aber er ist kein Tyrann. Er arbeitet hart und ist davon erschöpft, so wie wir alle.

Luciana sieht zu mir auf, ihr Blick wirkt mitleidig. Ich spüre, wie sich mir die Nackenhaare sträuben. Ich muss das Thema wechseln, sonst schnauze ich sie noch an. Ich atme tief durch. Vielleicht reagiere ich über. Sie hat Niall nichts vorgeworfen, sie erzählt mir einfach nur von ihrer Situation. Warum also schlage ich eine Verbindung zu meiner? Warum kommt es mir so vor, als stichele sie gegen meine Ehe? Ich habe die Frau doch eben erst kennengelernt. Sie weiß rein gar nichts über mich. Langsam denke ich, Niall könnte recht gehabt haben. Ich hätte sie nicht einladen sollen. Schließlich ist sie praktisch eine Fremde, und das hier soll unser Familienurlaub sein. Was habe ich mir nur dabei gedacht?

# FÜNFZEHN

## AMBER

»Wie spät ist es?« Ich rolle mich herum und räkele mich genüsslich, die Augen weiterhin gegen das Morgenlicht geschlossen, das mich wachkitzeln will.

»Halb neun.« Renzos Stimme dringt aus einiger Entfernung zu mir. Er ist bereits aufgestanden.

»Noch früh«, murmle ich.

»Schon okay, bleib liegen. Ich bringe dir Kaffee ans Bett. Du hast den ganzen Urlaub für uns geregelt, also ruh dich ruhig mal einen Morgen aus.«

»Sicher, Renz?«, frage ich und rutsche tiefer unter die Decke.

»Na klar. Die Kids und ich packen uns warm ein und machen einen Spaziergang nach Sherborne. Dann hast du deine Ruhe.«

Ich hebe den Kopf und öffne die Augen einen Spaltbreit, um meinen Mann anzusehen. Er zieht sich eine Jeans an. Sein unbekleideter Oberkörper ist straff und gebräunt, weiche, dunkle Härchen verdunkeln seine muskulösen Arme. Ich frage mich, was ich in einem früheren Leben wohl Tolles getan habe, um so ein Glück zu verdienen. Wenn die Kinder nicht wären, würde ich Renzo wieder zu mir ins Bett ziehen. Ihn noch glücklicher darüber machen, mein Mann zu sein. Er bemerkt meinen Blick, kommt herüber und küsst mich. Ich ziehe ihn an mich, um die finsteren Sorgen aus meinem Kopf zu vertreiben. Renzo liebt mich. Liegt mir zu Füßen. Wir sind nun hier in England, alles wird gut.

»Papa, ich krieg das Ladegerät nicht rein!«, ertönt Francos panische Stimme von unten.

»Hast du Adapter mitgenommen?«, frage ich.

»Drei Stück.« Renzo zwinkert und richtet sich auf. »Einen Moment, Franco!«

»Attraktiv *und* organisiert. Ich wusste ja, dass ich dich aus gutem Grund geheiratet habe.«

»Papa!«, ruft Franco erneut.

Renzo schüttelt den Kopf über die Ungeduld unseres Sohnes und grinst mir zu. »Alles klar, Prinzessin, rühr dich nicht von der Stelle. Kaffee und Croissants sind schon auf dem Weg.«

»Croissants?«

»Jep, diese Leute hier haben sich echt nicht lumpen lassen. Die Schränke sind randvoll, und im Kühlschrank steckt haufenweise selbstgemachtes Wahnsinnszeug – Lasagne, Kirschkuchen, Salate, Suppen, frisches Fleisch und Käse. Einfach alles. Das ist das reinste Delikatessengeschäft da unten. Wir müssen gar nicht rausgehen, wenn wir nicht wollen.«

Ich nicke anerkennend. »Super.«

»Wir haben es andersrum aber nicht so gemacht.« Mein rücksichtsvoller Mann macht einen Moment lang ein besorgtes Gesicht.

Ich zucke mit den Schultern. »Wir haben ihnen das Nötigste dagelassen ... und etwas Wein. Sogar jede Menge Wein.« Ich grinse.

»Okay, der Wein rettet es vermutlich ein Stück weit. Aber Amber, du solltest das da unten mal sehen.«

»Okay, ich hab's ja schon kapiert«, fauche ich und verdrehe die Augen. »Sie haben hier haufenweise prima Zeug. Diese Familie ist der Wahnsinn und wir nicht.«

Renzo hebt die Augenbrauen.

»Tut mir leid, das war etwas schroff. Du weißt ja, wie ich morgens bin.«

»In der Tat. Ein starker Espresso ist schon unterwegs.« Renzo zwickt mir ins Kinn.

»Ja, bitte.« Ich lege mich wieder hin und lasse den Kopf in die weichen Daunenkissen sinken. »Vielleicht hatten sie ja ein schlechtes Gewissen, weil unsere sonnige Villa schöner ist als ihr schäbiges kleines Cottage«, murmle ich.

Doch Renzo hat das Zimmer bereits verlassen, seine Schritte sind auf der Treppe zu hören. Ich döse noch ein bisschen und falle in einen Halbschlaf, bis Renzo wie versprochen mit Kaffee und einem Croissant zurückkommt, dazu frisches Obst und Orangensaft.

Die Kinder sind ganz ohne meine Hilfe aufgestanden und haben gefrühstückt, und Renzo versichert mir, dass die drei bis mittags unterwegs sein werden, also solle ich mich einfach zurücklehnen. Ich weiß, es scheint ganz so, als wäre mein Mann zu toll, um wahr zu sein, doch als wir uns gerade erst kennengelernt hatten und die Sache zwischen uns langsam ernst wurde, machte ich ihm die klare Ansage, dass ich nicht die Art Frau bin, die hinter einem Mann herräumt. Ich leiste meinen Teil, aber mehr nicht. Ich habe eine Karriere. Ich sagte ihm, ich hätte keine Zeit für irgendeinen frauenfeindlichen, patriarchalen Bullshit. Darüber musste er lachen und meinte, er habe drei Schwestern, die das ganz genauso sähen. Diese Bemerkung machte den Deal für mich perfekt.

Die Haustür fällt mit einem Krachen ins Schloss, das das ganze Haus durchschüttelt. Ich esse ein paar Beeren und nippe an meinem Orangensaft. Von draußen höre ich Floras hohes Geschnatter und Renzos Bass als Antwort darauf. Bald verklingen ihre Stimmen und ich fühle mich merkwürdig unruhig und einsam. Hier bin ich nun, zum ersten Mal seit Jahren wieder in England, in diesem fremden Haus in einer Stadt, in der ich noch nie war. Und ich schlafe im Doppelbett von Beth und Niall Kildare, während sie in unserer Stadt sind, in unserem Haus. In *unserem* Bett.

Ich zupfe das warme Croissant in Stücke und stecke sie mir in den Mund, während ich den Blick durch das winzige Zimmer schweifen lasse, das sich unter das Dach schmiegt. Die unteren Teile der Wände sind taubengrau gestrichen, während Schrägen und Decke weiß sind, durchbrochen von den gleichen warm wirkenden Holzbalken, die mir auch im Esszimmer aufgefallen sind. Hier stechen die Balken jedoch mehr hervor. Sie ragen aus der niedrigen Decke, als versuchten sie zu entkommen. Links von mir befindet sich ein Panoramafenster, und direkt gegenüber dem Bett ein Veluxfenster, durch das ich lediglich Schichten eisengrauer Wolken erkennen kann, die sich gegen die Scheibe zu pressen scheinen.

Plötzlich fällt mir das Atmen schwer. Vielleicht hätte ich meine Familie begleiten sollen. Ich blinzle ein paarmal, dann atme ich ein, bis ich bis vier gezählt habe, und aus bis acht. Es geht mir gut. Ich bin nur etwas desorientiert, weiter nichts.

Mein Espresso ist noch heiß und schmeckt gut. Ich leere ihn in ein paar kleinen Schlucken und stehe dann auf. Inzwischen bin ich komplett wach und zu ruhelos, um noch länger liegen zu bleiben. Ich möchte dieses Haus erkunden und herausfinden, was das für ein Ort ist, den wir die nächsten zwei Wochen unser Zuhause nennen.


Das Badezimmer ist traditionell, mit weißen Kacheln gefliest und ausgestattet mit einer Krallenfuß-Badewanne und einer altmodischen Toilette mit einer Zugkette zum Abziehen. Im ganzen Haus gibt es keine richtige Dusche, lediglich den

Duschaufsatz in der Wanne. Gestern Nacht habe ich mich darunter gekauert – eine lachhaft unzivilisierte Art, sich zu waschen. Zum Glück haben die Kildares den Tauchsieder für uns angelassen, also war das Wasser glühend heiß, aber anscheinend müssen wir daran denken, ihn auszuschalten, sobald der Tank aufgeheizt ist. Ich erinnere mich noch daran, zu Hause diese Art Heißwasser-System gehabt zu haben, als ich noch ein Kind war – aber ich dachte, diese Barbarei wäre genauso von der Bildfläche verschwunden wie Wäschemangeln und Eiskeller. Heute Morgen denke ich sehnsüchtig an unsere drei modernen Hochdruckduschen zu Hause.

Nachdem ich mich gewaschen und schwarze Jeans, dicke Socken mit Norwegermuster und einen übergroßen waldgrünen Kaschmirpullover angezogen habe, schlendere ich durch den Rest des Hauses, um es zu erkunden. Mir fällt ein beachtlicher Balkon auf, der vom Hauptschlafzimmer abgeht und auf dem ein paar Gartenstühle und Töpfe voller Tulpen und Narzissen stehen. Allerdings ist es momentan viel zu kalt draußen, um ihn zu nutzen. Wahrscheinlich ist es dort ganz nett, wenn die Temperatur hier für zwei Wochen im Jahr ausnahmsweise mal über den Gefrierpunkt steigt.

Das zweite Schlafzimmer ist größer als unseres, bietet genug Platz für zwei Betten – eines auf jeder Seite des breiten Kaminsims. Die Wände sind senfgelb, was zunächst fürchterlich klingt, tatsächlich aber aus irgendeinem Grund stimmig ist, und die Bodendielen werden von einem großen knallroten Webteppich bedeckt, der den Raum gemütlich macht. Ich hätte das Zimmer anders eingerichtet, allzu schrecklich ist es aber auch nicht.

Die einzige andere Tür hier oben ist geschlossen. Ich versuche, den Messingknauf zu drehen, weiß aber bereits, dass abgeschlossen ist. Beth hat mir gesagt, dass Nialls Arbeitszimmer sein Rückzugsort ist, das einzige Zimmer im Haus, das privat bleiben soll. Ich erklärte mich einverstanden, natürlich. Was

sollte ich auch anderes sagen? *Nein?* Ich muss allerdings zugeben, nun, da ich hier vor dieser verschlossenen Tür stehe, dass
ich mehr als nur ein bisschen neugierig bin. Ich frage mich, ob
Niall auch seine Familie von hier fernhält oder bloß uns Urlau-
ber. Ich drehe noch einmal am Knauf, in die eine und die
andere Richtung, hin und zurück; es quietscht und ich rüttle,
doch die Tür bleibt fest verschlossen.

Ein Klopfen an der Haustür lässt mich von meiner Schnüf-
felei aufschrecken. Ich bleibe wie angewurzelt stehen. Renzo
meinte, er würde einen Schlüssel mitnehmen, er kann es also
nicht sein. Auf Zehenspitzen gehe ich in unser Schlafzimmer
zurück und spähe aus dem Fenster nach unten. Ein blonder
Haarschopf. Ich bin mir ziemlich sicher, dass es Sally von
gegenüber ist. Sie ist in einen adretten Wollmantel eingepackt
und trägt einen Burberry-Imitat-Schal. Ich trete vom Fenster
zurück. Sie klopft erneut. »Verpiss dich«, raune ich. Ein paar
Augenblicke später tut sie genau das und ich höre, wie ihre
wichtigtuerischen Schritte den Weg entlang den Rückzug
antreten.

Sobald ich mir sicher bin, dass sie verschwunden ist, gehe
ich nach unten und halte mich dabei am Geländer fest. Ich
werde auf dieser Treppe gut auf Flora Acht geben müssen, weil
es so steil abwärts geht. Unten stehe ich wieder im Esszimmer.
Ich wende mich nach links und gehe durch eine Tür ins Wohnzimmer, wo es noch mehr Balken gibt. Der Raum zieht sich von
der Vorderseite des Hauses bis ganz nach hinten, an jedem
Ende befindet sich ein Erkerfenster. Auch hier gibt es eine
beeindruckende Kaminecke, und drei nicht zueinander
passende Perserteppiche bedecken die Bodendielen. Die
beiden Sofas sehen abgewetzt aus, und am hinteren Erkerfenster steht ein niedriger Tisch mit einem unordentlichen
Haufen Kinderspielzeug darauf. Es ist sicherlich gemütlich,
sobald der Holzofen einmal brennt, aber es fühlt sich eher nach

einem Spielzimmer an als nach einem Ort, an dem Erwachsene sich wohlfühlen.

Nachdem ich noch einmal kurz das Erdgeschoss abgelaufen bin, stelle ich fest, dass ich bereits das gesamte Cottage gesehen habe. Ich gehe zurück in die Küche, wo ich nun durch die Schiebetür den Garten sehen kann. Im Sommer muss es da draußen sehr schön sein. Ausgebleichte Holztische und -stühle stehen geschickt arrangiert auf einer großen Kalksteinterrasse. Blumentöpfe lockern den Bereich auf und allerlei Sträucher und Büsche in erhöhten Beeten um den Terrassenrand bieten Schutz vor den Blicken der Nachbarn. Dahinter führen breite Stufen hinunter in einen scheinbar endlosen, frostigen Garten, der von jeder Menge Bäume und weiteren Sitzbereichen begrenzt wird. Im hinteren Teil entdecke ich ein verblichenes hölzernes Spielhäuschen mit Schaukeln. Nett. Schade, dass es heute eiskalt aussieht.

Ich wende mich ab und der Küche zu, Renzos Bemerkung zu all dem Essen im Kopf. Ich öffne den Kühlschrank. Darin stapeln sich Steinguttöpfe und Tupperdosen. Widerwillig stelle ich fest, dass tatsächlich alles davon selbstgemacht ist – zudem mein Lieblingsessen. Im Tiefkühlfach sieht es ähnlich aus, hinzu kommen herkömmliche Lebensmittel wie Hühnchen-Nuggets und Ofenpommes – vermutlich essen das ihre Kinder gern. Meine zwei bekommen dieselben Gerichte wie Renzo und ich. Darauf habe ich immer bestanden. An der Kühlschranktür kleben diverse Notizzettel. Auf einem steht, wir sollen uns an sämtlichem Essen im Kühlschrank, Eisfach und den Schränken bedienen. Auf einem weiteren sind nützliche Telefonnummern vermerkt. Ich balle die Fäuste und versuche, ruhig zu atmen. Ich wette, Beth war in der Schule eine Streberin.

Ich denke wieder an den verschlossenen Raum oben und frage mich, ob es irgendwo einen Ersatzschlüssel dafür gibt. Die nächsten anderthalb Stunden verbringe ich damit, alle möglichen Schränke und Schubladen im Haus zu durchsuchen. Sie quellen allesamt über vor größtenteils unnützem Krempel. Wenn das hier mein Haus wäre, hätte ich das alles vor dem Häusertausch entrümpelt. Mir wäre die Vorstellung zuwider, andere Leute könnten diesen ganzen Mist sehen. Andererseits hätte ich das Haus gar nicht erst in diesen Zustand verfallen lassen. Während ich methodisch die Zimmer durchgehe, stoße ich auf mehrere Schlüssel, aber keiner davon passt zur Arbeits-zimmertür.

Als ich alle denkbaren Orte durchforstet habe, mache ich mir noch einen Espresso, beiße mir auf die Lippe und komme zu dem Schluss, dass eine abgeschlossene Tür mich nicht davon abhalten wird, dort hineinzukommen. Ich habe zwei Wochen Zeit, einen Weg zu finden.

# SECHZEHN

## BETH

»Drei, zwei, eins, ich komme!«, rufe ich und nehme mit einem erwartungsvollen Lächeln die Hände von den Augen.

Es ist früher Abend, hinter uns liegt ein wunderbarer Tag am Strand, voller Schwimmen und Sonnenbaden. Niall ist mit den Jungs sogar Tretboot gefahren, mit einer kleinen Rutsche an der Seite. Es war allerdings ein kleiner Schock, als wir zunächst herausfanden, dass sich der Strand größtenteils in Privatbesitz befindet und wir für die Nutzung bezahlen müssen. Hinterher haben wir uns zu Hause ein paar Stunden entspannt, und nun spiele ich mit den Jungs Verstecken, während Niall duscht und sich fürs Abendessen umzieht. Ich habe mich vorhin schon fertig gemacht und bin sehr zufrieden mit meinem Outfit heute Abend: ein trägerloser, schwarzer Jumpsuit und goldfarbene Sandalen, das Haar habe ich zu einem Knoten zusammengebunden. Niall warf mir einen bewundernden Blick zu, als wir im Ankleidezimmer aneinander vorbeiliefen, und seine hochgezogenen Augenbrauen und sein Grinsen verrieten mir, dass ich gut aussehe.

Da die Jungs langsam ungeduldig und hungrig wurden,

schlug ich das Versteckspiel vor, während wir auf ihren Dad warten. Ich befinde mich im Schlafzimmer der beiden und habe soeben von zwanzig heruntergezählt. Obwohl sie hier die freie Auswahl aus vier Schlafzimmern hätten, sind Connor und Liam so sehr daran gewöhnt, sich eins zu teilen, dass sie beschlossen haben, lieber gemeinsam in einem Zimmer zu schlafen. Schon komisch: Bevor wir herkamen, freuten sich beide unheimlich auf ihr eigenes Zimmer, doch sobald sie sich dem dann wirklich gegenübersahen, haben sie schnell ihre Meinung geändert – Connor noch deutlicher als Liam, was mich rührt. Trotz all ihrem Gezanke lieben sich meine Söhne.

Ich verlasse ihr Zimmer und überzeichne beim Suchen meine Bewegungen, ziehe Vorhänge zurück und spähe unter Betten. Schwinge mit einem lauten »Aha!« Schranktüren auf und finde sie dort doch nicht. Ich schätze, Niall braucht noch etwa zwanzig Minuten. Er lässt sich ungern hetzen, also werde ich das Spiel in die Länge ziehen müssen, damit den Jungs nicht langweilig wird.

Ganz im Gegensatz zur gestrigen Anspannung zwischen Niall und mir wegen Lucianas Besuch war der heutige Tag einfach ein Traum. Unser Häusertausch wird endlich zu dem idyllischen Urlaub, den ich mir vorgestellt hatte. Die Jungs schweben wie auf Wolken, sind den ganzen Tag geschwommen und haben miteinander gespielt, ohne sich allzu viel zu streiten, und Niall war entspannt und aufmerksam. Ich denke, wir brauchten einfach alle ein, zwei Tage, um anzukommen. Die Reise hierher war ein solcher Angang, dass die Gefühlslage anfangs wohl etwas wacklig war.

Trotz Nialls Vorbehalten bin ich nach wie vor froh, Luciana eingeladen zu haben. Die Jungs haben sich gut verstanden. Nach meinem anfänglichen Ärger über Lucianas Andeutung, Niall könnte auf irgendeine Weise wie ihr Ex-Mann sein, hat sie das Thema glücklicherweise nicht mehr angeschnitten.

Stattdessen unterhielten wir uns über unsere Kinder, und ich fragte sie über die Leitung des Restaurants aus. Sie schien auch sehr interessiert an meiner früheren Karriere als Köchin und meinte, Matteo wäre gerne bereit, mich während unseres Aufenthaltes einmal durch seine Küche zu führen. Die Vorstellung reizt mich sehr. Mehr und mehr denke ich sogar darüber nach, meine Karriere irgendwie wieder anzukurbeln, sobald wir zurück zu Hause sind, aber davon habe ich Niall noch nichts erzählt. Ich warte auf den richtigen Augenblick – falls der jemals kommt. Mit jedem Jahr, das vergeht, scheint mein Selbstbewusstsein ein Stück weiter zu schwinden.

Indessen haben Luciana und ich verabredet, uns nächste Woche noch einmal zu treffen. Meine zwei hätten Lucianas Söhne am liebsten jeden Tag des Urlaubs gesehen, aber das wäre bei Niall wohl weniger gut angekommen. Ich hoffe, dass er nächste Woche dankbar über ein paar Stunden Ruhe und Frieden ist.

Ein Kichern aus einem der Gästezimmer erregt meine Aufmerksamkeit. Ich öffne lächelnd die Tür und entdecke eine ungleichmäßige Erhebung unter der Decke des Doppelbettes.

»Oh, dieses Bett sieht aber schön bequem aus«, sage ich mit einem gespielten Gähnen. »Vielleicht mache ich hier kurz ein Schläfchen.« Erneutes Kichern lässt mich grinsen. Ich setze mich auf die Bettkante und lehne mich zurück, sodass ich halb auf meinem jüngeren Sohn liege. Ich spüre ein leichtes Winden unter meinen Schultern. »Hm, nicht so bequem, wie ich dachte.« Ich richte mich auf und klopfe auf dem Bett herum. »Was sind denn das für Hubbel und Beulen?« Mit einem Ruck reiße ich die Decke zurück und rufe: »Hab dich!«

Liam quietscht und krümmt sich vor Lachen auf dem Bett. »Du dachtest, ich bin ein hubbeliges Bett!«

»Das dachte ich echt! Super Versteck, Liam.«

»Hast du Con schon gefunden?«, will er wissen.

»Noch nicht.«

Sein Strahlen verblasst. »Heißt das, Connor hat gewonnen?«

»Nein. Das heißt, du kannst jetzt auch nach ihm suchen. Vielleicht bist du besser als ich und findest ihn vor mir ...«

Liam macht große Augen.

»Denk dran«, füge ich hinzu. »Nicht in unser Schlafzimmer gehen, da macht sich Daddy gerade fertig.«

Liam nickt und rennt in den Flur.

»Und nicht im Haus rennen!«, rufe ich ihm hinterher. »Pass auf der Treppe auf!« Ich höre das Poltern seiner Schritte, während ich das Doppelbett herrichte, die Laken glätte und die seidenen Kissen ordentlich drapiere. Es wieder in seinen lupenreinen Zustand zurückversetze. Ich kann mir nicht vorstellen, so zu wohnen und alles so perfekt zu bewahren, vor allem nicht mit Kindern. Es ist eines dieser Häuser, in denen alles permanent sauber und ordentlich bleiben muss, da sonst direkt die gesamte Ästhetik ruiniert wird. Unser Haus hingegen verträgt ein bisschen Chaos – das trägt sogar eher noch zu seinem Charakter bei.

Ziellos wandere ich im Zimmer umher. Ich ziehe eine Tür des Einbaukleiderschrankes auf. Er ist leer, abgesehen von ein paar Stücken, die an einer Chromstange hängen. Eines davon ist ein wunderschöner langer, taillierter Wollmantel, der genau meinem Geschmack entspricht. Ich schiebe ihn vom Kleiderbügel und schlüpfe hinein. Das Seidenfutter fühlt sich an meinen Armen kühl an. Der Mantel ist leicht und doch warm, einfach toll. An der Innenseite der Schranktür hängt ein Spiegel, also trete ich einen Schritt zurück und bewundere mich darin. Der Mantel sitzt ein klein wenig eng. Wenn er eine Nummer größer wäre, sähe er herrlich an mir aus. Andererseits würde er auch an jedem anderen herrlich aussehen. Noch nie habe ich etwas so Schönes getragen. Ich stecke die Hände in die Taschen und drehe mich nach links und rechts, posiere. Widerwillig hänge ich ihn zurück auf den Bügel.

Ich sollte Liam helfen, seinen Bruder zu finden. Connor wäre beleidigt, wenn er denkt, ich sei aus dem Spiel ausgetreten. Aber das andere Kleidungsstück, eine intensiv pfauenblaue Jacke, ruft nach mir. Sie wäre eine prima Ergänzung für mein Outfit. Auf demselben Bügel hängt auch noch eine passende Hose, aber auf keinen Fall traue ich mir den kompletten Look zu. Die Jacke ist für sich genommen schon Statement genug.

Ich ziehe sie an. Sie steht mir sogar noch besser als der Mantel. Sie ist leicht tailliert und verleiht meinem Outfit eine zusätzliche Raffinesse. Einen Moment lang denke ich darüber nach, sie heute Abend zu tragen. Würde das Amber etwas ausmachen? Vielleicht. Was, wenn ein Bekannter von ihr die Jacke erkennt und ihr davon erzählt?

Nachdem wir ein anderes Restaurant ausprobiert haben, kehren wir heute Abend wieder in der Terrazza Luciana ein. Das andere war auch nicht schlecht, konnte Lucianas aber nicht ansatzweise das Wasser reichen. Das Essen, die Aussicht und die Atmosphäre sind einfach unschlagbar.

Ich wünschte, ich wäre einer dieser Menschen, die ab und zu auch mal lockerer mit Regeln umgehen, aber ich weiß genau, wenn ich die Jacke, ohne zu fragen, tragen würde, hätte ich den ganzen Abend über ein schlechtes Gewissen. Mir würde es nichts ausmachen, wenn sie sich etwas von mir ausleihen würde. Aber darum geht es nicht. Ich kenne Amber nicht. Sie vertraut uns ihr Haus an. Ich sollte es nicht tun. Außerdem kenne ich mich ja, ich würde die Jacke am Ende noch bekleckern, der Fleck würde sich nicht mehr herauswaschen lassen, und wahrscheinlich würde es zigtausend Euro kosten, sie zu ersetzen.

Ich stecke auch hier die Hände in die Taschen und bewundere mich ein letztes Mal. Dabei erfühlen meine Finger ein dünnes Stück Papier. Ich nehme es aus der Tasche. Ein Foto.

Von einem Mann. Ist das ...? Ich runzle die Stirn und betrachte das Foto genauer, ohne so recht zu verstehen, was ich da sehe.

Das gibt es doch nicht.

Doch.

Ein Foto von Niall.

# SIEBZEHN

## BETH

Es ist ein altes Bild, es wurde aufgenommen, bevor Nialls Haar anfing, grau zu werden. Er trägt darauf ein blassgrünes Hemd, dessen Ärmel bis fast zu den Ellbogen aufgerollt sind. Seine Haut ist gebräunt und sein Kinn von leichten Bartstoppeln bedeckt. Er steht in einer Buchhandlung und lächelt in die Kamera, als wäre er in sie verliebt. Seine dunklen Augen funkeln und seine Zähne strahlen weiß.

Was zum Teufel hat dieses Foto in Amber Masons Jackentasche verloren? Ich drehe es um. Die Rückseite ist leer. Es ist nichts darauf geschrieben.

»Mummy, ich finde ihn nicht!« Liams Stimme hallt die Treppe hinauf und reißt mich aus meiner Erstarrung. Eigentlich spiele ich doch gerade Verstecken mit den Jungs. »Ich komme gleich runter, Liam! Such weiter!« Ich schlüpfe aus der Jacke und hänge sie mit zitternden Fingern zurück an den Bügel. Kennen Niall und Amber sich irgendwoher? Sind wir deshalb hier? Steckt irgendein merkwürdiger Grund dahinter? Mein Herz setzt einen Schlag aus, als mir der unbequeme Gedanke kommt, dass zwischen den beiden vielleicht etwas läuft. Aber wenn das der Fall wäre, warum in aller

Welt sollte er dann mit mir in das Haus der Frau fahren, während sie in unserem wohnt? Das ergibt nicht den geringsten Sinn.

Das Foto fühlt sich in meiner Hand heiß an. Ich lege die andere Hand an die Brust, atme tief durch und bemühe mich, die fürchterlichen Gedanken einzudämmen, die sich mir in den Kopf drängen. Im einen Moment denke ich, es ist ein schräger Zufall, der nichts weiter bedeutet, im nächsten sage ich mir, dass es keine Zufälle gibt und ich dahinterkommen muss, was auch immer hier vorgeht.

»Mum!« Liam poltert die Treppe hoch und reißt die Zimmertür auf. »Ich kann ihn nirgendwo finden. Ich war in jedem Zimmer, er ist nirgends. Ich glaube, er ist rausgegangen, aber das ist geschummelt. Man kann nicht gewinnen, wenn man schummelt, oder, Mummy?«

»Keine Sorge.« Ich wuschle ihm zerstreut durch die Haare. »Wir finden ihn schon.«

»Was ist das?« Liam taucht unter meiner Hand weg, greift danach und öffnet meine Finger. Bevor ich ihn daran hindern kann, hat er mir bereits das Foto abgenommen.

»Bloß ein Foto von Daddy«, antworte ich und ärgere mich über mich selbst, weil ich es ihn habe sehen lassen. Aber er wirft nur einen kurzen Blick darauf, verliert dann das Interesse und gibt es mir zurück.

»Komm mit.« Er zieht an meiner Hand. »Wir müssen Connor finden.«

»Wie spät ist es?«, frage ich mich selbst, schaue auf die Uhr und stelle fest, dass seit Beginn unseres Spiels erst fünf Minuten vergangen sind. Es kommt mir vor wie eine Stunde. Ich sollte zu Niall gehen und ihn sofort nach dem Foto fragen, aber beim Gedanken daran wird mir ganz anders. Die Frage würde wie eine Anschuldigung klingen. Selbst, wenn ich sie unbekümmert formuliere, wird mein Mann wissen, dass ich eigentlich aufgebracht und unruhig bin. Wie wird er reagieren?

Wütend? Abwehrend? Oder wird er eine einfache Erklärung liefern können?

Fürs Erste stecke ich das Foto in die Tasche und folge Liam aus dem Zimmer. Nach gut zehn Minuten Suche komme ich zu dem Schluss, dass Connor weder oben noch unten ist. Mein Herz macht einen besorgten Hüpfer, aber ich ermahne mich, nicht albern zu sein. Er ist ein einfallsreicher Elfjähriger; er wird ein gutes Versteck gefunden haben. Während ich das Haus auf den Kopf stelle, kann ich an nichts anderes denken als an das Foto von meinem Mann. Ich überlege, wie unwahrscheinlich es ist, dass ich die Jacke anprobiere und das Bild überhaupt finde. Heißt das, es gibt noch weitere Fotos von Niall in diesem Haus?

»Wo steckt er, Mummy? Ich will nicht mehr suchen. Mir ist langweilig.« Liam lässt sich auf die oberste Treppenstufe fallen, verschränkt die Arme und reckt das Kinn.

»Lass uns nach ihm rufen und sagen, wir geben auf.«

»Und dann gewinnt er?« Liam runzelt die Stirn.

»Es war ja gar kein richtiges Spiel«, erwidere ich. »Es weiß doch jeder, dass die erste Runde nur zum Aufwärmen ist.«

»Oh.« Liam denkt kurz darüber nach und springt dann auf. »Okay.«

Ich verdiene eine Medaille für mein diplomatisches Geschick.

»Connor!«, ruft er. »Wir geben auf! Du kannst jetzt rauskommen!«

Zehn Sekunden später fliegt die Tür zum Elternschlafzimmer auf und Connor steht mit triumphalem, gerötetem Gesicht im Rahmen.

»Das ist unfair!«, beschwert sich Liam. »Mum hat gesagt, wir dürfen nicht in das Zimmer, weil Dad sich fertig macht.«

»Dad hat gesagt, es ist okay. Also hab ich gewonnen.«

»Hast du nicht. Mum hat gesagt ...«

»Schluss, das reicht jetzt!«, fahre ich harsch dazwischen.

Die beiden hören augenblicklich auf zu zanken und sehen mich an. Normalerweise schreie ich nicht, aber jetzt gerade bin ich gereizt und habe nicht die Geduld, eine Auseinandersetzung zu beschwichtigen.

»Alle beide, geht jetzt nach unten und wartet da, bitte.«

»Ich hab Hunger«, jammert Liam.

»Ihr könnt euch jeder eine Nektarine aus dem Kühlschrank nehmen. Wascht sie vorher und kleckert euch keinen Saft aufs Hemd.« Ich bezweifle, dass sie sie vernünftig waschen werden, und bin mir zu neunundneunzig Prozent sicher, dass Liams Hemd hinterher saftgetränkt sein wird, aber das sind meine geringsten Sorgen.

Sie stapfen schmollend die Treppe hinunter und murren vor sich hin. Sobald sie auf halbem Weg nach unten sind, gehe ich ins Schlafzimmer.

Niall sitzt auf dem Bett und zieht sich Socken an. Er trägt graue Hosen und ein dunkelblaues kurzärmliges Hemd. Der Geruch seines Eau de Cologne durchdringt den Raum – ein zitroniger, scharfer Duft, der mir so vertraut ist wie Nialls Gesicht. Meine Hand fährt in die Tasche und legt sich um das Foto.

»Was ist denn da draußen los?«, fragt er und nickt Richtung Flur.

»Nichts. Die übliche Streiterei beim Spielen.«

»Das wird ihnen auch einfach nicht langweilig, oder?« Niall schüttelt den Kopf.

»Das ist doch normal unter Geschwistern. Mein Bruder und ich haben uns pausenlos gestritten, als wir Kinder waren.«

Niall verdreht die Augen. »Deswegen bin ich froh, ein Einzelkind zu sein.«

Ich liebe meinen kleinen Bruder Owen, allerdings ist er auch der absolute Augenstern unserer Eltern. Als wir noch klein waren, konnte er einfach nichts verkehrt machen und gab immer mir die Schuld, wenn er eine Sache vermasselte oder etwas Verbotenes tat. Ich widersprach dann zwar mit meiner Version der Geschehnisse, musste mir daraufhin aber Vorwürfe anhören, ich würde mir das nur ausdenken. Immer glaubten unsere Eltern ihm, also hielt ich letzten Endes einfach den Mund. Gewöhnte mir an, mich nicht davon belasten zu lassen. Niall ist der Meinung, mein Bruder sei verzogen. Sie kommen nicht gut miteinander klar. Folglich sehe ich ihn kaum noch. Genauso wenig meine Eltern.

»Seid ihr bereit zum Aufbruch?«, fragt Niall. Er steht auf und streicht sich die Hose glatt.

»Guck mal, was ich im anderen Zimmer gefunden habe.« Ich nehme das Foto aus der Tasche und strecke es ihm entgegen. Meine Stimme klingt merkwürdig, als würde sie von weit her kommen.

»Was ist das?« Niall kneift die Augen zusammen und nimmt mir das Foto ab. Das Herz schlägt mir bis zum Hals, während ich auf seine Reaktion warte.

»Ich habe eine von Ambers Jacken anprobiert und es in der Tasche gefunden. Was hat es da drin zu suchen?« Ich streiche mir mit dem Finger über die Unterlippe und versuche, Ruhe zu bewahren, während ich auf dem Gesicht meines Mannes nach einer Regung Ausschau halte.

»Ein altes Foto von mir.« Er runzelt die Stirn. »Du hast es in einer Jackentasche gefunden?«

»Ja.«

»Es ist eins meiner Werbefotos. Sie muss ein Fan sein.« Er hebt den Blick und grinst.

Bei seinen Worten zerstreuen sich meine Zweifel ein wenig. »Sie hat gar nichts zu mir gesagt, als wir den Häusertausch gebucht haben.«

»Vielleicht hat sie eins und eins nicht zusammengezählt. Oder vielleicht liest sie meine Bücher nicht mehr. Dieses Foto ist über zehn Jahre alt. Wir haben es auf meiner Lesereise durch Italien verwendet.«

»Oh.« Ich versuche, meiner Stimme Leichtigkeit zu verleihen. »Das muss es wohl sein. Aber hast du die Fotos nicht
signiert? Das hier hat kein Autogramm.«

Niall zuckt mit den Schultern. »Ich habe manche signiert,
aber nicht alle.« Er schaut auf die Uhr und steckt das Foto ein.
»Es wird langsam spät, wir sollten uns auf den Weg machen.
Haben wir den Tisch nicht für sieben reserviert?«

»Sollte ich das Foto nicht dorthin zurücktun, wo ich es
gefunden habe?«

»Was? Ähm, ja, klar. Schätze schon.« Er nimmt es aus der
Tasche und gibt es mir zurück. »Vielleicht sollte ich es signie-
ren«, scherzt er mit einem frechen Grinsen, doch in seinem
Blick versteckt sich noch etwas anderes.

Ich weiß nicht, warum mir so unbehaglich zumute ist.
Nialls Erklärung ergibt Sinn. Ich habe keinen Grund, ihm nicht
zu glauben. Aber er ist bereits unausgeglichen und jähzornig,
seit wir von zu Hause weg sind. Ich habe es darauf geschoben,
dass es ihm schwerfällt, abzuschalten, und es ihn zurück an den
Laptop zieht. Aber was, wenn mehr dahintersteckt? Ich weiß es
nicht. Interpretiere ich da zu viel hinein oder könnte etwas im
Busch sein?

## ACHTZEHN

### AMBER

Gerade, als ich mich anziehe, klingelt es an der Tür. Renzo ist mit den Kindern schon unten. Nur mit Jeans und BH bekleidet, schleiche ich zur Treppe und sehe, wie er auf die Tür zusteuert.

»Renzo«, zische ich von oben.

Er dreht sich um und schaut mich mit hochgezogener Augenbraue an.

»Mach nicht auf.« Ich schüttle den Kopf.

»Flora winkt aus dem Fenster«, gibt er mit einem Schulter-zucken und einem Lächeln zurück. »Wer immer da ist, weiß, dass wir zu Hause sind.« Zu meinem Missfallen dreht er sich wieder um und öffnet die Tür. Ich stapfe mit einem genervten Grunzen zurück ins Schlafzimmer.

»Renzo! Guten Morgen. Ich hoffe, Sie haben sich gut eingelebt.«

Wusste ich's doch! Die Wichtigtuerin Sal von gegenüber. Kapiert sie nicht, dass wir im Familienurlaub sind und gut darauf verzichten können, dass sie alle zwei Minuten »nach dem Rechten sieht«? Ich ziehe mir das T-Shirt über den Kopf und darüber noch einen cremefarbenen Rollkragenpullover. Das geht mir gehörig gegen den Strich. Ich wollte in Ruhe mit meiner Familie brunchen. Was immer die Frau will, dauert hoffentlich nicht lange.

»Kommen Sie rein!«, höre ich Renzo fröhlich sagen.

Warum ist mein Mann so verdammt freundlich? Ich setze mich für einen Moment aufs Bett. Es ist seine einzige Charakterschwäche. Er kann ja ruhig freundlich zu mir und den Kindern sein, aber weiter muss die Freundlichkeit nicht gehen. Natürlich meine ich das nicht wirklich ernst. Seine warmherzige Persönlichkeit hat mich zu ihm hingezogen. Er ließ sich von meiner unverblümt kratzbürstigen Art nicht abschrecken. Ich atme durch die Nase ein und stehe auf. Ich sollte nach unten gehen und sehen, was Wichtigtuerin Sal will.

*Sei nett, Amber. Sei nett.*

Ich schiebe mich die knarzende Treppe hinunter und biege ins Esszimmer ein, wo Flora sich auf mich stürzt.

»Mama! Sal hat einen riesigen Kuchen mitgebracht. Sie ist mit Papa in der Küche.« Meine Tochter nimmt mich bei der Hand und schleift mich hinein.

»Amber! Hallo.« Sal hat sich den Mantel über den Arm gelegt und lockert den Schal. Sie trägt eine blassrosa Bluse, die in einer Blue Jeans in grässlichem Farbton steckt, und ihr frisch gewaschenes blondes Haar fällt ihr um die Schultern. Außerdem hat sie für so früh am Tag entschieden zu viel Parfüm aufgelegt.

»Sal hat uns selbstgemachten Dorset-Apfelkuchen vorbeigebracht«, sagt Renzo. »Ist das nicht supernett von ihr? Ich habe ihr gesagt, sie muss unbedingt ein Stück mit uns essen, und eine Tasse Tee trinken.« Ich bin mir sicher, dass Renzo mich mit Absicht aufzieht.

»Sal, Sie sind ein wahrer Engel«, flöte ich überzeugend.

»Ich wollte mich nicht aufdrängen«, lügt sie aufdringlich. »Ich hatte sowieso einen Kuchen gebacken und dachte, Sie mögen vielleicht auch welchen, also habe ich das Rezept verdoppelt und noch einen gemacht. Dann hat Ihr charmanter

Ehemann mich überredet, noch zum Tee zu bleiben. Wie konnte ich da Nein sagen?« Sie lacht, und wir alle stimmen mit ein.

Was haben diese Frauen aus Dorset bloß mit ihrer Gastfreundschaft? Ich dachte, wir Briten sind reserviert und ungesellig? Erst Beth mit ihrem vollgestopften Kühlschrank und überquellenden Küchenschränken, und jetzt will auch noch ihre Nachbarin mitmischen.

»Franco, leg das Handy weg, wir haben Besuch«, tadelt Renzo.

»Nur noch eine Minute, Papa, ich ...«

»*Sofort*, Franco.«

Unser Sohn zieht eine finstere Miene, folgt aber der Anweisung.

»Wie gefällt es Ihnen hier bisher?«, fragt Sal. Sie geht zur Besteckschublade hinüber und nimmt ein Kuchenmesser heraus, während Renzo Tee aufsetzt. Ich finde es etwas dreist von ihr, sich so zu benehmen, als wäre sie hier zu Hause. Es mag das Haus ihrer Freunde sein, aber für den Moment ist es unseres. Sie sollte sich nicht so breitmachen.

»Wir haben viel Spaß hier«, antwortet Renzo.

»Für mich einen Kaffee«, rufe ich ihm zu, während ich auf eine der Küchenbänke rutsche. Flora schiebt sich neben mich.

»Papa ist gestern mit uns in die Stadt gefahren«, erzählt sie unserer Besucherin, »und wir sind in einen Spielzeugladen gegangen, da hat er mir diesen Papagei gekauft.« Sie präsentiert ihr neues Lieblingsspielzeug, einen knallbunten Plüschvogel, der spricht, wenn man ihn am Fuß drückt.

»Ich heiße Percy«, krächzt er.

»Der ist aber toll«, sagt Sal und schneidet den Kuchen an.

»Nur ein kleines Stück für mich«, sage ich, obwohl ich zugeben muss, dass er himmlisch duftet.

»Am besten schmeckt er mit Sahne«, sagt Sal und zückt eine Sprühflasche aus ihrer Tasche.

»Sie haben aber auch an alles gedacht«, bemerke ich. »Also dann, mit Sahne. Warum nicht.« Ich lehne mich an die Wand. »Wie lange kennen Sie die Kildares denn schon?« Wenn Sal schon hier herumlungert, kann ich sie genauso gut über sie ausquetschen.

»Hm, lassen Sie mich mal überlegen ...« Sie bringt zwei Stücke Kuchen herüber und stellt sie vor Flora und mich ab, daneben die Sahne. »Ich bin vor knapp sieben Jahren gegenüber eingezogen. Der kleine Liam war damals noch ein Baby und hat nicht gut geschlafen, also bin ich oft vorbeigekommen und habe Beth geholfen, damit sie Schlaf nachholen konnte.«

»Wie nett von Ihnen«, sagt Renzo und bringt den Tee. Dann geht er noch einmal in den Küchenbereich zurück, um meinen Kaffee zu machen.

Sal wendet sich wieder dem Kuchen zu und schneidet weitere Stücke. »Nun ja, mir hat es auch gutgetan. Ich war da gerade frisch geschieden und von Poole hergezogen, um noch mal neu anzufangen. Beth war sehr freundlich zu mir.«

Mir entgeht nicht, dass sie Niall mit keinem Wort erwähnt. »Was ist mit ihrem Mann?«, will ich wissen.

»Ein schön großes Stück für dich, Franco.« Sal schneidet ihm ein Stück ab, das doppelt so groß ist wie das von Flora. Ich hoffe, das fällt meiner Tochter nicht auf, sonst gibt es Knatsch. »Niall bekomme ich nicht oft zu Gesicht«, erklärt Sal. »Er ist Schriftsteller und bleibt lieber für sich.«

*Kann ich gut verstehen.*

»Allerdings schneide ich der ganzen Familie die Haare. Ich bin mobile Friseurin.«

»Schön«, gebe ich zurück.

»So gerate ich nicht auf die schiefe Bahn.« Sie lacht kurz.

Renzo bringt mir meinen Kaffee und alle setzen sich um den Tisch.

»Schmeckt köstlich, Sal«, sagt Renzo nach seiner ersten Gabel. »Sogar noch warm.«

Ich nehme einen Bissen und muss zugeben, dass er recht hat. »Wirklich gut«, stimme ich zu.

Die Kinder verschlingen ihre Stücke in Rekordzeit und fragen, ob sie aufstehen dürfen. Sal lässt sich ausgiebig Zeit.

»Geht es Beth gut?«, frage ich. »Sie wirkte sehr angespannt wegen all dem hier, als ich Anfang der Woche mit ihr gesprochen habe, um die letzten Einzelheiten zu klären.«

Sals blaue Augen werden groß. »Ich denke schon. Sie hat nichts davon gesagt, dass sie angespannt wäre.«

»Gut. Das muss die Aufregung vor der Reise gewesen sein.« Ich nehme einen Schluck Kaffee. »Wir haben vorher alle noch nie einen Häusertausch gemacht.«

»Ja, ich muss schon sagen, ich habe das auch für mutig gehalten«, meint Sal und läuft prompt rot an. »Nehmen Sie es nicht persönlich, aber Sie öffnen ja beide Ihr Haus für Fremde. Ich glaube, die Idee kam von Niall, nicht von Beth. Wie sind Sie denn darauf gekommen?« Sie wendet sich meinem Mann zu.

Renzo setzt an, aber ich komme ihm zuvor. »Oh, wir probieren gerne neue Dinge aus. Das macht das Leben interessant, oder nicht?«

Sal nickt, und ich bemerke, wie sie etwas wachsamer von Renzo zu mir blickt. »Tja, was das Wetter angeht, haben die beiden es eindeutig besser getroffen. Da draußen ist es schon wieder so kalt. Später soll es aber noch aufklaren. Haben Sie schon Pläne für heute?«

»Wir wollen das Schloss Sherborne besichtigen«, sagt Renzo, seine Augen fangen an zu strahlen.

»Bei so was ist er wie ein kleines Kind«, sage ich.

»Was denn? Ich interessiere mich eben für Geschichte.« Renzo zuckt mit den Schultern. »Ich glaube, ich nehme noch ein Stück. Sal, noch etwas Tee oder Kuchen?«

»Für mich nicht mehr, danke.« Sie klopft sich auf den

Bauch. »Welches Schloss besichtigen Sie denn, das alte oder das neue?«

»Ich wusste gar nicht, dass es zwei gibt.« Renzo runzelt die Stirn.

»Das neue ist im Grunde auch ein altes Schloss, aber noch vollkommen intakt und auch von innen eindrucksvoll. Das alte ist nur noch eine Ruine, aber dort lässt es sich toll spazieren gehen.«

»Was würden Sie denn empfehlen?«, fragt Renzo.

»Sie können beides an einem Tag schaffen, aber wenn ich Sie wäre, würde ich heute zum neuen Schloss fahren, da ist es drinnen warm. Dann können Sie vielleicht die Schlossruine besuchen, wenn das Wetter besser ist. Nächste Woche sieht es vielversprechend aus. Sie haben Glück, das Schloss hat diese Woche erst wieder aufgemacht. Den Winter über ist es für Besucher geschlossen.«

Ich versuche, das Gespräch von Schlössern wegzulenken, um noch mehr Klatsch über die Kildares in Erfahrung zu bringen, aber Sal erweist sich als erstaunlich loyal. Selbst, als ich von Nialls abgeschlossener Arbeitszimmertür erzähle und scherze, dass er darin ja vielleicht ein dunkles Geheimnis verstecke, beißt sie nicht an. Statt sich mit in die Spekulationen zu stürzen, bemerkt sie nur steif, dass er immerhin ein international bekannter Autor ist, also müssten seine Manuskripte natürlich sicher aufbewahrt werden. Dann steht sie auf.

»Nun, dann werde ich Sie mal in Ihren Tag starten lassen.«

»Danke noch mal für den Kuchen«, sagt Renzo. »Sehr freundlich von Ihnen.«

Sie lächelt und läuft wieder rot an. Also echt, sie führt sich meinem Mann gegenüber auf wie ein liebeskranker Teenager. So was von armselig. Ich sollte sie damit konfrontieren. Natürlich werde ich das nicht wirklich tun. Aber es würde Spaß machen, dabei zuzusehen, wie sie sich windet.

»Wir bringen Ihnen den Teller zurück, sobald wir ihn abge-
waschen haben«, sagt er.

»Oh, danke.« Sie schüttelt den Kopf und winkt ab. »Nur
keine Eile.«

»Wirklich nett von Ihnen, Sal«, füge ich hinzu. »Und danke
für den Tipp mit dem Schloss. Sehr hilfreich.«

Sie nickt mir knapp zu.

Oh je, ich glaube, ich habe sie irgendwie vor den Kopf
gestoßen. Vielleicht hat es ihr nicht gefallen, dass ich Renzo
gebeten habe, mir Kaffee zu machen. Sie kommt mir wie eine
dieser Frauen vor, die Männer wie Götter hofieren. Zweifellos
denkt sie, sie würde eine bessere Ehefrau für ihn abgeben als
ich. *Nichts für ungut, Süße, aber du bist nicht sein Typ.* Ich
schenke ihr ein ekelhaft zuckriges Lächeln und begleite sie
zur Tür.

»Danke noch mal«, sage ich.

»Gern geschehen.« Sie öffnet den Mund, um noch etwas zu
sagen, entscheidet sich dann aber anders und verlässt das Haus.

Hoffentlich war es das jetzt mit Wichtigtuerin Sal. Das
hätte mir gerade noch gefehlt, dass sie hier andauernd auf der
Matte steht, die Gastgeberin spielen will und mit Renzo flirtet.
Hat die Frau nichts Besseres zu tun? Immerhin habe ich meine
eigenen Pläne zu verfolgen ...

# NEUNZEHN

*Manchmal muss man es erzwingen. Menschen bestehen hartnäckig darauf, nicht das tun zu wollen, was getan werden muss. Doch letzten Endes werden sie dir dafür danken, als einzige Person den Mut zum Handeln gehabt zu haben.*

*Es gefällt mir nicht, dass ich ein Ultimatum aussprechen musste. Ich sehe es aber auch nicht als Gefahr. Eher als Grundlage dafür, wie die Dinge laufen müssen, damit alle glücklich werden. Nun ja, vielleicht nicht **alle**. Aber den Menschen zuliebe, die wirklich zählen, ist ein Ultimatum unumgänglich. Es ist die einzige Möglichkeit, voranzukommen. Die einzige Möglichkeit, überhaupt das zu bekommen, was man will.*

*Und ich weiß, was ich will.*

# ZWANZIG

## BETH

Die Jungs bekommen Stielaugen, als wir uns in die Schlange vor einem der Süßwarenstände stellen, aus dessen zahlreichen Schalen uns bunt verpacktes Konfekt entgegenleuchtet – Toffees, Bonbons, Pralinen und vieles mehr. Der zuckrig-warme Duft lässt uns das Wasser im Mund zusammenlaufen.

»Ich kann mich nicht entscheiden, Mum. Kriegen wir eins von jedem?«, fragt Connor.

Wir befinden uns auf Maioris Wochenmarkt auf dem Corso Reginna, der Haupteinkaufsstraße, die von der Küstenpromenade wegführt. Es wimmelt von Händlern und Einkäufern, und das ist kein Wunder. Frische Ware steht hier in Hülle und Fülle zum Verkauf. Es gibt Käse, Salami, Gebäck, Brot, Obst und Gemüse. Ganz zu schweigen von Kleidung, Keramik und natürlich Limoncello, die Likörspezialität aus der Gegend. Im regen Geplapper um uns herum schwingt Ernsthaftigkeit mit, während Käufer sich die erlesensten Schnitte und frischesten Früchte heraussuchen und Verkäufer ihre Stammkunden begrüßen.

Niall ist kein Morgenmensch, und da in Maiori nur freitagmorgens Markt ist, musste ich ihn förmlich aus dem Bett zerren,

damit er mitkommt. Ich hätte wohl auch allein mit den Jungs
herkommen können, aber ich dachte mir, Niall würde es vielleicht doch gefallen, sobald er erst mal hier ist. Mir schwebten
blumige Visionen vor, wie wir Arm in Arm von Stand zu Stand
flanieren, jede neue, wunderbare Entdeckung bewundern und
Delikatessen von charmanten italienischen Händlern entgegen-
nehmen, wie in einer romantischen Komödie.

Leider spielt meine Familie bei dieser rosigen Vorstellung
nicht mit. Stattdessen sind die Kinder quengelig und mein
Mann sieht ebenfalls nicht begeistert aus. Das Bild in meinem
Kopf könnte gar nicht weiter von der Wirklichkeit entfernt sein.
Anstelle des pittoresken Bauernmarkt-Flairs wirkt die Straße
mit den weißen Lieferwagen, summenden Generatoren und
Plastikvordächern an den Ständen eher zweckmäßig. Es
wimmelt nur so von Menschen – vorwiegend Frauen mittleren
Alters und ab und an ein paar Touristen.

Trotzdem bin ich froh, hergekommen zu sein. Ich freue
mich darauf, frische Produkte aus der Region fürs Mittagessen
zu kaufen, außerdem ein paar Souvenirs für zu Hause. Luciana
hat mir von dem Markt erzählt. Sie meinte, sie komme jede
Woche ganz früh morgens hierher und wir sollten es uns unbedingt ansehen.

Gestern haben wir ein weiteres nettes Abendessen in der
Terrazza Luciana genossen, nur hatten Luciana und ich
diesmal nicht viel Gelegenheit zum Reden. Hoffentlich lag das
nicht daran, dass sie Niall aus dem Weg geht, oder dass ich sie
auf irgendeine Weise brüskiert habe. Sie war nach wie vor
freundlich, blieb nur nicht lange zum Plaudern stehen. Allerdings hatten sie auch mehr zu tun als bei unserem letzten
Besuch, vielleicht war also auch das der Grund. Immerhin hatte
sie den besten Tisch auf der Terrasse für uns reserviert. Das
wusste sogar Niall zu schätzen.

Ich dachte, der Besuch auf dem Markt heute würde mich
davon ablenken, dass ich gestern Abend dieses Foto von Niall

gefunden habe. Natürlich konnte Niall eine absolut vernünftige Erklärung dafür liefern, warum es in Ambers Tasche gesteckt haben könnte, trotzdem lässt mich ein hartnäckiger Zweifel nicht los. Er pocht mir im Kopf und schwirrt mir im Magen herum. Am liebsten würde ich Niall noch einmal darauf ansprechen. Ihn fragen, ob er Amber eventuell kennt. Ob sie vielleicht eine Ex-Freundin ist oder er früher einmal mit ihr zusammengearbeitet hat. Aber, wenn ich solche Fragen stelle, kann ich ihm auch direkt vorwerfen, er würde mich anlügen. Und das kann ich nicht tun. Also werde ich die ganze Sache wohl auf sich beruhen lassen müssen.

Niall schnalzt genervt mit der Zunge, als sich eine Einheimische vordrängt, um mit dem Verkäufer zu sprechen. Mir wird das Herz schwer – er verliert bereits die Geduld, weil es auf dem Markt so voll ist. Ich dachte, es würde ihm gefallen. Ich hatte vor, die Jungs mit ein bisschen Süßkram abzuspeisen, während wir die übrigen Stände erkunden. Ich wünschte, Niall hätte dabei genauso viel Spaß wie ich, aber eigentlich sollte es mich nicht wundern. Er war noch nie der große Feinschmecker. Natürlich findet er immer gut, was ich koche, aber er interessiert sich nicht einmal ansatzweise dafür, wie sein Essen zubereitet wird. Er isst es nur gern. Was mich betrifft, kommt dieser Ort meiner Vorstellung vom Himmel ziemlich nahe. Das würde er zumindest, wenn ich keinen mürrischen Ehemann und zwei hibbelige Kinder zu bespaßen hätte.

»Mum?« Connor zieht mir am Ärmel. »Dürfen wir?«

»Dürft ihr was?«

»Eins von jedem kriegen?«

»Ähm.« Ich lasse den Blick über die endlosen Reihen von dargebotenen Süßigkeiten schweifen. »Nein, das wären viel zu viele. Davon fallen euch ja die Zähne aus. Jeder von euch darf sich sechs Stück aussuchen.«

»*Sechs?*«, ächzen Liam und Connor im Chor.

»Okay, acht, aber mehr nicht.«

»O-kaay«, stimmen sie widerwillig zu.

Die Jungs treffen ihre Auswahl, und der Verkäufer legt jeweils noch ein Stück gratis obendrauf. »Verratet es nicht der Mama.« Er zwinkert ihnen zu und sie strahlen triumphal zu mir hoch.

Ich bedanke mich beim Verkäufer und bezahle, dann wende ich mich Niall zu. »Warum schnappst du dir nicht die Jungs und ihr ruht euch ein bisschen in einem Café aus, während ich ein paar Lebensmittel einkaufe?« Mir wäre es zwar lieber, wenn wir alle zusammenbleiben würden, aber vielleicht begradige ich den Haussegen wenigstens ein Stück weit, wenn ich ihn vom Haken lasse.

»Es wäre kein großartiges Ausruhen, wenn die zwei im Zuckerrausch sind.« Niall verdreht die Augen.

»Das wird schon klappen. Der Rausch setzt ja nicht sofort ein, bis dahin bin ich längst zurück.« Ich merke, dass Niall die Jungs bei mir lassen will, aber er hat noch überhaupt nichts mit ihnen allein unternommen, seit wir hier sind. Es wäre doch schön, wenn sie ein bisschen Vater-Söhne-Zeit zusammen hätten. »Ihr könntet ja auch an den Strand gehen?«

Er runzelt die Stirn. »Nein, schon okay. Wir bleiben einfach bei dir. Du hast uns schließlich hergeschleift, weißt du noch? Ich wäre auch zufrieden damit gewesen, zu Hause gemütlich mit den Jungs zu frühstücken.«

Ich hole tief Luft und beiße mir auf die Zunge. Ich könnte jetzt antworten, dass ich es für eine schöne Unternehmung für uns alle gehalten habe und dass es mir leidtut, wenn ihm der Ausflug so lästig ist. Offensichtlich gefällt es ihm hier nicht, es hat also keinen Zweck, einen Streit vom Zaun zu brechen.

»Ich glaube, ich probiere mal etwas von diesem Süßkram«, sagt Niall und greift in Liams Papiertüte.

Unser jüngerer Sohn reißt die Augen weit auf, als seine kostbare Süßwarenausbeute so ungerecht dezimiert wird. Doch er weiß, dass er deswegen lieber nichts zu seinem Vater sagt.

Niall geht nicht so sanft mit ihnen um wie ich. Ich schätze, das ist nicht unbedingt etwas Schlechtes.

»Dann nehme ich eins von Connors«, verkünde ich in dem Wissen, dass das Liam ein Stück weit besänftigen wird.

»Ich gehe mal da rüber«, sagt Niall und zeigt auf einen Lederwarenstand am anderen Ende des Markts. »Ich brauche einen neuen Gürtel.«

»Okay, prima, wir kommen mit.«

»Nein, schon gut. Erledige du die Einkäufe, wenn du magst. Schreib mir, wenn du alles hast, dann treffen wir uns wieder.« Er geht davon und lässt mich mit den Kindern stehen. So viel dazu, alle beisammenhalten zu wollen.

Ich straffe die Schultern. »Na dann mal los, ihr zwei. Lasst uns mal schauen, was wir zu Mittag essen wollen.«

Wir drei verbringen die nächste halbe Stunde damit, alle möglichen köstlichen Zutaten auszusuchen. Sehr zu meiner Freude haben die Jungs sogar Spaß dabei, vor allem Connor, der ein erstaunlich gutes Auge für frisches Obst und Gemüse hat. Wir lachen über unsere kümmerlichen Versuche, uns mit den Händlern zu verständigen, wobei wir hauptsächlich auf Waren deuten und mit den Fingern anzeigen, wie viel wir haben möchten. Connor stellt sich allerdings gar nicht schlecht dabei an, die Übersetzungs-App auf meinem Handy zu benutzen und zu versuchen, Italienisch zu sprechen. Liam interessiert sich anscheinend mehr für seine Süßigkeiten, aber das ist auch in Ordnung.

»Vielleicht haben wir es ein bisschen übertrieben«, sage ich mit Blick auf unsere prall gefüllten Einkaufstaschen.

»Nein, Mum, wir essen das alles auf, keine Sorge«, widerspricht Connor mit ernstem Blick.

»Jep.« Liam nickt eifrig, und ich muss lachen.

»Guckt mal, da ist euer Dad.« Ich erspähe Niall, doch dann bemerke ich, dass er mit jemandem spricht – einem kleinen, drahtig aussehenden Mann in hellgrauem Anzug. Sie stehen vor einer Bar, der Typ hat eine Hand auf Nialls Arm gelegt. Sie lachen angeregt, als würden sie sich kennen.

»Wer ist das?«, fragt Connor.

»Keine Ahnung«, antworte ich. »Gehen wir mal rüber und finden es heraus. Bleibt nah bei mir, ich will nicht, dass einer von euch verloren geht.«

Wir schlängeln uns über den überfüllten Markt und schlüpfen zwischen zwei Obstständen hindurch auf die andere Seite des Corso Reginna. Als wir näherkommen, bemerkt Niall mich und schüttelt dem Mann die Hand, woraufhin dieser davongeht, ohne in meine Richtung zu sehen.

»Hi«, sage ich etwas außer Atem. »Wer war denn das?«

»Dad, wir haben total viel fürs Mittagessen eingekauft«, unterbricht Liam. »Und Connor hat Italienisch geredet. Er bringt mir ein paar Wörter bei.«

»Super, Liam. Klingt, als hättet ihr Spaß gehabt.« Niall wuschelt ihm durch die Haare.

»Ich habe alles für Mum übersetzt«, bestätigt Connor stolz. »Ich habe eine App benutzt. Das war echt cool.«

»Gut gemacht, Con.« Niall schenkt ihm einen anerkennenden Blick und Connor strahlt über das Lob.

»Sie haben mir beide sehr geholfen«, füge ich hinzu. »Danke, Jungs. Also, wer war dieser Mann?«, frage ich noch einmal.

»Welcher Mann?« Niall schaut kurz verwirrt drein, dann nickt er. »Ach so, irgend so ein Typ, der mir Ferienwohnungsanteile andrehen wollte. Er hat mich in dem Moment abgepasst, als ich euch schreiben wollte. Ich konnte ihn nicht abschütteln.«

»Oh.« Ich denke an ihr angeregtes Gespräch zurück. »Es sah so aus, als würde er dich kennen.«

Niall kratzt sich am Kinn. »Du weißt ja, wie diese Leute sind, sie geben sich ganz kumpelhaft, um deine Aufmerksamkeit zu bekommen.«

Das erklärt aber nicht, warum Niall genauso fröhlich gelacht und geplaudert hat wie der Mann. Es sähe mir nicht ähnlich, an den Aussagen meines Mannes zu zweifeln, doch seit ich dieses Foto gefunden habe, hinterfrage ich einfach alles. Ich hole tief Luft. Ich muss es vergessen und wieder runterkommen. »Hast du einen schönen Gürtel gefunden?«

»Einen *was*?« Er runzelt die Stirn. »Ach, nein, da war keiner dabei.«

»Was hast du denn dann so gemacht?«

»Was ist das hier? Ein Kreuzverhör?« Niall lacht. »Ich bin einfach nur ein bisschen durch die Gegend gelaufen und habe darauf gewartet, dass ihr fertig werdet. Sollen wir irgendwo einen Kaffee trinken gehen? Komm her, ich nehme das.« Er nimmt mir eine Einkaufstasche ab, legt mir einen Arm um die Schultern und wir alle schlendern davon, um ein Café zu suchen. Trotz der morgendlichen Wärme überkommt mich ein plötzliches Frösteln, und dazu das Gefühl, dass Niall meiner Frage ausweichen wollte.

# EINUNDZWANZIG

## AMBER

»Hier will ich wohnen«, verkündet Flora lautstark, sehr zur Belustigung der anderen Schlossbesucher.

»Lady Flora von Sherborne«, sagt Renzo mit einer ausladenden Verbeugung vor unserer Tochter.

Sie kichert und macht einen Knicks. Wir gehen durch eine burgunderfarbene Wohnstube mit deckenhohen Fenstern, tiefroten Ledermöbeln, golden gerahmten Ölgemälden und einem Wappen über dem kunstvollen steinernen Kamin.

Das Schloss aus dem sechzehnten Jahrhundert ist tatsächlich beeindruckender, als ich dachte. Ich hatte fälschlicherweise angenommen, es wäre ein altes, verstaubtes Relikt, ungemütlich und zugig. In Wirklichkeit ist es in sehr gutem Zustand und sieht mit seiner Holzvertäfelung, seinen üppig bemalten Wänden und seiner elegant-gemütlichen Einrichtung umwerfend aus. Ich glaube, hier wohnt tatsächlich eine Familie. Die haben Glück. Obwohl ich mich frage, was sie wohl davon halten, dass Tag für Tag die Öffentlichkeit durch ihr Zuhause latscht. Ich lächle in mich hinein, als ich mich zudem frage, ob es sich vielleicht trotzdem noch weniger übergriffig anfühlt als ein Häusertausch.

So schön es hier ist, ich würde das Schloss nicht gegen meinen modernen italienischen Lifestyle eintauschen wollen.

»Ich will hier nicht wohnen«, sagt Franco, als spräche er meine Gedanken laut aus. »Ich finde unser Haus in Italien besser. Die haben hier keinen Pool.«

»Sie haben einen See«, merkt Renzo an und zieht Franco an sich. Unser Sohn entwindet sich ihm, dabei weiß ich, dass er die festen Umarmungen seines Vaters eigentlich mag.

»Ja, aber da drin kann man nicht schwimmen«, meint Franco.

»Doch klar kann man das«, widerspricht Renzo, lässt seinen Sohn los und wuschelt ihm durch die Haare.

»Ich will in dem See aber nicht schwimmen.« Franco verzieht das Gesicht. »Der ist grün, und zu kalt.«

»Ein bisschen winterliches Schwimmen im See würde dich abhärten«, neckt Renzo und versetzt ihm einen verspielten Hieb gegen den Arm. »Flora würde mit mir im See schwimmen gehen, oder?«

»Wir könnten Meerjungfrauen sein, Papa!« Ihre Augen strahlen.

»Ich wäre lieber ein Ritter mit einem Pferd«, erwidert Franco. »Oder ein Drache.«

»Dann könntest du mit deinem Feuer für Lady Flora, die Meerjungfrau, und mich den See aufwärmen«, schlägt Renzo vor.

»Wollen wir irgendwo etwas essen?«, frage ich. Das Schloss ist mir inzwischen langweilig geworden. Ich möchte an einen zivilisierteren Ort. An einen moderneren Ort. Eigentlich würde ich am liebsten zurück nach Hause fahren und in Maiori mit unserem Leben weitermachen. Aber das geht jetzt nicht. Mein Herz macht einen nervösen Hüpfer. Das sieht mir nicht ähnlich. Nervosität ist ein Fremdwort für mich. Genau wie Sorge. Im Kopf gehe ich erneut alle Optionen durch und komme abermals zum gleichen Schluss. Das hier war die einzig mögliche Vorgehensweise für mich.

Wir verlassen das Schloss und fahren ins Zentrum von Sherborne, stellen das Auto in einem der Parkhäuser ab und steuern ein nett wirkendes Bistro an, das Renzo sich bereits ausgeguckt hat, als er gestern mit den Kindern in der Stadt war. Da kam er auch schon mit dem Besitzer ins Gespräch – typisch Renzo –, also erwartet uns heute ein herzliches Willkommen von ihm und seiner Frau – Jeremy und Cindy Hamilton, ein gutaussehendes Paar in den Dreißigern. Sie haben uns einen großen Tisch am Fenster reserviert, sodass wir an der Schlange der wartenden Leute vorbeigehen können, die allesamt nicht das Glück haben, so charmant zu sein wie mein Mann.

»Wenn Sie mal an die Amalfiküste kommen, müssen Sie uns besuchen«, sagt Renzo zu dem Paar. Wenn ich besser gelaunt wäre, wären die beiden wahrscheinlich sogar die Art Menschen, die ich gern kennenlernen würde, privat wie beruflich. Sie haben eine interessante Ausstrahlung. Aber heute habe ich nicht den Kopf dafür. Ich erkundige mich, wo ich mich frisch machen kann, und Cindy zeigt mir die Damentoilette. Zum Glück war ich mit Flora im Schloss noch auf dem Klo, sodass ich nun ein paar Augenblicke für mich allein haben kann.

Der Toilettenraum sieht schick aus – Marmor in warmem Farbton, Messingeinbauten und dunkelgrün gestrichene Wände. Ich nehme das Handy zur Hand und öffne meine erstklassige Kamera-App.

Den Kildares ist nicht bewusst, dass in jedem einzelnen Zimmer meines Hauses eine Kamera versteckt ist. Kameras, von deren Existenz allein ich weiß. Nicht einmal Renzo ist eingeweiht.

Am Mittwochabend hatte ich eine nette Nahaufnahme davon, wie Niall seine Frau in unserer Dusche vögelt. Nichts, was ich konkret so sonderlich gern mitbekommen wollte, aber es war schon irgendwie amüsant, ihre Wange gegen die übergroße Aufnahme meiner Brüste gepresst zu sehen. Renzo hat diese Fotowand als witzige Überraschung für mich in Auftrag gegeben – er versteht meinen Humor. Seit diesem ersten Abend war nichts Interessantes mehr auf den Kameras zu sehen. Beth ist langweilig. Niall kratzt sich oft an den Eiern. Ihre Kinder sind ganz niedlich, muss ich zugeben.

Ich öffne die Gesamtübersicht und sehe, wie die brave, kleine Hausfrau Beth in der Küche Mittagessen kocht. Ihr Mann und der Nachwuchs sitzen auf der Terrasse und warten darauf, bedient zu werden. Die Türen stehen weit offen und sie unterhalten sich, während Beth kocht. Sieht ganz so aus, als würde sie ein wahres Festmahl zaubern. Ich wähle die Küchenkamera aus und zoome an ihr Gesicht heran. Offensichtlich hat sie Spaß. Immer wieder wirft sie ihrer Familie liebevolle Blicke zu. Ich habe keinen Ton, also höre ich nicht, was sie sagt, aber es muss etwas Lustiges gewesen sein, denn sie fangen alle an zu lachen.

Scharfe Wut flammt in mir auf. Mir kommt die Galle hoch und ich bin denkbar nah dran, mein Handy gegen die Wand zu schmettern. Stattdessen schließe ich die App, wasche mir die Hände und kehre ins Gewusel des Restaurants zurück, zurück zu meiner bildschönen Familie.

Meine Familie, für deren Schutz ich alles tun würde.

# ZWEIUNDZWANZIG

## BETH

Das Kopfsteinpflaster und die verschlafene Atmosphäre der Stadt erwecken den Eindruck, als wären wir in der Zeit zurückgereist. Wir sind auf einen Tagesausflug nach Ravello gefahren, und am liebsten würde ich überhaupt nicht mehr zurück. Wir sind mit dem Bus hergekommen statt mit dem Auto der Masons, weil wir gehört hatten, dass die Parkplatzsuche schwierig werden könnte. Es war eine haarsträubende Fahrt, der Bus hat langsamere Fahrzeuge in scharfen und unübersichtlichen Kurven überholt und ist dabei beängstigend dicht an den ungesicherten Klippenrändern vorbeigeschlittert.

Die Aussicht aus den Busfenstern war atemberaubend wie furchteinflößend. Wohin auch immer ich den Blick schweifen ließ, gab es etwas Interessantes oder Kunstvolles zu sehen – Frühlingsblumen, Zitronenhaine, einen schmiedeeisernen Zaun, die metallbeschlagene Holztür eines Hauses, das sich an einen Hügel schmiegt. Die Italiener wissen wirklich, wie sie Schönheit zur Geltung bringen, auch wenn sie zugleich kein sonderlich großes Augenmerk auf Gesundheits- oder Sicherheitsmaßnahmen zu legen scheinen.

Am Ziel angekommen, hielt der Bus in einer Unterführung

und wir stiegen alle aus. In der Stadt selbst sind keine Autos erlaubt. Sie müssen auf einem dafür vorgesehenen Parkplatz abgestellt werden, von wo aus es dann zu Fuß weitergeht.

Wir kehren zum Mittagessen in einem urigen Restaurant ein, wo sich Tische und Stühle auf einer grasbewachsenen Fläche mit Blick auf die Klippen drängen. Hier ist es friedlich, wir hören die Vögel singen und befinden uns hoch genug, dass eine sanfte Brise die Hitze mildert.

»Es fühlt sich an wie an einem Filmset ... *Meine Lieder – meine Träume* trifft *Jason und die Argonauten*«, sagt Niall und nimmt einen Schluck von seinem Peroni.

»Was ist Jason und die Astronauten?«, fragt Liam.

»Argonauten«, korrigiert Niall. »Den schauen wir uns alle zusammen an, wenn wir wieder in England sind. Ich habe ihn mit meinem Dad geguckt, als ich ungefähr in deinem Alter war.«

Ich betrachte die Klippen. Die Bergspitzen liegen im Nebel, uralte Gebäude mit Türmchen klammern sich an die Hänge. Für einen Augenblick durchströmt mich ein Gefühl von Frieden, und ich frage mich, wie es wohl wäre, hier zu leben. Hier geboren worden zu sein, hier aufzuwachsen und diese Stadt meine Heimat nennen zu können. Jeden Tag durch ihre geschlängelten Straßen zu laufen, die Sonne im Gesicht zu spüren und die ruhige Atmosphäre in mich aufzusaugen. Ist der Alltagsstress hier geringer? Würde sich das Leben leichter anfühlen?

Abgesehen von dem Foto und der seltsamen Situation gestern auf dem Markt, als Niall mit diesem Typen gesprochen hat, waren die letzten Tage zauberhaft. Gestern habe ich uns aus meinen Markteinkäufen ein spitzenmäßiges Mittagessen kreiert. Damit haben wir uns in den Essbereich draußen am Pool gesetzt. Niall war witzig und charmant, die Jungs ruhig und zufrieden und das Essen einfach nur köstlich. Ich habe mich gefühlt, als wären wir eine dieser italienischen Familien, die man in Filmen sieht, bei denen alles perfekt ist.

Vielleicht liegt die Antwort nicht darin, mir ein anderes Leben zu wünschen, sondern einfach darin, hin und wieder einmal aus meiner Routine auszubrechen. Mir selbst zu erlauben, tief durchzuatmen und die Welt aus einer anderen Perspektive zu betrachten. Wenn wir im Vertrauten feststecken, ist es schwer, einen klaren Blick zu behalten. Es ist schwer, das wertzuschätzen, was wir haben. Während ich mit meiner Familie hier in diesem Paradies sitze, wird mir klar, dass ich alles habe, was ich brauche. Das Leben ist nicht perfekt, hält aber jene seltenen Momente der Perfektion bereit, und wenn wir Glück haben, erkennen wir sie schon, während wir sie erleben, und wissen sie zu würdigen. Genießen sie. Ich hoffe, Niall empfindet das genauso.

Mir fällt auf, dass Niall und ich solche Gedanken nie miteinander teilen. Wenn ich so etwas zu ihm sagen würde, würde er die Augen verdrehen und mich übertrieben gefühlsduselig nennen. Aber so ist er eben. Ich verstehe eigentlich nicht, warum, denn seine Eltern sind völlig vernarrt in ihn – sie zeigen ihm ihre Zuneigung, wann immer sie die Gelegenheit dazu bekommen. Sie lieben ihre Enkel, gehen großzügig mit Geld um und besuchen uns überaus gern. Oder besser gesagt Niall und die Jungs. Mir gegenüber sind sie etwas reservierter. Zweifellos sind sie der Meinung, ich hätte ihnen ihren Sohn weggenommen, dabei wäre ich nur zu gern auf die gleiche Weise von ihnen angenommen worden. Als Teil der Familie aufgenommen statt wie ein Eindringling behandelt. Ich hatte wohl gehofft, von ihnen die Liebe zu erhalten, die mir meine eigenen Eltern immer vorenthalten und allein meinem Bruder geschenkt haben.

Im Gegenzug schiebt Niall die Zuneigung seiner Eltern von sich. Ihre Bekundungen der Liebe und des Stolzes nerven ihn. Ich denke, er fühlt sich davon erdrückt. Vielleicht verschließt er sich deshalb emotional vor anderen Menschen. Möglicherweise ist das auch der Grund, warum er so ein guter Schriftsteller ist – er bewahrt sich all die Gefühle für seine Bücher auf, für seine Romanfiguren statt für die Menschen in seinem wahren Leben. Der Gedanke macht mich traurig. Ich frage mich, ob wir jemals die Nähe zueinander erlangen werden, die er zu versprechen schien, als wir uns kennenlernten. Damals, als er meinte, ich inspiriere ihn.

Den Rest des Nachmittags spazieren wir durch die Sonne und den Schatten der schmalen Gässchen, entdecken geschmackvolle Galerien und schrullige Geschäfte und essen das leckerste Eis, das ich je probiert habe. Schließlich überrede ich Niall, dass wir den kleinen Eintrittspreis zur Villa Cimbrone bezahlen sollten. Sie beherbergt inzwischen ein privates Fünfsternehotel, doch das Gebäude selbst und seine Gärten stammen aus dem elften Jahrhundert. Es muss traumhaft sein, hier zu wohnen. Die Aussicht von der Terrazza dell'Infinito auf die Amalfiküste ist himmlisch: das Grün der von winzigen Dörfchen gesprenkelten Klippen, das tiefe Blau des Meeres, auf dem hier und da ein Boot zu sehen ist, und das klare Azurblau des Himmels, der sich ins Endlose erstreckt, wie der Name des Aussichtspunktes nahelegt.

Allzu bald wird es Zeit für den Rückweg nach Maiori, und ich empfinde einen Anflug von Traurigkeit. Eine Sehnsucht nach diesem Ort, der im Handumdrehen einen Platz in meinem Herzen erobert hat. Wir gehen zurück zur kühlen Unterführung, wo die Busse warten, zusammen mit all den anderen Tagesgästen aus dem verzauberten Märchenreich verbannt, noch bevor die Sonne untergeht.

Im vollgestopften, schwankenden Bus wird mir etwas übel, und ich wünschte, ich hätte mir bloß eine Kugel Eis gegönnt und nicht zwei. Jemand isst eine Banane, und der Geruch der überreifen Frucht macht es meinem Magen nicht leichter. Liam ist an meiner Schulter eingeschlafen und Connor sitzt mit gesenktem Blick neben seinem Dad und spielt auf seinem Handy. Mir pocht der Kopf. Wahrscheinlich zu viel Sonne. Ich hole die Wasserflasche aus meiner Tasche und nehme ein paar Schlucke der lauwarmen Flüssigkeit. Wenn ich doch nur daran gedacht hätte, ein paar Paracetamol einzupacken.

Endlich erreichen wir Amalfi. Ich steige mit wackligen Beinen aus dem Bus und sauge begierig die frische Luft in meine Lungen. Der Gedanke, gleich ins nächste Fahrzeug zu steigen, ist nicht gerade reizvoll, aber hier in Amalfi müssen wir umsteigen, um nach Maiori zurückzufahren. Am Busbahnhof wimmelt es von schwitzenden, hektischen Reisenden. Ich schnappe Gesprächsfetzen über verspätete Busse und lange Wartezeiten auf. Hoffentlich betrifft das nicht den Rest unserer Fahrt.

Ein Bus mit der Aufschrift »Maiori« wartet an einem der überdachten Bussteige, doch seine Türen sind geschlossen und es ist kein Fahrer in Sicht. Ich entdecke in der Nähe eine Frau, die nach einer Mitarbeiterin aussieht. »Entschuldigung«, sage ich und versuche, sie auf mich aufmerksam zu machen. »Wissen Sie, wann der Bus nach Maiori fährt?«

»Maiori?«, antwortet sie. »Schlecht. Zwei Stunden.« Sie streckt zwei Finger aus. »In zwei Stunden, vielleicht zwei und halbe Stunde, Sie fahren nach Maiori.«

»Was?«, zischt Niall. »Warum? Warum die Verspätung?« Er sagt etwas auf Italienisch, und die Frau antwortet.

»Was hat sie gesagt?«, will ich wissen.

»Dad hat Italienisch gesprochen!«, unterbricht Connor beeindruckt.

»Dem Fahrer geht es nicht gut, also müssen wir warten, bis der nächste Schicht hat«, murrt er. »Ich habe ja gleich gesagt, wir hätten das Auto nehmen sollen.«

Ich erinnere ihn nicht daran, dass es unmöglich gewesen wäre, einen Parkplatz zu finden, was wiederum noch mehr Stress verursacht hätte. Stattdessen lege ich ihm beruhigend eine Hand auf den Arm. »Okay, warum gehen wir nicht einfach in ein Café, während wir warten?«

»Scheiß drauf«, entgegnet Niall mit finsterer Miene und sieht sich um. »Ich rufe uns ein Taxi.«

»Ich will nach Hause«, klagt Liam. Er ist gerade erst aufgewacht und jetzt verschlafen und quengelig.

»Keine Sorge, Schätzchen, bald sind wir zu Hause«, sage ich und hoffe, dass das stimmt.

»Wartet hier.« Niall marschiert davon.

Die Bussteige laufen über vor Menschen und es gibt keinerlei freie Bänke in der Nähe, also hocken wir uns auf die Hafenmauer und warten darauf, dass Niall zurückkehrt. Die Sonne knallt immer noch vom Himmel, doch nirgendwo in der Nähe ist ein Schattenplatz zu ergattern. Ich würde uns gerne eine kühlere Stelle suchen, aber Niall würde sauer werden, wenn er uns nicht findet. Hoffentlich ist er bald zurück. Ich lasse die Umgebung auf mich wirken. Abgesehen von den Menschenmassen, ist es ein hübscher Ort mit traditionell weißen, rotgedeckten Villen, die in die Klippen gebaut sind und von Zypressen beschattet werden. Weiter unten am Hang wird mein Blick von geschäftigen Läden und Straßencafés angezogen. Wir sollten versuchen, noch einmal hierher zurückzukehren und das Städtchen richtig zu erkunden.

»Vierzig Minuten!« Niall kommt mit finsterer Miene zurückgestapft.

Ich stehe auf und lege mir die Hand schützend vor die Augen.

»Für mindestens die nächsten vierzig Minuten sind keine Taxis verfügbar«, wiederholt er. »Und ich hatte noch Glück, überhaupt eins reservieren zu können. Hinter mir war eine unglaubliche Schlange.«

»Wollen wir uns in der Zwischenzeit ein schattiges Plätzchen zum Warten suchen?«

»Ja. Lasst uns was trinken gehen.«

Das Taxi kommt erst eine Stunde später, aber wenigstens haben wir uns bis dahin ausgeruht und etwas getrunken. Ich sage mir, dass das alles zum Abenteuer dazugehört, wenn man in den Urlaub fährt. Aber das ist gar nicht so einfach, wenn man müde Kinder beruhigen und einen launischen Ehemann milde stimmen muss.

Nicht zum ersten Mal während dieser Reise frage ich mich, was aus dem charmanten, entspannten Mann geworden ist, den ich vor fünfzehn Jahren kennengelernt habe. Der mich immer wieder mit kleinen Geschenken und aufmerksamen Gesten überraschte. Ich erinnere mich noch, wie ich einmal nach einer besonders langen und aufreibenden Schicht im Restaurant unsere Verabredung zum Abendessen abgesagt habe, weil ich zu müde war, um mich auf den Beinen zu halten. Als ich in meine Wohnung zurückkehrte, warteten dort auf mich ein heißes Schaumbad, ein frisch bezogenes Bett, ein selbstgemachter Auflauf im Ofen, mein Lieblingswein und Schokolade auf dem Tisch, dazu ein Zettel von Niall, auf dem stand, dass er mich liebt. Das war der entscheidende Augenblick. Da wusste ich, er ist der Richtige.

Wann ist er so distanziert geworden? So genervt von mir. Zu Hause arbeitet er pausenlos in seinem Zimmer, also reden wir eigentlich nur während des Essens miteinander, oder zu den seltenen Gelegenheiten, wenn wir uns mit Freunden oder Familie treffen. Davon abgesehen geht es immer nur um belanglosen Alltagskram. Das ist einer der Gründe, warum ich unbedingt zusammen wegfahren wollte. Um uns vernünftig Zeit zu geben, unsere Verbindung wiederherzustellen. Ich hoffe nur, es ist noch nicht zu spät, um unsere Beziehung zu retten.

Auf den Straßen, die aus Amalfi hinausführen, ist viel los, doch der Verkehr lichtet sich zusehends, und im Vergleich zur Hinfahrt mit dem Bus verläuft die Taxifahrt ruhig und unaufgeregt. Hinter uns geht die Sonne unter. Es ist schon später, als ich dachte. Ich unterhalte mich auf dem Beifahrersitz mit dem

Fahrer, der froh über die Gelegenheit ist, sein Englisch zu üben, während der Rest meiner Familie auf der Rückbank schläft. Hoffentlich wachen sie ausgeruht auf, wenn wir an der Villa ankommen. Ich glaube nicht, dass es wirklich so schlimm ist, wie ich vorhin dachte. Immerhin war unser Tag in Ravello wunderbar, und neulich am Strand hatten wir auch Spaß.

Bald kommt genau jener vertraute Strand von Maiori in Sicht, die Lichter um uns herum strahlen bereits wie funkelnde Juwelen. Unser Taxi fährt auf den Corso Reginna, wo gestern der Markt war, dann biegen wir erneut ab und bahnen uns den Weg den Hügel hinauf zu unserer Villa. Ich freue mich auf eine lange kühle Dusche und vielleicht ein kurzes Schläfchen vor dem Abendessen, sofern die Jungs sich allein und unfallfrei beschäftigen können.

Als wir in unsere Straße einbiegen, bin ich ein wenig verwirrt, als ich ein Polizeiauto vor unserer Villa an der Straße stehen sehe. Zumindest glaube ich, dass es eins ist – ein dunkelblauer Wagen mit einem roten Streifen und dem Wort »Carabinieri« an der Seite, auf dem Dach blinkt Blaulicht. Ich hoffe, es hat nichts mit uns zu tun. Ich habe nicht die Kraft, mich mit irgendwelchen Scherereien auseinanderzusetzen. Als wir näherkommen, schießt mir das Adrenalin durch den Körper und ich bin mit einem Schlag hellwach. Das Tor der Masons steht weit offen und zwei Fahrzeuge parken in der Auffahrt, eins davon ist ein weiteres Polizeiauto mit leuchtendem Blaulicht.

»Niall.« Ich drehe mich auf meinem Sitz um und rüttle meinem Mann am Knie. »Niall, wach auf. Hier stimmt was nicht.«

# DREIUNDZWANZIG

*Die erbarmungslose Strömung hat mich erfasst.*

*Ich kann nichts tun, außer mich von ihr forttragen zu lassen, wohin auch immer es ihr beliebt.*

*Hinaus aufs Meer oder zurück an Land.*

# VIERUNDZWANZIG

## AMBER

Ich nehme einen großen Schluck Prosecco und bemühe mich, den Blick nicht ständig durch den Pub schweifen zu lassen. Es ist ein belebter Samstagabend. Alle Tische sind besetzt, ganze Familien warten auf Barhockern darauf, dass irgendwo jemand mit dem Essen fertig wird. Der Pub liegt irgendwo zwischen modern und gemütlich, mit altmodischen Farben, blankem Holzboden, einer Mischung aus Bistrostühlen und Samtsesseln und einem knisternden Feuer.

Trotz der gemütlichen Atmosphäre und der Tatsache, dass ich über zweitausend Kilometer von zu Hause weg bin, kann ich mich nicht entspannen. Ich weiß nicht, was mit mir los ist. Ich konnte immer gut mit schwierigen Situationen umgehen. Habe mich nie davor gedrückt, das zu tun, was getan werden muss. Doch heute Abend scheint mich meine Lage zu überwältigen. Nun, da meine Wut von vorhin verflogen ist, liegen meine Nerven blank. Als hätte ich ausgeschöpft, was auch immer mir Kraft gegeben hat. Das muss daran liegen, dass es jetzt ernst wird. Die Sache kommt ins Rollen und ich kann nichts dagegen tun.

»Alles okay, Amb?« Renzo legt mir eine Hand auf den Oberschenkel.

Ich zucke zusammen, als hätte ich mich verbrannt. Das Letzte, was ich jetzt gebrauchen kann, ist Renzo, der sich liebevoll kümmert. »Mir geht's gut. Kümmere dich um deinen eigenen Kram.« Kaum habe ich ihm das vor den Latz geknallt, bereue ich es auch schon. »Tut mir leid, das war richtig beschissen.«

Die Kinder sehen von ihren Tellern auf.

»Mama hat ein böses Wort gesagt.« Flora schlägt sich die Hand vor den Mund und kichert.

»Sie hat gesagt: ›Ich habe ein schlechtes Gewissen‹«, korrigiert Renzo unsere Tochter. Er gibt mir mit einem Blick zu verstehen, dass er es mir nicht übel nimmt und meinen Fauxpas zwar fürchterlich, aber ebenso zum Totlachen findet.

»Hat sie nicht«, widerspricht Franco, macht aber sofort den Mund wieder zu, als ich ihm einen strengen Blick zuwerfe.

»Alles klar, wer hat Lust auf Nachtisch?«, wechselt Renzo das Thema. Er versucht, die Mittzwanziger-Kellnerin auf uns aufmerksam zu machen, wobei ich glaube, dass er bereits ihre volle Aufmerksamkeit besitzt, seit wir vor einer Stunde hereingekommen sind. Das Mädel lächelt und tänzelt mit ihrem Stift und Notizblock zu uns herüber.

Was ich bisher ebenfalls ignoriert habe, ist die Tatsache, dass Renzo momentan nicht er selbst ist. Aufmerksam und liebevoll mir und den Kindern gegenüber ist er immer, aber seit wir verreist sind, ist er noch rücksichtsvoller als gewöhnlich und sieht es mir nach, dass ich mich fordernd und – ehrlich gesagt – ungehobelt aufführe. Normalerweise würde er sich das nicht einfach so gefallen lassen. Das mag ich an ihm. Vielleicht spürt er, wie angespannt ich bin, und will den Tiger nicht wecken. Ich muss mich zusammenreißen. Das Letzte, was ich brauche, ist ein Verdacht von Renzo, dass etwas nicht in Ordnung ist. Das Problem ist nur, je angestrengter ich versuche, mich zu entspannen und mich ganz natürlich zu geben, desto schwieriger wird es. Nichts fühlt sich richtig an. Alles ist unbehaglich. Als krabbelten mir Ameisen unter der Haut herum.

Die Kellnerin reicht mir eine Dessertkarte, aber ich winke ab und halte ihr stattdessen mein Glas entgegen. »Nein danke, aber ich hätte gern noch einen Prosecco, bitte.«

»Drinks müssen Sie an der Bar bestellen«, sagt sie und würdigt mein Glas keines Blickes.

Ich fluche innerlich.

Renzo will mir das Glas abnehmen. »Ich gehe schon«, bietet er an.

»Schon okay, ich mach das«, entgegne ich, bemühe mich um einen leichtherzigen, fröhlichen Ton, klinge aber zutiefst sarkastisch.

Die Kellnerin hebt an meinen Mann gewandt eine Augenbraue und ich würde am liebsten mein Glas in ihr hübsches, kleines Gesicht pfeffern – schon das zweite Mal heute, dass ich etwas zerschmettern will. Stattdessen zwinge ich mich zu einem Lächeln, stehe auf und frage, ob noch jemand etwas zu trinken möchte.

Meine Familie nennt mir ihre Bestellungen und wendet ihre Aufmerksamkeit dann wieder der Dessertkarte zu. Ich steuere indessen die Bar an. Eigentlich bin ich sogar froh über die Atempause, die mir das verschafft. Ich brauche etwas Zeit, um mich am Riemen zu reißen. Ich atme mehrmals tief durch und versuche, nicht daran zu denken, was für mich auf dem Spiel steht, wenn das hier schiefgeht. Stattdessen spreche ich mir Mut zu. Es war nicht mein Werk. Ich werde jetzt nicht an mir zweifeln. Es hat alles hingehauen. Der Häusertausch-Plan ist perfekt.

Ich setze mich auf einen Barhocker, werfe mir das dunkle Haar über die Schulter und nehme das Handy zur Hand. Der Barkeeper kommt augenblicklich herbei, um meine Bestellung entgegenzunehmen. Er ist jung, hat trainierte Oberarme und ein freches Lächeln.

»Was darf ich Ihnen bringen?«, fragt er.

»Entschuldigung«, schaltet sich eine blonde Frau zu meiner Rechten ein. »Ich warte schon seit Ewigkeiten darauf, bedient zu werden.«

Der Barkeeper sieht von mir zu ihr und wieder zurück. Er zuckt mit den Schultern. »Tut mir leid, ich habe nicht gesehen, wer zuerst hier war.«

»Das war ich«, ereifert sich die Frau. »Ich war zuerst hier. Und ich glaube, das wissen Sie auch.«

Er läuft ertappt, aber auch verärgert rot an.

»Nur zu«, sage ich zu ihr. »Ich habe es nicht eilig.«

Sie funkelt mich zornig an, statt sich zu bedanken. Diese Art Reaktion rufe ich ständig bei anderen Frauen hervor. Wahrscheinlich habe ich deswegen auch keine Freundinnen. Sie sind alle neidisch.

Ich rutsche auf dem Hocker herum, um mich von ihr ab- und wieder meinem Handy zuzuwenden. Mein Herz schlägt schneller, als ich die Kamera-App öffne und die Übersicht checke. Das Haus sieht leer aus. Die Kildares müssen unterwegs sein. Aber dann ... Ich halte die Luft an. Was war das? Ich tippe auf unser Schlafzimmer. Ein Mann in dunkler Kleidung; das Gesicht mit einem dunklen Halstuch verdeckt, sodass nur seine Augen zu erkennen sind.

*Er ist es.*

Könnte es das sein?

Ich bekomme meinen Atem nicht unter Kontrolle.

»Hallo. Tut mir leid wegen gerade eben.« Eine Männerstimme reißt mich aus meiner Betrachtung. Der Barkeeper.

Ich kann mich jetzt nicht mit ihm beschäftigen. Ich ignoriere ihn, springe auf und entferne mich von der Bar, von meiner Familie, eile hinaus in den Flur am Eingang, den Blick fest aufs Handy geheftet. Auf die dunkle Gestalt, die durch mein Schlafzimmer geistert.

Draußen vor dem Pub ist die Luft eiskalt und verschlägt mir den Atem. Für einen Samstagabend ist in der Stadt nicht viel los, das Wetter treibt die Leute wohl nach drinnen, sobald es dunkel wird. Das Licht der Straßenlaternen fällt auf

den Gehsteig, beschlagene Fenster von Bars und Restaurants erlauben kurze Blicke auf trinkende und essende Gäste. Ein ganz normaler Samstagabend. *Nicht für mich.*

Ich glaube, ich hyperventiliere. Nein, es muss die Kälte sein, die mich zittern und nach Luft schnappen lässt. So oder so gebe ich mir Mühe, meinen Atem zu beruhigen. Ich konzentriere mich darauf, langsam einzuatmen und die Luft noch langsamer wieder ausströmen zu lassen.

Ich beobachte die dunkle Gestalt auf dem Display und ermahne mich, nicht so töricht zu sein. Das ist gut. Das war der Plan. Das war *die ganze Zeit über* der Plan.

# FÜNFUNDZWANZIG

## BETH

Auf der Rückbank des Taxis wacht Niall schlagartig auf und wirft mir einen verwirrten Blick zu. »Was? Was ist los?«

»Die Polizei ist hier, an der Villa«, zische ich halblaut, um die Jungs nicht zu wecken und ihnen keinen Schreck einzujagen. Obwohl mir klar ist, dass das unvermeidlich sein wird, da wir gleich ohnehin alle aussteigen müssen. Es ist inzwischen stockdunkel, doch die starke Sicherheitsbeleuchtung der Villa lässt alles in hellem Licht erstrahlen, und es sieht so aus, als wären auch drinnen alle Lichter eingeschaltet. Das ganze Haus leuchtet wie zu Weihnachten.

»Die *Polizei*?« Niall richtet sich auf und schaut aus dem Fenster. »Was macht die Polizei hier?«

»Willst du bei den Jungs bleiben, während ich es herausfinde?«

»Das da ist eine Security-Firma«, bemerkt der Taxifahrer und zeigt auf eins der geparkten Fahrzeuge, auf dessen Seite ein Haus abgebildet ist. »Vielleicht ist bei Ihnen eingebrochen worden.«

»Ich glaub's nicht«, sagt Niall. »Beth, hast du richtig abgeschlossen?«

»Ich, äh ... ja, natürlich.« Ich öffne die Autotür, bedanke mich beim Fahrer und überlasse die Bezahlung und die Jungs Niall, der darüber nicht besonders erfreut sein wird, aber derjenige ist, der hinten sitzt und außerdem das Geld bei sich hat.

Einer der Polizisten, ein junger Mann Mitte zwanzig in einem blauen Hemd, dunkelblauer Hose und einer Schirmmütze, kommt auf mich zu und spricht mich auf Italienisch an.

»Entschuldigung, sprechen Sie Englisch?«, unterbreche ich ihn. »Ist jemand eingebrochen? Wurde etwas gestohlen?« Meine Gedanken rasen, mein Magen verkrampft sich.

»Kein Englisch.« Er schüttelt den Kopf und bedeutet einer Kollegin, einer dunkelhaarigen Frau etwa in meinem Alter, zu uns zu kommen.

Niall ist schon aus dem Taxi und marschiert auf uns zu. »Ich habe das Taxi bezahlt. Kannst du dich um die Kinder kümmern?«

»Okay«, antworte ich. »Er spricht kein Englisch.« Ich deute auf den Polizisten.

»Dann trifft es sich ja gut, dass ich Italienisch spreche.« Niall wirft mir einen vernichtenden Blick zu, aber ich sehe es ihm nach, weil er wahrscheinlich genauso aufgewühlt ist wie ich. Ich gehe zurück zum Taxi, wo Liam immer noch schläft, Connor jedoch schon aufgewacht ist und sich verschlafen in der Auffahrt umsieht.

»Ist das ein Polizeiauto?«, fragt mein Sohn durch die offene Tür.

»Ja, aber du musst dir keine Sorgen machen. Kannst du aus dem Taxi aussteigen, Con? Und die Tür hinter dir schließen?«

Ich gehe zur anderen Seite des Wagens, öffne die Tür und rüttle Liam sanft wach. »Aufstehen, Schätzchen. Na komm, auf geht's.«

Er murmelt und stöhnt, tut aber, was ich sage, auch wenn seine Augen noch halb geschlossen sind. Ich nehme ihn bei der

Hand und gehe mit ihm zu Connor, der mit benommenem Blick dasteht.

Niall hört der Englisch sprechenden Polizistin zu. Ich schnappe Bruchstücke des Gesprächs auf, während ich mich mit den Jungs nähere. Ich würde sie lieber von dem abschirmen, was hier passiert, aber nun, da das Taxi aus der Auffahrt fährt, können sie sich nirgendwo abseits hinsetzen. Einerseits will ich wissen, was hier los ist, andererseits will ich die Jungs außer Hörweite bringen. Wir sollten im Urlaub doch eigentlich abschalten und uns nicht mit der Polizei unterhalten.

»Sie sollten das noch einmal selbst überprüfen«, sagt die Polizistin zu meinem Mann.

»Was überprüfen? Was ist los?«, frage ich, als die Neugier die Überhand gewinnt.

»Sie wollen unsere Identität bestätigen. Du hast alle unsere Pässe, oder?«

Ich nicke und hole sie aus der Tasche.

»Die Alarmanlage wurde ausgelöst«, sagt Niall. »Das hat die Security-Firma auf den Plan gerufen, die dann die Polizei verständigt hat, weil die Masons nicht gleich ans Telefon gegangen sind.«

»Ist etwas gestohlen worden?« Ich reiche dem männlichen Polizisten unsere Pässe und er sieht sich unsere Fotos an. Mir dreht sich der Magen um, als vor meinem inneren Auge das furchtbare Bild der verwüsteten Villa aufsteigt. Davon, dass all unsere Sachen fehlen.

Niall schüttelt den Kopf. »Sie sagen, es sieht nicht danach aus, als sei irgendetwas angerührt worden.«

Ich atme erleichtert auf.

»Aber wir müssen rein und sichergehen«, fügt Niall hinzu. »Offenbar stand das Fenster im unteren Badezimmer offen. Darüber müssen sie hineingelangt sein. Du hast wohl vergessen, es zuzumachen.«

»Ich hatte es gar nicht geöffnet«, gebe ich zurück und

schlucke die zusätzliche Bemerkung hinunter, dass er vor unserer Abfahrt ja auch noch einmal nach den Fenstern hätte sehen können, wenn ihm das solche Sorgen bereitet hat. Stattdessen überlege ich kurz und sage dann: »Ich bin mir sicher, dass alles verschlossen war, bevor wir das Haus verlassen haben. Ich habe alles zweimal überprüft. Wir hätten die Alarmanlage auch gar nicht scharfstellen können, wenn noch irgendein Fenster offen gewesen wäre.«

»Nicht unbedingt«, widerspricht Niall. »Das untere Badezimmer hat vielleicht keinen Sensor.«

Ich versuche, mir unsere Abfahrt heute Morgen in Erinnerung zu rufen. Es war alles so hektisch – uns fertig machen, die Jungs zusammentrommeln und sicherstellen, dass wir das Haus richtig abschließen. Könnte Niall recht haben? War es meine Schuld, dass jemand eingebrochen ist? Ich bin mir sicher, dass ich keine Fenster offen gelassen habe, aber seit wir hier sind, bin ich morgens immer ziemlich neben der Spur. Vielleicht hat er recht. Vielleicht *war* es meine Schuld. Ich wische mir einen kribbelnden Schweißfilm von Stirn und Oberlippe.

»Also, Sie gehen hinein und sehen nach, ob etwas fehlt«, sagt die Polizistin und führt uns zur Haustür.

»Können wir die Jungs mit reinnehmen?«, frage ich. »Ist es ... sicher?«

»Es ist niemand im Haus«, versichert sie mir. »Nur die Security-Firma, die prüft einiges.«

»Hat der Einbrecher etwas durcheinandergebracht?«, fragt Niall.

»Nein, überhaupt nicht.« Die Frau nimmt für einen Moment die Mütze ab und wischt sich über die Stirn. »Ich denke, der Alarm hat sie vertrieben, bevor sie irgendeinen Schaden anrichten konnten. Es war niemand hier, als wir kamen.«

»Da bin ich froh«, antworte ich und bin erleichtert, keiner Zerstörung gegenübertreten zu müssen.

»Ich empfehle Ihnen, die Schlösser auszutauschen, sobald Sie können«, fügt sie hinzu.

Die nächste Stunde laufen Niall und ich das Haus ab und sehen unsere Habseligkeiten sowie die Besitztümer der Masons durch. Es scheint nichts angerührt worden zu sein, aber natürlich können wir da nicht hundertprozentig sicher sein.

Sobald die Polizei und die Security-Firma wieder weg sind, gehe ich hoch in unser Schlafzimmer und lasse mich aufs Fußende des Bettes fallen. Nur ungern ziehe ich das Handy hervor und rufe Amber per Videochat an. Wenigstens wurde nichts gestohlen und es gibt kein Chaos aufzuräumen, aber ich mache mir trotzdem Sorgen, dass sie uns vorwerfen wird, die Villa nicht richtig abgeschlossen zu haben.

Es klingelt, aber sie nimmt nicht ab. Es widerstrebt mir, ihr auf die Mailbox zu sprechen oder zu schreiben, da es um so etwas Ernstes geht. Ich beende den Anruf und beschließe, es in zehn Minuten noch einmal zu versuchen. Ich werde keine Ruhe finden, bis ich mit ihr gesprochen habe.

Ich stehe auf und beschließe, kurz unter die Dusche zu springen, um den Dreck des Tages fortzuspülen, da klingelt das Handy in meiner Hand. Amber ruft mich zurück. Mein Herz pocht vor Nervosität, als ich den Anruf annehme.

Ihr Gesicht taucht auf dem Display auf, ihre Haut strahlt, ihr dunkles Haar glänzt, ihre Lippen haben eine dunkle Pflaumenfarbe und ihre Augen schauen mich direkt an. Ich streiche mir zwecklos übers Haar und denke daran, wie schlimm ich aussehe – ganz zerfahren und müde von unserem Tagesausflug und dem Schock des Einbruchs. Ambers dunkle Augen weiten sich besorgt.

»Beth ...«

Ich bemühe mich um ein halbherziges Lächeln.

»Beth, ist alles in Ordnung? Du siehst besorgt aus.« Sie steht neben dem Cottage in unserem Garten.

Eine Woge des Heimwehs trifft mich, als ich hinter ihr

unsere Hintertür und die Wärme unserer Küchenlichter durchs Fenster erspähe.

»Beth? Du hast mich angerufen ... Ich rufe zurück ...«

»Tut mir leid, ja. Ich wollte, ähm, ich musste euch Bescheid sagen. Na ja, das muss ich immer noch, euch Bescheid sagen, meine ich ...« Ich fasele herum wie eine Idiotin.

Amber hebt eine perfekt in Form gezupfte Augenbraue.

Ich hole Luft, versuche, meine Gedanken zu ordnen und mich klar auszudrücken. »Es tut mir so leid, aber bei euch wurde eingebrochen. Soweit wir erkennen können, wurde nichts gestohlen oder beschädigt, aber ...«

»Schon okay, Beth. Ich habe schon mit der Polizei und der Security-Firma gesprochen. Sie haben mich über alles informiert.«

»Wirklich?« Ich lasse die Schultern sinken.

»Ich sollte bestätigen, dass ihr wirklich die seid, die ihr zu sein behauptet, und nicht selbst Einbrecher.« Sie lacht und lächelt mir zu.

Gott sei Dank ist sie nicht wütend. Ich frage mich, warum sie mich nicht angerufen hat, nachdem sie davon erfahren hat. »Ich denke, der Alarm muss sie in die Flucht geschlagen haben. Es sieht nicht so aus, als sei etwas angerührt worden. Ich bin mir ziemlich sicher, dass wir richtig abgeschlossen haben, ich habe also keine Ahnung, wie sie überhaupt reingekommen sind ...«

»Die Polizei meinte, ein Badezimmerfenster hätte offen gestanden.«

Ich spüre, wie meine Wangen vor Schuldgefühlen zu glühen beginnen. »Es tut mir so leid, ich weiß nicht, wie wir das übersehen konnten ...«

»Mach dir keinen Kopf, Beth, ehrlich. Es war natürlich ein Schock, als wir davon erfahren haben, aber solange niemand verletzt ist, nun, das ist doch die Hauptsache, oder?«

»Ja, ja, natürlich.« Erleichterung durchströmt mich. »Hoffentlich macht sich Renzo auch keine Sorgen. Wir versuchen, uns gut um euer Zuhause zu kümmern! Es ist so wunderschön. Hoffentlich hat euch das nicht den Urlaub versaut.«

»Überhaupt nicht. Und viel eher sollte ich mir Sorgen um euch machen.« Sie legt sich eine Hand auf die Brust. »So etwas ist bei uns noch nie vorgekommen. Ihr müsst völlig durch den Wind sein.«

»Uns geht's gut«, lüge ich. Es bringt nichts, ihr zu erzählen, wie sehr mich das Ganze aus der Bahn geworfen hat. »Die Polizei wollte, dass wir nachsehen, ob etwas gestohlen wurde. Niall und ich haben nichts bemerkt, aber vielleicht sollte ich mal mit dir durchs Haus gehen, damit du nachschauen kannst.«

»Gute Idee.« Sie nickt und wirft einen Blick über die Schulter ins Haus. Als sie sich wieder zu mir dreht, merke ich, dass ihre Nasenspitze rot ist.

»Du siehst aus, als wäre dir kalt, Amber. Warum bist du denn so spät im Garten?«

»Ich wollte nicht, dass die Kinder etwas von dem Einbruch mitbekommen«, antwortet sie.

»Oh, ja, das verstehe ich. Okay, ich beeile mich, damit du zurück ins Warme kannst.« Ich gehe jeden Raum mit dem Handy durch, damit sie sicherstellen kann, ob alles noch da ist. Sie bestätigt, dass alles gut aussieht.

»Ich glaube, ihr solltet heute Abend die Füße hochlegen und ganz viel Wein trinken«, sagt sie mit einem Lachen. »Das habt ihr euch nach so einem Schock verdient.«

»Das werden wir. Ihr auch. Ach ja, und die Polizistin meinte, ihr sollt so bald wie möglich die Schlösser austauschen lassen«, füge ich hinzu. »Wir können auch versuchen, das selbst in die Wege zu leiten, wenn das einfacher ist.«

Amber schaut nachdenklich drein. »Ich bezweifle, dass wir das übers Wochenende hinbekommen. Keine Sorge. Ich versuche, Montag jemanden kommen zu lassen, wenn das für euch passt?«

»Klar. Aber was, wenn die Einbrecher in der Zwischenzeit zurückkommen?«

»Stellt einfach sicher, dass alle Fenster geschlossen sind und die Alarmanlage eingeschaltet ist, wenn ihr nicht da seid.« Sie sagt es in unbekümmertem Ton, aber ich habe das Gefühl, es ist ein Seitenhieb. Dass sie uns die Schuld gibt, weil wir das Badezimmerfenster offen gelassen haben. Ich bin mir zu neunundneunzig Prozent sicher, dass ich das nicht getan habe. Aber natürlich bleibt da noch das eine Prozent Zweifel.

Ich beende den Videoanruf mit Amber und fühle mich jetzt noch schlechter als zuvor.

Das Ganze fühlt sich so surreal an. Heute haben wir einen der schönsten Orte der Welt besucht, und bei unserer Rückkehr erwartete uns dieser Albtraum. Es hätte aber vermutlich noch viel schlimmer kommen können. Wenigstens ist das Haus der Masons noch intakt und niemandem etwas zugestoßen, doch so langsam frage ich mich, ob dieser Häusertausch mehr Schaden anrichtet, als er Gutes tut. Ob die Sache unsere Ehe nicht eher strapaziert, als sie zu heilen.

Wir hatten geplant, heute Abend wieder zum Essen auszugehen. Wir wollten zur Promenade hinunter und eines der Restaurants am Strand ausprobieren. Da es Samstagabend ist, herrscht dort unten wahrscheinlich eine angenehm geschäftige Atmosphäre. Doch nachdem die Polizei und die Security-Firma endlich wieder abgezogen waren, war es schon beinah neun Uhr. Seit unserer Rückkehr aus Ravello haben wir noch nicht geduscht oder uns ausgeruht, und keinem von uns ist danach, sich jetzt herauszuputzen. Außerdem sind die Jungs ganz aufgewühlt. Ambers Vorschlag, die Füße hochzulegen und Wein zu trinken, ist wahrscheinlich die beste Idee.

Nachdem wir geduscht und uns umgezogen haben, schenkt Niall uns beiden je ein Glas Soave aus dem klimatisierten Weinkeller der Masons ein. Amber meinte zwar, wir dürften uns dort gerne bedienen, bisher hatten wir aber noch nichts angerührt. Ich bereite uns vieren schnell ein paar Penne al salmone und einen grünen Salat zu und wir essen draußen auf der Terrasse. Wir sind völlig ausgehungert, daher ist alles ziemlich schnell verputzt. Aber die entspannte Urlaubsstimmung ist verpufft. Alle sind still, selbst die Jungs. Die Villa fühlt sich anders an. Verwundet. Es ist ein eigenartiger Gedanke, dass ein Fremder hier war und möglicherweise unsere Sachen durchwühlt hat. Die Polizei meinte, wir sollten uns nicht allzu viele Sorgen machen. Die Alarmanlage werde sie aller Wahrscheinlichkeit nach davon abhalten, noch einmal zurückzukehren. Aber ich glaube, der Schock trifft mich erst jetzt so richtig.

Wie mechanisch räume ich den Tisch ab und schicke die Kinder nach oben, um sich bettfertig zu machen. Früh schlafen zu gehen, ist wahrscheinlich für uns alle das Richtige. Während Niall die Spülmaschine einräumt, schließe ich die Schiebetüren, verriegele sie und betrachte das sanfte Kräuseln des Swimmingpools und die Dunkelheit des Gartens dahinter. Ein Schaudern läuft mir den Rücken hinunter. Es gibt zu viel Glas an diesem Haus. Da draußen könnte jetzt sonst wer sein und uns aus der Finsternis beobachten. In diesem Augenblick würde ich alles geben, um mit den Fingern schnippen und wieder zu Hause in unserem gemütlichen Cottage in Dorset sein zu können, um mich bei zugezogenen Vorhängen und einem lodernden Kaminfeuer auf dem Sofa zusammenzurollen.

Als die Jungs im Bett sind, wissen Niall und ich nicht so recht etwas mit uns anzufangen. Es ist erst halb elf, fühlt sich aber so an, als wären wir bis in die frühen Morgenstunden wach geblieben.

»Wir können genauso gut ins Bett gehen«, schlage ich vor.

»Zuerst sollten wir alle Türen und Fenster noch einmal überprüfen«, wendet Niall ein.

Nachdem wir gut zehn Minuten lang sichergestellt haben, dass im Erdgeschoss alles verriegelt ist, stapfen wir müde die Treppe hoch.

»Ravello war wunderschön.« Ich seufze wehmütig. »Ich kann kaum glauben, dass wir heute Nachmittag noch dort waren. Seitdem ist so viel passiert.«

»So viel zum entspannten Tagesausflug«, murmelt Niall. »Wenn wir das Auto genommen hätten, wären wir wahrscheinlich früher wieder zu Hause gewesen, dann wäre hier niemals eingebrochen worden.«

»Oder vielleicht wären wir genau zum Einbruch nach Hause gekommen und jetzt noch traumatisierter, oder sogar verletzt worden.«

»Vielleicht.« Er geht voraus ins Schlafzimmer und weiter ins Bad. Ich glaube, er ist erschütterter, als er vorgibt.

Zum zehnten Mal überprüfe ich die Balkontür. Sie ist abgeschlossen. Ich wünschte, die Masons hätten Vorhänge oder Jalousien. Es ist beunruhigend, in die schwarze Nacht hinauszublicken in dem Wissen, dass, falls dort draußen jemand ist, derjenige geradewegs hereingucken kann. Ich ziehe mich im fensterlosen Ankleidezimmer um.

Endlich liegen wir im Bett und haben das Licht ausgeschaltet. Niall dreht sich auf die Seite, mit dem Rücken zu mir. Das Zimmer fühlt sich zu groß an. Das verhüllte Porträt der Masons hängt immer noch gegenüber dem Bett, der weiße Seidenschal schimmert in gespenstischer Form durch die Dunkelheit. Mein Herz schlägt zu schnell, und trotz der Klimaanlage rinnt mir Schweiß den Rücken hinunter. Ich weiß nicht recht, wie ich heute Nacht einschlafen soll. Mit gespitzten Ohren lausche ich auf jedes Geräusch. Mein Verstand sagt mir, dass ein Einbrecher nicht zurückkehren würde, nachdem er von einer Alarmanlage in die Flucht geschlagen wurde. Er wüsste wahrscheinlich, dass die Polizei hier war. Dass die Sicherheitsvorkehrungen nun hochgeschraubt wurden. Ganz bestimmt sind wir nun geschützter als vorher. Doch meinem Körper ist egal, was der Verstand sagt.

Ich erstarre, als ich außerhalb unseres Zimmers etwas höre.

Es klingt, als würde eine Tür geöffnet. Plötzlich kommt mir der beängstigende Gedanke, der Eindringling hätte möglicherweise ein Versteck innerhalb des Hauses gefunden und einfach darauf gewartet, dass wir uns schlafen legen. Hat die Polizei wirklich überall nachgesehen? Auch unter den Betten und in den Schränken? Wie konnten wir nur so nachlässig sein? Mein ganzer Körper ist angespannt wie eine Sprungfeder.

»Niall«, flüstere ich und tippe ihm auf die Schulter.

»Was?«, fragt er zu laut.

»Pscht. Ich glaube, da ist jemand vor unserer Tür.« Mein Herz hämmert inzwischen regelrecht. Ich habe Angst um die Jungs in ihrem Zimmer den Flur hinunter. Bitte, lieber Gott, lass ihnen nichts passieren.

Das Geräusch von Schritten lässt mich den Atem anhalten. »Hast du das gehört?«

Niall setzt sich aufrecht hin und schaltet seine Nachttischlampe an. Er sieht genauso angespannt aus, wie ich mich fühle.

»Mum, dürfen wir heute bei dir und Dad schlafen?« Ich sacke vor Erleichterung in mich zusammen, als ich Connor mit Liam an der Hand im Türrahmen stehen sehe. Auf Liams Wangen sind getrocknete Tränenspuren zu sehen.

»Warum seid ihr zwei denn noch auf?«, rufe ich.

»Wir können nicht schlafen. Was, wenn die Einbrecher wiederkommen?«

Ich winke die Jungs herüber und streiche ihnen über die warmen Wangen.

»Sie kommen ganz sicher nicht zurück«, sagt Niall. »Ihr seid vollkommen in Sicherheit. Sie kommen hier nicht rein.«

»Wir w-wollen nach Hause«, jammert Liam.

»Dürfen wir bei euch schlafen, Mum?« Mein älterer Sohn sieht aus, als wäre er ebenfalls den Tränen nahe.

»Natürlich. Schlüpft rein.«

»Aber nicht rumzappeln«, sagt Niall, als die Jungs über mich hinwegklettern, um sich zwischen uns zu kuscheln. Ich weiß, dass es ihn stört, dass sie mit im Bett liegen. Er streckt sich gerne aus.

Ich hingegen empfinde die Anwesenheit unserer Kinder als seltsam tröstlich. Ich fühle mich weniger nervös. Weniger allein. Wir sind eine kleine Einheit. Alle zusammen. In Sicherheit.

# SECHSUNDZWANZIG

## BETH

Als ich aufwache, ist das Bett leer und grelles Sonnenlicht brandet durch die Balkontüren. Ein verschlafener Blick aufs Handy sagt mir, dass es schon fast neun Uhr ist. Ich fahre mir mit der Zunge über die Zähne und reibe mir den Schlaf aus den Augen. Letzte Nacht habe ich noch schlechter geschlafen als sonst. Die Jungs haben gezappelt und sich herumgewälzt, während ich dalag, mir Sorgen wegen des Einbrechers machte und mich fragte, ob irgendwie die Möglichkeit besteht, dass er noch in der Villa ist. Ich traute mich nicht, aufzustehen und nachzuschauen, wollte meine Sorgen aber auch nicht Niall anvertrauen, sonst hätten es noch die Kinder mitbekommen. Ich hätte ja eine meiner Schlaftabletten genommen, aber das wollte ich nicht, falls der Eindringling zurückkehren würde und ich dann zu weggetreten wäre, um es zu bemerken.

Irgendwann schaffte ich es dann doch, einzudösen, denn als ich gegen vier Uhr morgens wieder aufwachte, war Niall nicht im Bett. Ich nahm an, er wäre auf die Toilette gegangen, aber wenn das der Fall gewesen war, hätte er ganz schön lange gebraucht. Ich überlegte, aufzustehen und nach ihm zu sehen. Stattdessen schlief ich wieder ein.

Die Ereignisse von gestern Abend kehren als unbequeme Montage aus Bussen, Taxis, Polizeiautos und offenen Fenstern zu mir zurück. Diese Villa fühlt sich nicht an wie das schillernde Ferienhaus, das sie einmal war. Stattdessen ist sie kalt, jedes Geräusch hallt darin wider und man bekommt es ein bisschen mit der Angst zu tun. Hoffentlich verfliegt dieses Gefühl wieder. Vielleicht bin ich nur müde.

Es ist aber nicht nur das Haus. Niall ist hier ebenfalls ein anderer. Er ist ungesprächig und reizbar. Jähzornig. Ich bekomme das Foto von ihm in Ambers Jackentasche immer noch nicht aus dem Kopf. Als wäre es ein unliebsamer Ohrwurm. Ich könnte sie darauf ansprechen – und herausfinden, was sie dazu sagt –, aber dann müsste ich zugeben, dass ich herumgeschnüffelt und ihre Jacke anprobiert habe. Ich hole tief Luft, als könnte ich mich so von innen reinigen, richte mich auf und strecke mich. Ich sollte aufstehen und nachsehen, wo Niall und die Jungs sind.

Ich dusche und ziehe mir schwarze Leinenshorts und dazu ein cremefarbenes Trägertop an. Das Zimmer der Jungs ist leer, und auf dem Weg nach unten höre ich sie in der Küche plappern. Sehr zu meiner Überraschung kocht Niall mit ihrer Hilfe.

»Hi, Mum!«, ruft Liam überschwänglich. Er steht an der Kücheninsel und schneidet mit einem scharfen Messer Pilze. Seine Finger befinden sich gefährlich nah an der Klinge.

»Sei vorsichtig damit.« Ich traue mich kaum hinzusehen, möchte aber auch nicht an ihm herummäkeln oder Niall die Stimmung verderben.

»Guten Morgen, Faulpelz«, sagt Niall und hebt den Blick von einer Schüssel, in der er gerade Eier verquirlt.

»Guten Morgen. Es sieht ja ganz so aus, als wärt ihr fleißig.«

»Wir machen englisches Frühstück«, verkündet Connor stolz.

»Ich sehe schon. Toll! Wie kommt es dazu?«

»Von einer schlaflosen Nacht und vom Hunger?«, gibt Niall

zurück. »Wenn wir abgewartet hätten, bis du runterkommst, hätten wir vielleicht den ganzen Tag gewartet.«

»*So* spät ist es doch gar nicht. Wo warst *du* eigentlich letzte Nacht?« Ich lasse mich auf einen der Barhocker fallen. »Ich bin aufgewacht und du warst nicht da.«

»Ich konnte mich nicht bequem hinlegen, weil Connor mich alle zwei Minuten getreten hat, also habe ich im Zimmer nebenan geschlafen.«

Mein Handy vibriert. »Es ist Sal. Hoffentlich ist zu Hause alles in Ordnung.«

»Was will *die* denn?« Niall runzelt die Stirn. Er war noch nie ihr größter Fan. Er meint, sie sei eine Wichtigtuerin. Aber das ist sie überhaupt nicht. Sie ist bloß freundlich und quatscht gern. Auf manche Leute wirkt sie allerdings aufdringlich.

Ich nehme den Anruf an. »Hey, Sal. Alles okay?«

Niall verdreht die Augen und schüttelt den Kopf.

Ich verlasse die Küche.

»Gleich ist das Frühstück fertig«, ruft Niall mir hinterher. »Ich dachte, du hilfst uns.«

Ich stecke den Kopf noch einmal hinein und bedeute ihm, dass es nicht lange dauert. Dann gehe ich wieder nach oben. Ich kann mich nicht mit Sal unterhalten, während Niall zuhört.

»Hi, Beth, bist du noch dran?«, fragt Sal.

»Sorry, ja. Ich brauchte nur einen ruhigeren Ort.«

»Wie ist der Urlaub? Hoffentlich amüsiert ihr euch gut.« Sals Stimme klingt warmherzig und tröstlich.

Mich überrollt das Heimweh. Wie bescheuert. »Ja, es ist schön. Na ja, und ereignisreich.«

»Aha?«

Ich gehe ins Schlafzimmer, setze mich auf Nialls Bettseite und blicke auf den Balkon hinaus. »Ist bei euch alles in Ordnung?«

»Ja, bestens.« Sal hört sich nicht allzu überzeugt an. Ich frage mich, ob sie vielleicht wieder Ärger mit ihrem Ex hat. Sie sprechen kaum noch miteinander, aber vielleicht ist etwas passiert.

»Sal?«, hake ich nach.

»Wahrscheinlich ist es nichts weiter«, sagt sie.

»Das hört sich aber nicht gut an. Na los, sag schon.«

»Ähm ... Du brauchst dir keine Sorgen machen ... aber ... irgendwie vertraue ich Amber nicht.«

»Oh.« Mein Magen macht einen beunruhigten Hüpfer. Damit habe ich nicht gerechnet. »Was meinst du damit?«

»Na ja, zunächst mal stellt sie mir ständig alle möglichen Fragen über dich und Niall.«

Ich erschaudere. »Hm, das ist aber, denke ich, normal. Wir wohnen immerhin in ihrem Haus. Und sie in unserem.«

»Ich weiß, aber das sind schon ziemlich neugierige Fragen über euch und wie ihr so seid. Das hört sich wahrscheinlich harmlos an, aber du würdest wissen, was ich meine, wenn du sie hören würdest.«

Bei ihren Worten fangen bei mir die Alarmglocken an zu schrillen. Gleichzeitig hoffe ich, dass Sal die Situation missversteht. »Bist du sicher, dass du nicht bloß überfürsorglich bist?«, frage ich.

Kurzes Schweigen, dann antwortet sie: »Ich weiß nicht. Ich habe ein mulmiges Gefühl bei ihr, Beth. Sie ist merkwürdig. Ich meine, sie ist wunderschön und scheint auf den ersten Blick auch nett. Es ist nur so, dass sie manchmal Sachen sagt, die irgendwie fies sind. Als würde sie sich für was Besseres halten. Und Renzo vergöttert sie, als wäre sie seine Prinzessin.«

»Das könnte ich mir auch gefallen lassen«, gebe ich anerkennend zurück, und wir müssen beide lachen.

»Ich weiß, das kommt so rüber, als wäre ich bloß eifersüchtig«, fügt Sal hinzu, »aber so ist es nicht. Na ja, ich meine, schon ein bisschen – Renzo sieht toll aus und ist supernett –, aber nein, etwas *stimmt* nicht mit ihr.«

Die Worte meiner Nachbarin beunruhigen mich, aber ich

ermahne mich, nicht paranoid zu werden. Sal hat nicht viele Freunde. Sie ist fast übertrieben loyal den wenigen gegenüber, die sie hat, daher ist sie meinetwegen vermutlich hellhöriger als nötig. Ich stehe auf und gehe zu den Balkontüren. »Hier passieren tatsächlich auch etwas merkwürdige Dinge.«

»Ach ja? Was denn?«

Ich erzähle ihr vom Einbruch gestern und sie fällt aus allen Wolken. »Ihr Ärmsten! Geht es den Jungs gut?«

»Allen geht's gut. Aber jetzt fühlt sich hier alles ein bisschen komisch an.«

»Kein Wunder. Jeder würde verstehen, wenn ihr den Urlaub abbrechen und früher wieder nach Hause kommen wollt«, schlägt sie vor.

»Das kam mir auch schon in den Sinn, aber jetzt, wo wir schon mal hier sind. Das Wetter ist fantastisch und das Haus wunderschön. Wir schauen mal, wie die nächsten paar Tage so werden. Wenn ich dann immer noch kribbelig bin, rede ich vielleicht mal mit Niall darüber.«

»Du musst es wissen. Ich glaube, ich lade die Masons mal zum Abendessen ein. Dann kann ich sie genauer unter die Lupe nehmen.«

»Das ist doch nicht nötig, Sal!« Ich habe meine Freundin lieb, aber Unauffälligkeit ist nicht gerade ihre Stärke. Amber und Renzo sollen nicht merken, dass sie sie ausspioniert.

»Keine Sorge, ich gehe diskret vor«, entgegnet sie mit Schalk in der Stimme.

»Ehrlich, Sal, mach dir keine Gedanken.«

»Das macht mir aber nichts aus.«

Ich weiß nicht, wie ich sie überzeugen soll, es gut sein zu lassen, ohne sie vor den Kopf zu stoßen, also wechsle ich das Thema und hoffe, dass sie es wieder vergisst. »Und sonst alles gut bei dir?«

Sal seufzt. »Joa, das Übliche. Ich vermisse es, mit dir zu quatschen.«

»Ich bring dir ein Souvenir mit.«

»Wenn du noch Platz im Koffer hast, kannst du mir ja einen gutaussehenden Italiener herschmuggeln.«

»Ha! Du wirst wohl mit Alkohol auskommen müssen.«

»Spaßverderberin, aber okay, das ist wohl das Nächstbeste.« Sie hält inne. »Tut mir leid, wenn ich dir wegen Amber Sorgen bereitet habe. Wahrscheinlich ist gar nichts, zumal Niall sie ja auch schon kennt ... Wobei ich hätte schwören können, du hättest gesagt, ihr hättet den Urlaub über so eine Häusertausch-Seite organisiert.«

Mir bleibt das Herz stehen. »Was hast du gesagt?«

»Ich hab gesagt, ich wusste nicht, dass Niall Amber bereits kennt«, wiederholt Sal.

»Er kennt sie nicht«, sage ich. Dabei sind meine Gedanken längst bei dem Foto, das ich in Ambers Tasche gefunden habe.

»Oh.« Auf Sals Antwort folgt langes Schweigen.

Mein Herz schlägt zu laut. »Wie kommst du darauf, dass sie sich kennen? Hat sie etwas angedeutet?«

»Nicht ganz.« Sal klingt verlegen.

»*Was?*«, fordere ich. »Was ist los? Spuck's aus, Sal. Wir sind schon lange genug Freundinnen, dass du ehrlich zu mir sein kannst.« Ich laufe im Schlafzimmer auf und ab.

»Beth!«, ruft Niall die Treppe hoch. »Frühstück ist fertig!«

Ich nehme für einen kurzen Moment das Handy vom Ohr. »Komme!«, rufe ich zurück.

»Ich, ähm, hab sie gestern Abend sozusagen, irgendwie auf Social Media gestalkt«, gibt Sal zu.

»Das habe ich auch gemacht, bevor wir hergekommen sind. Das ist ja auch irgendwie notwendig, wenn man sein Haus mit einer Fremden tauschen will. Sie ist weder bei Instagram noch bei Twitter oder Facebook mit Niall befreundet.«

»Nein, aber sie ist mit ihm auf einem Facebook-Foto verlinkt«, gibt Sal zurück. »Man findet es nicht auf ihrer Seite, aber ich habe es entdeckt, als ich ihren Namen gesucht habe.

Sie arbeitet im PR-Bereich, also ist sie viel verlinkt. Ich schick dir den Link, dann siehst du es selbst.«

»Wow«, antworte ich, etwas erstaunt von ihrer Sorgfältigkeit. »Du bist echt gut im Herumschnüffeln, Sal.«

»Ich weiß«, entgegnet sie trocken. »Das kommt durch die Scheidung. Keine Ahnung, wie viele Stunden ich mitten in der Nacht damit verbracht habe, bei einem Gin nach dem anderen die neue Frau meines Ex-Manns bei Facebook zu stalken.«

»Oh. Ja. Tut mir leid.« Ich erinnere mich, wie fertig Sal war, als ich sie kennenlernte. Ich war nach Liams Geburt an der Grenze zur Wochenbettdepression, und sie hatte gerade erst ihre Scheidung hinter sich. Wir zwei waren damals die reinsten Stimmungskanonen, aber ich glaube, ohne einander hätten wir wirklich den Verstand verloren.

Ich zucke zusammen, als die Schlafzimmertür auffliegt und Liam hereingestürmt kommt. »Dad sagt, du sollst jetzt runterkommen, weil das Frühstück fertig ist.«

Ich nicke und strecke einen Finger aus. »Bin in zwei Minuten da.«

»Er sagt, du musst *sofort* kommen.«

»Okay, ich komme. Kannst du die Tür zumachen?«

Liam bedenkt mich mit einem strengen Blick, der mich in jedem anderen Moment zum Lachen gebracht hätte, aber jetzt gerade bin ich zu sehr von Sals Entdeckung eingenommen. Ich scheuche meinen Sohn aus dem Zimmer und schließe die Tür, dann gehe ich zurück zum Bett. Im Hinterkopf rumort mir die Gewissheit, dass Niall sauer auf mich sein wird, weil ich nicht beim Frühstück geholfen habe und auch nicht sofort heruntergekommen bin, als er gerufen hat, aber dagegen kann ich gerade nichts tun. Ich behalte die Schlafzimmertür im Auge und senke die Stimme. »Ich habe ein Foto von Niall in einer von Ambers Jackentaschen gefunden«, vertraue ich Sal an.

»Oh ... Das ist nicht gut«, antwortet sie.

Ich höre ihren Tonfall und möchte meinen Mann plötzlich

in Schutz nehmen. »Niall meinte, es sei ein Werbefoto, also ist sie wahrscheinlich ein Fan. Oder vielleicht haben sie sich auf einer seiner Lesereisen getroffen. Wie du gesagt hast, sie arbeitet ja im PR-Bereich.«

»O-kay, tja, das erklärt es vielleicht. Auf dem Foto waren auch noch ein paar andere Leute«, räumt Sal ein, klingt aber nicht vollends überzeugt von meiner Erklärung.

Trotzdem legt sich meine Panik ein bisschen. »Ich lege jetzt besser auf. Die Jungs warten.«

»Ja, natürlich.« Sal hört sich seltsam förmlich und etwas unbehaglich an. »Hoffentlich nimmst du es mir nicht übel, dass ich deswegen angerufen habe. Wahrscheinlich ist ja gar nichts weiter. Ich wollte nur ...«

»Ach, nein, na klar, schon in Ordnung«, versichere ich ihr. In Wirklichkeit wäre es mir aber lieber gewesen, sie hätte mir nicht von ihren Bedenken erzählt. Ich habe mich sowieso schon zittrig gefühlt, und diese Sache wirft mich nur noch mehr aus der Bahn. Dieser Urlaub ist alles andere als das, was ich im Sinn hatte. Weit davon entfernt.

# SIEBENUNDZWANZIG
## BETH

Niall schmollt das gesamte Frühstück über. Er erkundigt sich nicht einmal nach Sals Anruf, worüber ich dankbar bin. Stattdessen spricht er gezielt nur mit den Jungs und lässt mich außen vor. Mein Magen ist verkrampft und mein Kopf dreht sich nach all dem, was Sal mir erzählt hat. Wahrscheinlich gibt es eine Erklärung für das Facebook-Foto von Niall und Amber, aber wenn ich es einmal zusammen mit all den anderen Kleinigkeiten betrachte, werde ich den Verdacht nicht los, es könnte etwas dahinterstecken. Etwas, das ich lieber nicht erfahren will.

»Können wir jetzt schwimmen gehen?«, fragt Connor und steckt sich das letzte Stück Toast mit Rührei in den Mund.

»Erst müsst ihr ein bisschen verdauen«, antworte ich. »Das war ein tolles Frühstück, Jungs. Gut gemacht.«

»Geht eine halbe Stunde in euer Zimmer«, sagt Niall. »Danach könnt ihr schwimmen.«

Liam setzt zu Protest an, aber ich sehe, wie Connor den Kopf in seine Richtung schüttelt. Er weiß bereits, wann er seinem Vater lieber keine Widerworte gibt.

»Räumt erst eure Teller ab«, fügt Niall hinzu.

Connor und Liam tun, was er sagt, und verkrümeln sich dann. Ich kann ihnen noch zuzwinkern, bevor sie den Raum verlassen.

Die Stille im Zimmer wiegt schwer. Ich nippe an meinem Kaffee. »Das war superlecker. Danke.«

»Superlecker, ja?«

»Ich glaube, den Jungs hat es gefallen, es mit dir zusammen vorzubereiten.«

»Ach wirklich? Und woher willst du das wissen? Du warst nicht dabei. Du warst oben und hast mit deiner Freundin geplaudert. Anscheinend quatschst du in letzter Zeit lieber mit Freundinnen, als Zeit mit deiner Familie zu verbringen.«

Ich schlucke und überlege fieberhaft, wie ich die Situation am besten entschärfe. Niall ist sauer, weil ich Sals Anruf angenommen habe. Weil ich ihn nicht genug dafür gelobt habe, dass er Frühstück gemacht hat. Weil ich nicht sofort heruntergekommen bin, als er gerufen hat. Mir ist klar, dass er sich unvernünftig aufführt, aber ich weiß genauso gut, dass es keinen Zweck hat, mit ihm darüber zu diskutieren. Mein Mann kann unter Umständen tagelang beleidigt sein.

Ich denke an all die Mahlzeiten, die ich gekocht habe, ohne jemals auch nur ein Danke dafür bekommen zu haben. Manchmal sagte er stattdessen, dass er gerade keinen Hunger oder zu viel zu tun hätte, um etwas zu essen. Ich habe ihm das nie übel genommen. Vielleicht hätte ich etwas sagen sollen. Ich dachte immer, ich hätte lieber ein bequemes Leben als ein konfliktgeladenes. Habe ich mich damit selbst untergebuttert?

»Das tut mir leid«, sage ich mit einem zerknirschten Lächeln. »Es war Sal. Sie hat einfach nicht aufgehört zu reden. Ich habe immer wieder versucht, sie abzuwürgen, aber du weißt ja, wie sie ist.« Stumm bitte ich meine Freundin um Entschuldigung. Ich sehe keine andere Möglichkeit, als es ihr in die Schuhe zu schieben, um Nialls Ärger von mir abzulenken.

»Ich weiß wirklich nicht, was du an der Frau findest«, grummelt Niall. »Sie ist die totale Klette. Du solltest mehr auf Abstand gehen, sonst hängt sie sich immer weiter an dich.«

»Es ist besser, sich die Nachbarn warmzuhalten.« Ich zucke mit den Schultern. »Schon in Ordnung. Sie tut ja nichts.«

»Was wollte sie überhaupt?«, fragt Niall und wirft mir einen bohrenden Blick zu.

Ich öffne den Mund, habe aber keine Ahnung, was ich sagen soll. Mein Kopf ist wie leergefegt. Ich will ihm nicht sagen, dass Sal misstrauisch gegenüber Amber ist, und ganz bestimmt werde ich nicht die Facebook-Verlinkung erwähnen; nicht, solange ich es nicht selbst gesehen habe.

Die Türklingel bewahrt mich davor, eine Antwort geben zu müssen. Bitte lass es nicht Luciana sein. So gern ich sie mag, ich kann jetzt keine Freundin gebrauchen, die Nialls Behauptung bestätigt.

»Wer ist das?«, fragt Niall. »Es ist Sonntagmorgen, Herrgott noch mal.«

»Ich geh schon.« Ich drehe mich um und begebe mich zur Haustür, froh über die Ablenkung. Ich öffne die Tür und muss gegen das grelle Sonnenlicht anblinzeln, die Augen mit der Hand abschirmen. Zwei große dunkelhaarige Männer stehen vor der Tür. Sie tragen Anzüge und Sonnenbrillen. Einen Moment lang denke ich, es wären Polizisten, die etwas Neues zum gestrigen Einbruch mitzuteilen haben, doch sie haben etwas an sich, was nicht wirklich »offiziell« aussieht. Ihre Anzüge sind zu gut geschnitten, ihre Bräunung ist zu ebenmäßig, ihre Zähne sind zu weiß.

»Hallo«, sage ich unsicher.

Sie werfen einander einen Blick zu. »Sie sind Engländerin«, sagt der Jüngere der beiden. Mir fallen mehrere Tattoos an seinem Hals auf.

»Ja.«

Niall erscheint hinter mir. »Können wir Ihnen helfen?«, fragt er mit tieferer Stimme als gewöhnlich.

»Sie sind nicht die Masons«, stellt der Tattoo-Mann fest.

Der Ältere sagt etwas auf Italienisch zu seinem Kumpanen und zeigt auf uns. Ich glaube, er spricht kein Englisch, sieht aber so aus, als hätte er das Sagen. Vielleicht sind es Vater und Sohn, aber dafür wirken sie altersmäßig nicht weit genug auseinander. Vielleicht Brüder.

»Wir wollen gern mit die Masons sprechen«, sagt Tattoo-Mann.

»Sie sind im Urlaub«, gibt Niall zurück. »Sollen wir ihnen etwas ausrichten?«

»Wer sind Sie?« Tattoo-Mann nimmt seine Sonnenbrille ab und schaut zwischen Niall und mir hin und her. »Sie sind Familie?«

Ich öffne den Mund, aber Niall kommt mir zuvor. »Wir sind hier im Urlaub.«

»Wann sie kommen zurück?«

»Erst in zehn Tagen. Wie, sagten Sie noch gleich, lauten Ihre Namen?«

»In Urlaub, wo?« Tattoo-Mann macht die Augen schmal und mir geht auf, dass diese Männer eventuell gefährlich sind. Ich frage mich, ob sie diejenigen waren, die gestern ins Haus eingebrochen sind. Plötzlich bekomme ich Angst. Ich würde ihnen gern die Tür vor der Nase zuschlagen, zugleich behagt mir der Gedanke nicht, sie wütend zu machen.

»Wissen wir nicht«, antwortet Niall.

Tattoo-Mann berät sich einen Moment lang mit seinem Kumpanen. Der ältere Mann wirkt sehr aufgebracht. Immer wieder deutet er aufs Haus.

»Sie sind Familie von die Masons, ja? Sie uns sagen, wo sie sind hingegangen.«

»Wir gehören nicht zur Familie«, entgegne ich. »Wir haben

das Haus über eine Agentur gebucht. Wir kennen die Besitzer nicht. Das hier ist ein Ferienhaus.« Hoffentlich klinge ich überzeugend. Unter gar keinen Umständen gebe ich diesen Typen unsere Adresse.

»Wir kommen rein«, sagt Tattoo-Mann. »Wir sehen, ob die Masons sein in Haus, okay?«

»Wir haben Kinder«, sagt Niall. »Es wäre mir lieber, wenn Sie sie nicht stören würden.«

»Ist in Ordnung«, sagt Tattoo-Mann. »Ich habe auch Kinder.«

»Es ist nur so«, sage ich, »dass hier gestern Abend eingebrochen wurde. Wir wurden ausgeraubt.«

»Ausgeraubt, hier? Gestern Abend?« Der Mann sieht überrascht aus, und sie tauschen sich kurz auf Italienisch aus.

»Ja«, bestätige ich. Die Überraschung wirkt echt, vielleicht waren sie also doch nicht für den Einbruch verantwortlich. Ich räuspere mich. »Wir erwarten jede Minute die Polizei. Sie wollen wegen des Einbruchs unsere Aussage aufnehmen.« Hoffentlich vertreibt meine Lüge sie. Sie haben etwas Zwielichtiges an sich. Ich habe den Eindruck, dass sie lieber nicht in der Nähe bleiben, wenn sie denken, dass die Polizei jeden Moment auftaucht.

»Okay«, sagt Tattoo-Mann und setzt die Sonnenbrille wieder auf. »Wir kommen wieder anderes Mal.«

»In zehn Tagen«, sagt Niall mit fester Stimme.

Sie geben keine Antwort. Stattdessen drehen sie sich um und gehen die Auffahrt hinunter zurück zu einem glänzenden schwarzen Range Rover, der an der Straße geparkt ist.

Niall drängt mich hinein und schließt die Tür. »Wer war das?«, flüstert er.

»Keine Ahnung, ich will es auch gar nicht wissen. Meinst du, wir sind hier sicher? Vielleicht sollten wir in ein Hotel gehen.«

»Schon in Ordnung. Wir kommen zurecht«, sagt Niall

wenig überzeugend. »Gut mitgedacht, als du ihnen erzählt hast, die Polizei sei unterwegs. Das sollte sie davon abhalten, noch mal wiederzukommen.«

»Ich frage mich, was sie von den Masons wollen.«

»Weiß der Geier.« Niall geht zurück durch die Diele.

»Ich sollte Amber anrufen.« Ich folge ihm in die Küche.

»Nein«, widerspricht Niall. »Lass gut sein. Es hat keinen Zweck, uns in ein Drama einzumischen, das uns gar nichts angeht.«

»Aber wir sollten doch wenigstens herausfinden, was das für Leute waren.«

»Hör mal, Beth, lass uns doch einfach den Urlaub genießen. Diese Typen sind jetzt weg, und ich bezweifle, dass sie noch mal wiederkommen, nachdem wir die Polizei erwähnt haben. Ich gehe jetzt schwimmen. Kommst du mit?«

»Gleich.«

»Okay.« Er geht auf die Terrasse, zieht sich das Polohemd aus und lässt es auf einen der Liegestühle fallen, bevor er in den Pool springt.

Ich glaube nicht, dass seine Shorts zum Schwimmen gedacht sind. Offensichtlich hat die Begegnung Niall genauso aus dem Konzept gebracht wie mich. Warum also will er nicht mit mir darüber reden? Findet er wirklich nichts dabei, hier in diesem Haus zu bleiben, nachdem zuerst eingebrochen wurde und wir dann auch noch Besuch von zwei sehr verdächtigen Männern bekommen haben? Will er tatsächlich unsere Sicherheit aufs Spiel setzen? Warum in aller Welt sind wir nicht einfach zu Hause geblieben?

Mein Handy summt. Es ist eine Nachricht von Sal. Der Link zu dem Facebook-Post, von dem sie mir erzählt hat. Ich überlege, ob ich mir das jetzt ernsthaft antun möchte.

Die Jungs poltern die Treppe herunter. »Dad ist im Pool!«, ruft Liam.

»Heißt das, wir dürfen auch rein?«, fragt Connor hoffnungsvoll.

Ich betrachte ihre erwartungsvollen, zu mir emporgewandten Gesichter, ihre kleinen Körper sind vom stundenlangen Schwimmen schon gebräunt. »Gebt Dad noch eine Viertelstunde. Er will in Ruhe schwimmen.« Ich schaue zum Pool hinüber, wo mein Mann durchs Wasser pflügt und eine schnelle, aufgebrachte Runde nach der anderen dreht.

»Aber Dad hat gesagt ...«, setzt Connor an.

»Nur noch eine Viertelstunde oben bleiben, ja? Das dauert nicht lang. Und cremt euch beide gut ein.«

»Na gut.« Sie lassen die Schultern sinken und schlendern wieder zurück.

*Scheiß drauf.* Ich tippe auf Sals Link. Facebook öffnet sich. Ich werfe einen Blick nach draußen. Niall dreht immer noch seine Runden, seine sonnengebräunten Schultern heben und senken sich. Das Foto öffnet sich auf meinem Display. Es wurde nachts vor einem Restaurant oder einer Bar aufgenommen. Vier Personen sind darauf zu sehen – drei Männer in Anzügen, einer davon ist mein Mann, und eine Frau in einem eng anliegenden, ärmellosen cremefarbenen Kleid. Das glänzende dunkle Haar wellt sich ihr über eine Schulter – Amber. Sie und Niall stehen sehr dicht beieinander, dichter als die anderen beiden. So dicht, dass sich ihre Arme berühren. Sie lächeln unbekümmert. Beinahe vertraut.

Ich verlasse die Küche und bleibe in der Diele stehen, mein Puls rast und ein mulmiges Gefühl dreht mir den Magen um. Es hat nichts zu bedeuten. Es ist bloß ein Foto. Niall muss im Laufe der Jahre Hunderte Menschen getroffen haben. Leser, Blogger und Buchhändler verlinken ihn alle gern auf ihren Fotos. Warum also habe ich dieses ungute Gefühl?

Mein Blick fällt auf ein feines Eternity-Goldarmband an Ambers Handgelenk. Ich zoome näher an das Foto heran. Das

Armband ist mit Diamanten besetzt. Mein Atem setzt aus und meine Finger beginnen zu zittern. Ich kenne dieses Armband. Es ist genau das gleiche, das ich jeden Tag trage. Das Niall mir geschenkt hat, als Connor geboren wurde.

## ACHTUNDZWANZIG

### AMBER

»Hallooo!«

Renzo, die Kinder und ich schlendern zum Cottage, als wir hinter uns jemanden rufen hören. Mir wird bange ums Herz, als mir klar wird, dass es niemand anderes ist als die Wichtigtuerin Sal von gegenüber. Wenn ich allein hier wäre, würde ich so tun, als hätte ich sie nicht gehört, aber meine Familie fällt mir in den Rücken, indem sie sich umdrehen und herzlich zurückgrüßen.

»Hallo, Sal«, sagt Renzo. »Wie geht's?«

Sie kommt schnaufend den Weg hoch, ihre Wangen sind vom beißenden Wind gerötet. »Mir geht's gut, danke, Renzo. Ich hoffe, Sie ...«

»Können wir reingehen, Mama?«, fragt Franco. »Meine Hände sind kalt.«

»Natürlich«, antworte ich. »Renzo, du hast den Schlüssel, kannst du die Tür aufmachen, damit die Kinder reinkönnen?«

Renzo schaut vorwurfsvoll drein. »Gleich. Franco, nicht unhöflich sein. Begrüß erst Sal.«

»Hallo«, sagt er missmutig.

Ich muss ein Lächeln unterdrücken. Er klingt genauso, wie ich mich fühle.

»Hallo, Sal«, sagt Flora, um nicht ebenfalls einen Rüffel zu bekommen.

Sal lächelt meiner Familie zu und schaut mich dabei nicht an. »Entschuldigen Sie, ich will Sie nicht zu lang beanspruchen. Es ist zu kalt, um lange hier draußen stehen zu bleiben. Aber immerhin scheint die Sonne. Ich hoffe, Sie hatten einen schönen Tag.«

»Den hatten wir, danke«, antwortet Renzo. »Wir haben uns einen gemütlichen Vormittag gemacht, und dann sind wir durchs Zentrum von Sherborne gebummelt.«

»Wie schön«, meint sie. »Da gibt es ein paar nette, kleine Boutiquen und Cafés.«

»Das stimmt. Wollen Sie reinkommen?«, bietet Renzo an.

»Nein, nein, schon gut, ich halte Sie nicht länger auf. Ich habe Sie vorbeigehen sehen und mich gefragt, ob Sie diese Woche mal zum Abendessen vorbeikommen möchten?«

Es folgt einen Moment lang unbehagliches Schweigen, während ich mir vorstelle, wie sie am Fenster darauf gewartet hat, dass wir zurückkommen, damit sie uns ihre lästige Einladung unterbreiten kann.

»Fühlen Sie sich natürlich nicht gezwungen, wenn Sie schon zu viele Pläne oder keine Lust haben ...« Sie lacht nervös.

»Nein, das wäre nett«, entgegnet Renzo und wirft mir einen Blick zu, der sagt, ich soll ihm zustimmen.

»Wirklich nett«, füge ich ohne große Begeisterung hinzu. Es ist mir ein Rätsel, warum wir einen ruhigen Abend dafür opfern sollen, freundlich zu einer Frau zu sein, die wir nach diesem Urlaub nie wiedersehen werden.

»Wunderbar.« Sal strahlt. Komischerweise hat sie mich immer noch keines einzigen Blickes gewürdigt. Alles, was sie gesagt hat, hat sie an meinen Mann und meine Kinder gerichtet. Vielleicht prallt doch nicht alles so von ihr ab, wie ich dachte. Vielleicht ist ihr endlich aufgegangen, dass ich nicht ihr größter Fan bin. Dann stellt sich allerdings die Frage, warum sie uns zu sich einladen sollte. Interessant. Ich frage mich, was sie wohl sagen würde, wenn ich ihr versichern würde, sie solle sich bloß keinen Kopf machen, denn ich würde schon zu Hause bleiben, damit sie so tun kann, als wäre meine Familie ihre eigene. Bei dem Gedanken muss ich grinsen. Sal muss meinen veränderten Gesichtsausdruck bemerkt haben, denn sie erwidert mein Grinsen mit einem Lächeln – wobei ich mir nicht sicher bin, ob es aufrichtig ist oder nicht. »Ich wollte mich außerdem erkundigen, ob es Ihnen nach den Nachrichten von gestern gut geht«, fügt sie hinzu.

»Nachrichten?«, fragt Renzo.

Bei ihren Worten gefriert mir das Blut in den Adern.

Renzo runzelt die Stirn, er sieht von Sal zu mir und wieder zurück.

»Ja«, prescht Sal vor. »Der Einbruch in Ihrem Haus in Italien. Schon mal gut, dass nichts gestohlen wurde, aber trotzdem muss es ein Schock für Sie gewesen sein.«

*Wie zum Teufel hat sie davon erfahren?* Sie muss mit Beth gesprochen haben.

Renzo steht wie gelähmt da und wird blass. Franco macht ein beunruhigtes Gesicht, und Flora sieht einfach nur verwirrt aus. Ich funkele Sal an, deute unauffällig auf die Kinder und schüttle den Kopf. Sofort begreift sie ihren Fauxpas und dass die Kinder nichts von dem Einbruch wissen. Was sie nicht weiß, ist, dass ich meinem Mann ebenfalls nichts davon erzählt habe.

»Tut mir leid«, stammelt sie. »Da habe ich wohl nicht mitgedacht. Ich meinte natürlich nicht ...« Sie lässt den Satz unvollendet stehen und ihre Wangen laufen noch röter an, wenn das überhaupt möglich ist. »Wie dem auch sei, schreiben Sie mir einfach eine Nachricht und sagen Sie Bescheid, ob Sie die Woche einen Abend Zeit haben ... zum

Abendessen.« Sie macht einen Schritt zurück und stolpert über eine lose Bodenplatte. Beinah wäre sie hingeflogen, aber Renzo bekommt sie am Arm zu fassen und richtet sie wieder auf.

»Alles in Ordnung?«, fragt er.

»Ja, nichts passiert, tut mir leid. Danke fürs Auffangen.« Sie lässt ein nervöses Lachen los, bevor sie davongeht.

Mein Mann wendet sich mir zu, seine Miene wird finster und er formt mit dem Mund: »Einbruch?«

Ich schüttle den Kopf und forme zurück: »Später.«

Ich beobachte, wie Sal ungelenk davonstapft, während Renzo auf die Haustür zusteuert.

»Was meinte sie damit?«, fragt mich Franco.

»Nichts«, fahre ich ihm über den Mund.

»Aber sie hat gesagt, es gab einen ...«

»Ich habe gesagt, es *ist nichts*.« Mein Tonfall lässt keinen Widerspruch zu.

Franco schließt den Mund und folgt seinem Vater ins Haus. Flora nimmt meine Hand und gemeinsam betreten wir das warme Cottage. Die Atmosphäre ist allerdings um einige Grad kälter als die Temperatur im Inneren.

»Okay, Kinder.« Renzo klatscht in die Hände. »Ihr könnt hoch in euer Zimmer gehen und euch ein bisschen ausruhen.«

Franco muss man das nicht zweimal sagen. Eine willkommene Gelegenheit, um Zeit am Handy zu verbringen. Flora ist etwas widerwilliger, folgt ihrem Bruder aber die Treppe hoch, wobei sie uns einen vernichtenden Blick über die Schulter zuwirft.

Renzo durchquert die Küche und öffnet eine Flasche Rotwein. Er schenkt sich ein großzügiges Glas ein und nimmt ein paar tiefe Schlucke.

»Renz? Alles okay?«

»Was? Ja, na klar. Sie ist schon schräg, was? Sal.«

»Du sagst es«, gebe ich zurück. Seltsam, dass Renzo nicht

den Einbruch angesprochen hat. Ich überlege, ob ich selbst davon anfangen soll.

Er hebt das Glas. »Sorry, willst du auch was?« Er wendet sich dem Schrank zu, um ein weiteres Glas herauszuholen.

»Ja, bitte.« Ich ziehe Mantel und Schal aus und werfe beides auf den Tisch.

»Weißt du, wovon Sal da gesprochen hat?«, fragt Renzo und wendet mir den Rücken zu, während er mein Glas füllt.

»Okay. Ja, weiß ich.« Ich verziehe das Gesicht und warte auf eine geschockte, verärgerte Reaktion von ihm, weil ich ihm von so einer großen Sache nichts erzählt habe.

Er dreht sich um und reicht mir das Glas. Sein Gesicht gibt nichts preis.

»Renzo, alles in Ordnung?«

»Ähm ...« Er schluckt und stößt die Luft aus. »Ja ... Also was ist passiert?«

»Schon gut, es ist alles in Ordnung. Gestern wurde im Haus eingebrochen ...«

»Ich fass es nicht, dass du davon wusstest«, sagt er vorwurfsvoll.

»Es wurde aber nichts gestohlen und auch niemand verletzt«, füge ich schnell hinzu.

»Wie hast du davon erfahren? Haben die Kildares dich angerufen?«

»Die Security-Firma hat mich informiert, und hinterher dann Beth.«

»Gestern?«

Ich nicke betreten.

»Warum zum Teufel hast du nichts gesagt?« Renzos Stimme dröhnt durch die Küche und lässt mich zusammenzucken.

Ich hole Luft, werfe ihm einen warnenden Blick zu und zeige nach oben.

Er schüttelt den Kopf und wiederholt die Frage leiser. »Sag mir, was passiert ist, Amber.«

Ich nehme meinen Wein und setze mich an die Frühstückstheke. »Nicht viel. Die Alarmanlage ist angesprungen, während die Kildares unterwegs waren, aber der Einbrecher ist abgehauen, ohne etwas mitzunehmen, es ist also nichts passiert.«

Renzo schüttelt immer noch den Kopf, ich kann seinen Gesichtsausdruck nicht deuten.

Ich bin nicht so leicht aus der Fassung zu bringen, aber die Reaktion meines Mannes gefällt mir nicht. Entweder ist er wirklich verletzt, weil ich ihm nichts gesagt habe, oder sehr wütend. Wahrscheinlich beides. Die verdammte Sal und ihr lockeres Mundwerk. Ich nehme einen Schluck.

»Es tut mir leid, dass ich dir nichts gesagt habe, Renz, aber ich wollte uns den Urlaub nicht mit schlechten Nachrichten verderben. Es ist nichts gestohlen oder beschädigt worden, also dachte ich, es wäre nicht so wichtig.« Mir ist klar, wie erbärmlich diese Erklärung ist.

»Ich bin kein Kind mehr, Amber«, presst Renzo zwischen den Zähnen hervor. »Man muss mich nicht vor schlechten Nachrichten abschirmen. Du hättest es mir direkt erzählen sollen.«

»Ich weiß. Du hast recht. Es tut mir leid.« Ich lasse den Kopf sinken und lege die Hände in den Schoß, um meine zitternden Finger zu verbergen. Renzo ist sauer. Er beruhigt sich auch wieder. Er bleibt nie lange wütend. Aber warum schlägt mein Herz dann so heftig? Warum fühle ich mich, als würde mir alles entgleiten? War der Einbruch gestern ein Zufall? Ein Probelauf? Was immer es damit auf sich hatte, ich glaube nicht, dass meine Nerven noch viel mitmachen.

»Es wurde also nichts gestohlen?«, vergewissert er sich.

Ich hebe den Blick. »Nein. Die Polizei meinte, der Alarm muss sie vertrieben haben.«

»Wie sind sie reingekommen?« Renzo leert sein Glas und schenkt sich noch eines ein.

»Offenbar durch das Fenster im unteren Badezimmer.«

»Haben sie es eingeschlagen?«

»Es stand offen.«

Renzo ballt eine Faust. »Ich kann immer noch nicht glauben, dass du mir das nicht erzählt hast, Amber.« In seine Augen tritt Enttäuschung.

»Es tut mir leid.«

»Ich gehe für eine Weile nach oben.«

»Sei nicht sauer, Renz.« Ich stehe auf. Ich möchte die Arme um ihn schlingen, aber er steht so steif da, dass er eine Umarmung von mir wohl kaum gutheißen würde. Ich zwinge mich, stehen zu bleiben und zuzusehen, wie mein Mann die Küche verlässt. Ich will ihm nur zu gerne hinterherlaufen und die Wogen zwischen uns glätten, aber wahrscheinlich ist es besser, wenn ich ihm Zeit gebe, sich zu beruhigen. In mir streiten sich widersprüchliche Gefühle. So viele Was-wäre-Wenns rasen mir durch den Kopf. Jetzt ist es zu spät, noch etwas zu ändern.

Ich versuche, an gar nichts zu denken. Die Abendsonne wirft ihr Licht durchs Fenster und zeichnet Streifen in den Raum. Über mir knarzen Renzos Schritte. Ich stehe in der Küche herum und weiß nichts mit mir anzufangen.

Das ist doch lächerlich. Warum versinke ich hier in Reue? Ich habe diesen Plan gefasst und werde ihn auch durchziehen. Ich gehe zur Theke, fülle mein Glas mit dem restlichen Wein auf und gehe nach oben, um mich wieder mit meinem Mann zu vertragen.

Ich passiere das Zimmer der Kinder. Von dort drinnen ist nichts zu hören. Gut.

Ich öffne unsere Schlafzimmertür und erschaudere. Hier drinnen ist es eiskalt! Davon abgesehen ist es auch leer. Ich lasse den Blick durch den Raum schweifen und stelle fest, dass die Balkontüren offen stehen und einen Strom eisiger Luft hereinlassen. Die Vorhänge flattern und blähen sich in der Brise auf.

»Renzo?« Ich mache einen Schritt auf den Balkon zu. Es kommt keine Antwort. Das Licht von draußen blendet, da die Sonne sich immer tiefer senkt. Ich hauche mir in die Hände und mache einen weiteren Schritt. »Renz, bist du da draußen?« Ich ziehe die Vorhänge zur Seite und öffne die Tür weiter, da sehe ich meinen Mann, der mit angespanntem Rücken und ohne jede Reaktion dasteht und in den Garten hinausblickt. »Renzo?«

»Sieh dir diesen Sonnenuntergang an«, sagt er leise.

Ich trotze der Kälte und stelle mich neben ihn. »Meinst du, es ist hier sicher? Es macht alles einen etwas gebrechlichen Eindruck.« Ich betrachte die moosbewachsenen Fliesen und das rostige Geländer.

»Das geht schon«, meint er und zieht mich an sich. »Sind diese Farben zu fassen? Wie auf einem Gemälde.«

Ich atme auf und schaue mir das Spektakel aus Rot- und Orangetönen an, die sich wie Blutströme über den Himmel ziehen. »Sieht aus, als würde der Himmel brennen«, murmle ich. »Schade, dass es hier draußen so verdammt kalt ist.«

»Tut mir leid, dass ich eben sauer geworden bin«, sagt Renzo und reibt mir den Arm, um mich aufzuwärmen. »Ich war geschockt, das war alles.«

»Mir tut es auch leid.« Ich drücke mich dichter an ihn. »Du hast recht. Ich hätte es dir sagen sollen.« Ich sehe zu ihm auf. »Alles okay zwischen uns?«

»Zwischen uns ist es nie *nicht* okay, Amber.«

Bei seinen Worten spüre ich, wie meine Ängste langsam davonschweben. Solange ich Renzo habe, ist alles andere unwichtig.

# NEUNUNDZWANZIG

## BETH

Die Abendluft streicht mir warm über die Haut, aber meine Hände sind trotzdem kalt. Ich balle sie an den Seiten zu Fäusten und löse sie wieder, in dem Versuch, die Durchblutung anzuregen. Maioris baumgesäumte Promenade strotzt vor Menschen auf ihrer *passeggiata*, einem Abendspaziergang, bei dem die Einheimischen sich treffen, mit Freunden plaudern und die wunderschöne Umgebung in sich aufnehmen.

Ich wollte nicht zur Strandpromenade hinunter. Ich wäre lieber in eine ruhigere Bar näher an der Villa gegangen, aber Niall bestand darauf, den Abend auszunutzen, den wir ausnahmsweise nur für uns beide haben. Er hat einen Tisch in einem schicken Restaurant reserviert, das sich in dem normannischen Turm aus dem dreizehnten Jahrhundert befindet, der über dem Meer aufragt. Ihm ist nicht klar, dass wir nicht romantisch ausgehen. Vor uns liegt etwas anderes. Etwas Notwendiges.

Seit ich dieses Foto von Niall und Amber bei Facebook gesehen habe, kann ich an nichts anderes mehr denken. Ich habe den ganzen Tag darüber gebrütet, bis ich es nicht mehr länger aushielt und beschloss, etwas zu unternehmen. Ich muss die Wahrheit aus meinem Mann herauskriegen. Selbst, wenn das bedeutet, dass ich etwas erfahre, das ich überhaupt nicht wissen will.

Meine schlimmste Angst ist, dass er eine Affäre mit Amber hatte. Dass diese immer noch andauert. Dass dieser ganze Häusertausch möglicherweise irgendein abgekartetes Spiel ist. Die Horrorvorstellung, meine Familie könnte auseinanderbrechen, schnürt mir die Luft ab. Was wird dann aus uns? Den Jungs? Unserem Zuhause?

Ich habe daran gedacht, zuerst Amber anzurufen und mir ihre Version anzuhören, aber die Idee habe ich wieder verworfen. Wenn ich falsch liege, wird sie denken, ich sei eine paranoide Wahnsinnige, außerdem würde Niall es mir übel nehmen, dass ich unsere persönlichen Angelegenheiten breitgetreten habe. Nein. Zuerst muss ich mit meinem Mann reden. Ihn dazu bringen, die Wahrheit zu sagen. Ich bin mir sicher, dass ich merken werde, ob er lügt oder nicht.

Niall schlingt den Arm um mich und atmet tief ein. »Das ist jetzt genau das Richtige. Schön ausgehen, nur wir beide, und endlich können wir abends mal ein bisschen abschalten.« Er drückt mich kurz an sich. »Gute Idee, die Kids bei Luciana abzuladen, Beth. *Jetzt* verstehe ich, warum du dich mit ihr angefreundet hast – gratis Babysitting.« Er grinst.

Ich weiß, dass er erwartet, dass ich mit ihm lache, aber ich bringe nicht mehr als ein schwaches Lächeln auf. Während Nialls Siesta vorhin habe ich Luciana angerufen und gefragt, ob die Jungs sich heute Abend mit ihren beiden treffen können, weil Niall und ich ein paar Dinge zu besprechen haben. Erst war sie etwas erstaunt, dann aber schien ihr die Idee zu gefallen und sie sagte, Marco und Gianni fänden das super. Dann könnten sie alle zusammen Pizza essen und ein Videospiel-Turnier veranstalten.

Mir war klar, dass ich kein vernünftiges Gespräch mit Niall würde führen können, wenn ich mir Sorgen mache, dass die

Jungs mithören. Auf diese Weise kann ich aussprechen, was mich belastet, ohne unterbrochen zu werden. Niall scheint bloß zu denken, dass ich auf einen romantischen Abend abziele. Ich habe ihm zwar gesagt, dass ich gar nicht hochtrabend irgendwo hingehen möchte, sondern nur etwas trinken, aber er hat nicht zugehört.

Während wir die Promenade entlangflanieren, baut sich der graue Steinturm auf seinen Felsen über dem indigoblauen Meer vor uns auf. Warmes orangefarbenes Licht glüht in den quer über seine Mauern verteilten gewölbten Fenstern. Es sollte ein beeindruckender, fesselnder Anblick sein, stattdessen erfüllt er mich mit Grauen. Konfrontation mochte ich noch nie.

Vorhin in der Villa wusste ich genau, was ich meinem Mann sagen will. Ich war entschlossen und selbstbewusst. Während wir uns nun unserem Ziel nähern, fragt sich ein Teil von mir, ob ich nicht überreagiert habe. Ob dieser Facebook-Post nicht einfach nur das ist, wonach es aussieht – ein Foto von Leuten bei einer Buchveranstaltung. *Aber was ist mit dem Armband?* Eine leise Stimme in mir gibt keine Ruhe. *Wie erklärst du dir das?*

Mein plötzlicher Widerwille, meinen Mann zur Rede zu stellen, liegt bloß an meinen flatternden Nerven. Ich versuche, das Selbstbewusstsein von vorhin wieder heraufzubeschwören, doch es scheint sich in die laue Abendluft aufgelöst zu haben. Ich ermahne mich, noch nicht an all das zu denken. Abzuwarten, bis wir im Restaurant an unserem Platz sitzen, und das Gespräch ganz natürlich ins Rollen zu bringen. Mein Mund ist trocken. Ich fahre mir mit der Zunge über die Lippen und sehne mich nach einem Drink. Ein Aperitif käme jetzt gerade recht.

Wir erreichen die Landzunge und ich schaue die Stufen hinab, die zum Turm führen. Ich halte einen Moment inne.

»Du hättest dir wahrscheinlich etwas passendere Schuhe

anziehen sollen.« Niall mustert missbilligend meine zehen-freien Stilettos. Er denkt, ich zögere wegen meiner Absätze.

»Das geht schon«, sage ich. »Diese Schuhe sind eigentlich sogar ziemlich bequem.« Das ist glatt gelogen. Nach dem langen Fußmarsch hier herunter fühlen sie sich inzwischen eher wie Folterinstrumente an. Aber es gibt mir irgendwie ein besseres Gefühl, das abzustreiten. Als könnte ich etwas bewegen oder kontrollieren.

»Gut«, sagt Niall. »Das sind ganz schön viele Stufen.«

Endlich erreichen wir das Restaurant, wo man uns an einen Tisch neben einem gotischen Fenster setzt, das den Blick auf das Mittelmeer und die Felsen unter uns freigibt. Es ist viel los, durch das Restaurant hallt angenehmes Stimmengewirr, Lachen und das Klirren von Besteck. Ein kühler Luftzug durch das Fenster lässt mich erschaudern, obwohl ich eigentlich froh darüber bin. Niall bestellt uns jeweils einen Aperol Spritz und fragt nach der Weinkarte.

»Ich hoffe, du hast Hunger«, sagt er und beugt sich vor, um aus dem Fenster zu schauen. »Das Essen hier soll großartig sein.«

Ich bin das Gegenteil von hungrig. Meine Füße schmerzen und mein Kopf fühlt sich benebelt an. Soll ich ihn jetzt nach dem Foto fragen? Es hinter uns bringen? Aber dann wird uns die Bedienung wegen der Wein- und Essensbestellung unter-brechen. Ich zupfe an meinem Maxikleid herum, damit es nicht zerknittert. Ich beschließe, mit dem Gespräch zu warten, bis das Essen kommt. Diese Entscheidung lässt mich ein bisschen durchatmen.

Niall erzählt mir etwas über die Geschichte des Turms, aber ich höre nicht richtig zu. Ich zeige nur ab und zu eine ange-messene Reaktion, setze verschiedene interessierte Gesichtsaus-drücke auf, spiele an meinem Armband herum und rutsche auf dem Stuhl herum. Mein Drink leert sich wie von selbst.

Niall bestellt uns eine Flasche des Haus-Rotweins. Wir

beschließen, die Vorspeise zu überspringen und direkt mit dem Hauptgang anzufangen. Normalerweise würde ich mir Zeit nehmen, den Keller zu jedem Gericht ausfragen und den Austausch darüber genießen, wo die Zutaten herkommen und wie es zubereitet wird. Aber heute Abend bin ich nicht bei der Sache. Ich bestelle etwas von der Karte und vergesse danach sofort wieder, auf was die Wahl gefallen ist.

Niall übernimmt die gesamte Konversation, während ich versuche, meine Aufmerksamkeit nicht abschweifen zu lassen. Die ganze Zeit über springen meine Gedanken hin und her, ob ich ihn nun auf das Foto ansprechen oder das Ganze doch wieder vergessen und den Abend genießen soll. Mein Handy liegt auf dem Tisch, den Facebook-Post habe ich als Lesezeichen markiert, damit ich keine Zeit damit verliere, ihn herauszusuchen.

»Du bist so still«, bemerkt Niall und mustert mich.

»Ja?« Die Hitze schießt mir ins Gesicht.

Niall macht die Augen schmal.

Ich greife wieder nach meinem Weinglas und beginne zu nippen.

»Ja. Was ist los?« Er klingt eher schroff als besorgt.

Jetzt sollte ich das Foto ansprechen. Das ist die perfekte Gelegenheit.

»Rinderfilet für Sie, der Herr.« Der Kellner stellt den Teller vor Niall ab, der anerkennend lächelt. »Und der Thunfisch für die Signora.«

Das Essen ist gut, wahrscheinlich sogar hervorragend. Aber ich schmecke kaum etwas davon. Stattdessen greife ich immer wieder zum Weinglas. Wir sind schon bei unserer zweiten Flasche, und anders als sonst bin ich es, die das meiste davon getrunken hat. Wenigstens hat das Essen Niall davon abgelenkt, wie wortkarg ich bin. Nach ein paar Bissen Thunfisch gebe ich auf, lege Messer und Gabel beiseite und entscheide mich stattdessen für ein weiteres Glas Wein.

»Vielleicht sollten wir eine ganze Kiste zum Mitnehmen kaufen«, schlägt Niall vor und verdreht die Augen.

Ich nicke und verstehe seinen Sarkasmus absichtlich als ernstgemeinten Vorschlag. Plötzlich überrollt mich die Wut. Warum sollte ich mir nicht ein paar Gläser Wein gönnen? Wir sind im Urlaub, oder nicht? Ich nehme das Handy zur Hand und öffne die Facebook-App. Ich beschließe, dass nichts dabei ist, meinen Mann nach dem Foto zu fragen. Ich bin bloß neugierig, weiter nichts.

»Weißt du noch, das Foto von dir, das ich in Ambers Jackentasche gefunden habe?«

Niall hebt den Blick, seine vollgeladene Gabel schwebt vor seinem Mund in der Luft. »Hm?«

»Das Foto. Von dir. In Ambers Tasche.« Die Worte kommen undeutlich heraus. Ich glaube, ich bin ein bisschen angetrunken, was der Sache nicht gerade dienlich ist. Vielleicht hat es aber auch sein Gutes. Ich bezweifle, dass ich andernfalls den Mut aufgebracht hätte, Niall darauf anzusprechen.

»Was ist damit?« Er schiebt sich das Essen in den Mund und kaut, in seinen Augen blitzt kurz Ärger auf, bevor er ihn wieder daraus vertreibt und einen gelasseneren Ausdruck aufsetzt.

»Du meintest, du kennst sie nicht.« Ich behalte sein Gesicht genau im Auge.

»Tue ich auch nicht.«

»Warum gibt es dann ein Foto mit euch beiden zusammen?«

»Was?« Er lässt Messer und Gabel sinken und funkelt mich an, sein Gesicht läuft rot an.

»Schau mal.« Ich halte ihm mein Handy unter die Nase.

Er nimmt es mir aus der Hand und starrt darauf, dann schüttelt er den Kopf und reicht es mir zurück. »Es gibt wahrscheinlich Hunderte von Fotos von mir und irgendwelchen Leuten. Wie soll ich mich an die alle erinnern?«

»Sie trägt mein Armband.«

»Sie trägt dein ...« Er streckt die Hand aus, um das Handy wieder an sich zu nehmen. »Lass mal sehen.«

»Das, was du mir nach Connors Geburt geschenkt hast.« Ich zeige auf mein Armband. »Sie trägt genau das gleiche.«

Er kneift die Augen zusammen und betrachtet das Foto. »Sieht so aus, als wäre das Foto bei einer Signierstunde in Rom entstanden. Ich habe dir das Armband gekauft, als ich auf dieser Tour war. Das Modell sieht man da wahrscheinlich öfter.« Er lässt das Handy zwischen unsere Teller fallen. Klappernd landet es auf dem Tisch. »Was *soll* das? Willst du mich wegen irgendwas beschuldigen, Beth? Denn wenn dem so ist, gefällt es mir ganz und gar nicht.«

»Ich beschuldige dich überhaupt nicht«, erwidere ich. Dieses Gespräch eskaliert ziemlich schnell. Wir schlittern am Rande eines ernsten Streits entlang. »Ich bin nur neugierig, das ist alles. Es erscheint mir schon wie ein ziemlicher Zufall, dass wir im Haus dieser Frau wohnen und sie ein Foto von dir in der Tasche hat, und noch eins von euch beiden bei Social Media.« Das Herz hämmert mir in der Brust. All meine Befürchtungen machen sich jetzt Luft. So hatte ich mir das Gespräch mit meinem Mann nicht vorgestellt, aber ich kann mich einfach nicht zurückhalten.

»Vielleicht ist sie bloß Fan meiner Bücher. Hast du schon mal an diese Möglichkeit gedacht?«

»Ja. Aber Sal hat gesagt, Amber stellt Fragen über uns. Persönliche Fragen.«

Niall presst ein ungläubiges Lachen hervor. »Ach so, tja, wenn *Sal* Verdacht schöpft, dann *muss* ich ja schuldig sein!« Er greift nach seinem Weinglas, doch es ist beinah leer. Er kippt den letzten Schluck hinunter und schnappt sich die Flasche, aber die ist ebenfalls leer. Angewidert knallt er sie zurück auf den Tisch. »Ich glaube, du bist betrunken, Beth, und deine Fantasie spielt verrückt. Und ich habe dich gewarnt, dass Sal eine Wichtigtuerin ist, die sich überall einmischt und nichts Besseres zu tun hat, als Ärger zu machen. Ich hab also nicht die geringste Ahnung, warum du ihr überhaupt zuhörst.«

»Sie ist keine Wichtigtuerin. Sie ist meine Freundin. Und so betrunken bin ich nicht. Und überhaupt hatte ich diese Gedanken schon, bevor ich auch nur einen Tropfen Alkohol angerührt hatte.«

»Hattest du das den ganzen Abend vor?« Nialls Gesichtsfarbe verdunkelt sich weiter, seine schäumende Wut ist über den Tisch hinweg fast greifbar. »Und ich habe gedacht, du wolltest einen romantischen Abend für uns zwei. Aber *nein*. Du hast es bloß so eingefädelt, damit du mir diese jämmerlichen Anschuldigungen an den Kopf werfen kannst. Tja, vielen Dank, Beth. Was für ein spitzenmäßiger Urlaub.«

»Das ist nicht fair«, entgegne ich getroffen. »Du würdest genauso reagieren, wenn du ein Foto von mir in der Jackentasche eines fremden Mannes finden würdest.«

»Ja, würde ich. Weil du keine Promofotos an die Öffentlichkeit verteilst.« Seine Stimme wird eine Spur behutsamer. »Beth, das ist mein Job. Meine *Arbeit*. Da draußen gibt es wahrscheinlich Hunderte von Fotos von mir.«

Ich beiße mir auf die Lippe. Was er sagt, ergibt Sinn, das weiß ich, aber irgendwie kann ich ihm trotzdem nicht ganz glauben. »Wenn ich also Amber anrufen und sie direkt fragen würde, ob du sie kennst, würde sie mir dasselbe sagen.«

»Um Himmels willen, Beth! Du klingst wie eine eifersüchtige Verrückte! Ich hab genug.« Er schiebt seinen Stuhl zurück und steht auf, zieht das Portemonnaie aus der Tasche und knallt ein paar Euroscheine auf den Tisch. »Wenn du Amber anrufst und diesen ganzen lächerlichen Kram vom Stapel lässt, dann denkt sie, du bist übergeschnappt. Aber bitte, tu dir bloß keinen Zwang an, wenn du mir nicht glaubst.«

»Was hast du vor?«, frage ich.

»Wonach sieht es denn aus?«, spottet er. »Ich überlasse dich deinem betrunkenen Gefasel. Du kannst nach Hause kommen, sobald du wieder nüchtern bist und klar denken kannst. Du hast noch nie gut auf Alkohol reagiert, Beth.«

»Du gehst?« Ich kann nicht glauben, dass Niall tatsächlich vor unserem Gespräch davonläuft. Ich frage mich, ob es daran liegt, dass er aufrichtig empört ist, oder daran, dass ich einen Nerv getroffen habe.

Er legt die Hände auf die Rückenlehne seines Stuhls und beugt sich über den Tisch. »Ich bleibe jedenfalls nicht hier und lasse mir diesen Unsinn vorwerfen«, zischt er mir zu.

Wie gelähmt bleibe ich sitzen, zu verwirrt und geschockt, um noch etwas zu sagen, während mein Mann herumwirbelt und aus dem Restaurant marschiert.

Es ist so mies gelaufen, wie es überhaupt nur hätte laufen können.

Und ich bin der Wahrheit immer noch nicht nähergekommen.

# DREISSIG

## AMBER

»Schaut euch das an!« Renzo lehnt sich in der Hocke zurück und bewundert den Holzofen, in dem jetzt die Flammen knistern und gegen das rußige Glas züngeln.

»Gut gemacht, Renz. Schön zu wissen, dass die Menschheit immer noch Feuer machen kann«, ziehe ich ihn vom Sofa aus auf, wo Flora sich neben mir eingekuschelt hat.

Er grinst zu mir hoch. »Das hat mehr Spaß gemacht als bei uns zu Hause. Irgendwie urtümlicher.«

»Darf ich morgen das Feuer anmachen?«, fragt Franco.

»Ich auch!«, ruft Flora.

»Okay«, antwortet Renzo. »Aber nicht allein. Mama oder ich müssen dabei sein.«

Wir vier sind im Wohnzimmer und wollen gleich mit dem Abendessen auf dem Schoß *Paddington* gucken. Wir probieren Beths selbstgemachte Fleischbällchen mit frischen Spaghetti. Ich bin nicht sonderlich scharf auf ihr Essen, aber wir sind alle zu müde, um auszugehen, die Lieferdienste brauchen zu lange und keiner von uns hat Lust, heute Abend von Grund auf etwas Neues zu kochen.

Flora und ich bleiben sitzen, während Renzo und unser

Sohn in die Küche gehen, um das Essen zu holen. Wir haben *Paddington* schon oft gesehen, aber es ist einer unser Lieblingsfilme, zu dem wir immer wieder zurückkehren, wenn wir uns einen Familienfilm überlegen. Und weiß Gott, ich kann wirklich eine Ablenkung von meiner Situation gebrauchen.

So mancher würde sagen, ich sei selbst schuld, aber meiner Meinung nach hatte ich bloß Pech, weiter nichts. Wenigstens jammere ich nicht nur herum, sondern unternehme etwas. Ich schließe die Augen, lege mir eine Hand auf die Brust und atme tief ein.

»Meditierst du, Mama?«

Ich spüre, wie Flora mich mustert.

»Ja. Man muss still sein, wenn jemand meditiert.« Ich öffne ein Auge und sehe, wie sie zurechtrutscht, meine Haltung imitiert und die Augen schließt. Sie macht mich nach. Wir atmen eine Weile zusammen, und mich überkommt eine Welle von – nicht direkt einer Emotion, eher der Sentimentalität. Es fühlt sich schön an.

»Okay, bitte sehr!« Renzo und Franco betreten das Wohnzimmer und reichen Flora und mir je ein Tablett mit einer Schüssel heißem Essen. Wein für mich und Limo für sie. Sie gehen noch einmal in die Küche, kehren mit ihren eigenen Tabletts zurück und wir machen es uns gemütlich für den Film.

»Das schmeckt wirklich gut«, sagt Renzo mit vollem Mund. »Verdammt lecker.«

Ich schaue finster drein. Er hat recht, aber es ist mir zuwider, das offen zuzugeben. Ich habe erst drei Bissen genommen, als mein Handy klingelt. Ein Blick aufs Display verrät mir, dass es Beth ist.

»Wer ist das?«, will Renzo wissen.

»Die Arbeit«, antworte ich und stelle das Handy lautlos.

Renzo drückt auf Pause, was die Kinder mit verärgerten Ausrufen quittieren. »Es ist Sonntag«, sagt er. »Wissen die nicht, dass du im Urlaub bist? Musst du da rangehen?«

»Nein, nicht wichtig.«

»Okay.« Er drückt auf Play und wir widmen uns wieder dem Film und dem Essen.

Dreißig Sekunden später vibriert mein Handy. Wieder Beth. Mein Herz beginnt, heftiger zu schlagen, und ich frage mich, warum sie anruft. Ich sollte definitiv rangehen, aber ich zögere es hinaus, weil ich bei meiner Familie im Hier und Jetzt sein will. Ich möchte nicht zu dem zurückkehren, was dort passiert. Noch nicht.

Das Handy verstummt.

Ich atme aus und schiebe mir eine Gabel Spaghetti in den Mund.

Einen Moment später summt das Handy und gibt Bescheid, dass ich eine Nachricht auf der Mailbox habe. Ich sollte das dämliche Teil einfach ausschalten. Ich stelle fest, dass ich eine Weile nichts mehr vom Film mitbekommen habe. Ich zwinge mich dazu, meine Aufmerksamkeit wieder auf den Fernseher zu richten. Die Kinder und Renzo lachen. Wir sind an der Stelle, an der Paddington sich die Ohren mit einer Zahnbürste säubert. Ich versuche, wieder in Stimmung zu kommen, bin aber nicht bei der Sache.

»Weißt du, Renz ...«

»Hm?« Er runzelt die Stirn, löst den Blick vom Bildschirm und sieht mich an.

»Ich glaube, ich muss diesen Kunden doch zurückrufen.« Ich stelle mein Tablett auf den Sofatisch, schnappe mir das Handy und stehe auf.

»Wirklich? Wie schade.« Er drückt erneut auf Pause.

»Dad!«, ruft Franco. »Das ist die beste Stelle!«

»Wir warten, bis du zurückkommst«, sagt Renzo zu mir.

»Nein.« Ich schüttle den Kopf. »Schaut nur weiter. Ich bin in ein paar Minuten wieder da.«

»Sicher?«, fragt er. »Iss doch wenigstens zuerst zu Ende.«

»Ich kann es nicht genießen, solange ich an die Arbeit denke.«

Er nickt verständnisvoll. »Okay, aber lass nicht zu lang auf dich warten.«

Ich verlasse das Zimmer und schließe die Tür hinter mir. Ich bin nervös und aufgeregt, mir wird schwindlig und ganz anders vor Angst. Womöglich hat Beths Anruf gar nichts weiter zu bedeuten. Aber die Tatsache, dass sie es zweimal versucht hat, lässt darauf schließen, dass es doch etwas Wichtiges ist. Ich höre die Nachricht auf der Mailbox ab und gehe währenddessen die Treppe hoch. Ich wünschte, ich hätte daran gedacht, mein Weinglas mitzunehmen. Beths Stimme ertönt.

*Amber ... Es tut mir leid, dass ich dich an einem Sonntag-abend störe, aber ich muss dich was fragen. Ich hätte lieber direkt mit dir gesprochen, als eine Nachricht zu hinterlassen, aber du gehst nicht dran, also hast du wahrscheinlich zu tun, oder vielleicht seid ihr auch früh schlafen gegangen, keine Ahnung. Ich wünschte, ich wäre auch früh schlafen gegangen ...*

Sie brabbelt vor sich hin. Klingt, als wäre sie betrunken. Komisch. Sie hört sich bedrückt an. Ich gehe ins Schlafzimmer, schalte die Nachttischlampe ein, setze mich auf die Bettkante und höre mir den Rest an.

*Wie dem auch sei,* fährt sie fort, *was ich fragen wollte: Kennst du meinen Mann, Niall? Ich meine, ich weiß, dass du wegen dem Häusertausch weißt, wer er ist, aber wart ihr schon vorher befreundet? Es ist mir peinlich, das zu sagen, aber ich habe ein Foto von ihm in deiner Jackentasche gefunden. Norma-lerweise durchwühle ich keine Taschen, aber ich habe mit meinen Kindern Verstecken gespielt, und, äh, na ja ... dann habe ich das Foto gefunden. Wenn du mir da einfach Bescheid sagen könntest, wäre das super. Das geistert mir irgendwie im Kopf rum, und ich dachte, ich frage mal. Sie hält inne. Hoffentlich macht es dir nichts aus!* Den letzten Satz sagt sie betont beschwingt, als würde das ihren betrunkenen, paranoiden Wortschwall davor ausgleichen.

Ich schwinge die Beine aufs Bett, lehne mich gegen das Kissen und schüttle in hämischem Staunen den Kopf. *Wow*, da habe ich Beth aber wirklich verrückt gemacht, was? Dieses Foto in meine Jackentasche zu stecken, war genial, wenn ich das so sagen darf. Ich war mir nicht sicher, ob sie gern herumschnüffelt, aber sein wir mal ehrlich: Jeder schnüffelt gern herum. Wenn sich die Gelegenheit ergibt, die Nase irgendwo hineinzustecken, ergreifen wir sie alle mit Vergnügen. Die perfekte, kleine Beth Kildare ist also eigentlich gar nicht so perfekt.

Die Nachricht geht noch weiter, besteht aber nur noch aus Hintergrundgeräuschen. Offenbar hat sie vergessen, den Anruf zu beenden.

*Amber ...*

Oh, falsch gedacht, sie hat noch mehr.

*Da ist noch was ... Du hast nicht zufällig ... Besitzt du ein goldenes Eternity-Armband? Ich glaube nämlich, es ähnelt meinem eigenen.* Sie zögert. *Ach, eigentlich ist das Armband nicht so wichtig. Wenn du mir einfach wegen Niall Bescheid sagen könntest, wäre das toll. Danke. Tschüss.*

Die Nachricht ist zu Ende.

Sie hat mich wieder auf den Boden der Tatsachen zurückgeholt und mich daran erinnert, warum ich all das überhaupt tue. Ich denke nicht, dass ich sie direkt zurückrufe, auch wenn die Versuchung groß ist. Ich würde nur zu gern hören, was sie sonst noch für erbärmliche Fragen zu ihrem Mann hat.

Der Ton des Fernsehers dringt durch die Bodendielen nach oben. Ich sollte wirklich wieder hinuntergehen und mich zurück aufs Sofa zu meiner Familie setzen. Aber zuerst möchte ich noch etwas ausprobieren.

Ich stehe vom Bett auf und gehe die paar Schritte zur Tür, wo meine schwarze Handtasche an einem Haken hängt. Ich öffne den Reißverschluss und krame darin herum, bis ich die

kleine Werkzeugbox finde, die ich gestern im örtlichen Haus-
haltswarengeschäft gekauft habe. Ich hatte mich unter dem
Vorwand, noch etwas Kosmetikkrempel aus der Drogerie nach-
zukaufen, kurz von meiner Familie davongestohlen und bin in
den Haushaltsladen geschlüpft, um meine Bestellung
abzuholen.

Ich gehe hinaus in den Flur, halte kurz inne und spitze die
Ohren. Unten läuft nach wie vor der Fernseher, Floras Lachen
mischt sich mit dem Soundtrack. Ich richte den Blick auf die
Box in meiner Hand und hole eins der winzigen Harkenwerk-
zeuge heraus, sowie den Zugstab. Seit unserer Ankunft hier
schaue ich mir heimlich YouTube-Videos darüber an, wie man
Schlösser knackt, also bin ich ziemlich zuversichtlich, dass ich
es schaffe. Eigentlich sah der Plan vor, es zu versuchen,
während die anderen aus dem Haus sind, aber ich habe keine
Ahnung, wann das das nächste Mal der Fall sein wird, und ich
darf keine Zeit verlieren.

Ich stehe vor Nialls verschlossenem Arbeitszimmer und das
Adrenalin rast mir durch die Adern. Ich empfinde eine albere
Vorfreude. Ich schiebe die kleine Metallharke ins Schloss und
wackle damit herum, dann schiebe ich den Zugstab hinein und
ziehe ihn nach unten. Nichts passiert, also versuche ich es
erneut. Immer noch nichts. Meine Finger sind feucht geworden, sodass sich das Werkzeug rutschig anfühlt. Ich wische mir
die Hände an meiner Jeans ab und probiere es noch einmal.
Weiterhin ohne Erfolg.

Ich versuche, den Frust nicht die Überhand gewinnen zu
lassen, und ersetze die Harke durch eine andere. Ich hole tief
Luft, stecke sie ins Schloss und bewege sie ein paarmal wie
einen Hebel auf und ab. Ich beschwöre die Vorstellung herbei,
wie die Harke die Schlossstifte hochdrückt. Ich schiebe den
Zugstab in die Öffnung, ziehe ihn nach unten und spüre einen
Hüpfer der Freude, als sich das Schloss mit einem Klicken
öffnet. Ich drehe den Knauf und die Tür schwingt auf.

Ich stecke die Werkzeugbox in die hintere Tasche meiner Jeans und betrete Niall Kildares heiliges Arbeitszimmer.

Es entspricht enttäuschend genau meinen Erwartungen.

Ein traditioneller Mahagoni-Schreibtisch mit hellbrauner Ledereinlage vor dem Fenster, vollgestopfte Bücherregale, gerahmte Drucke seiner Buchcover, ein abgewetzter Teppich. Es riecht muffig mit einem Hauch von Aftershave. Es schreit förmlich: »Ich bin ein wichtiger Autor«, und die Tatsache, dass er es abschließt, kommt mir wie eine Beleidigung vor. Entweder vertraut er seiner Familie nicht oder er hat etwas zu verbergen.

Im Schein des Lichts aus dem Flur lasse ich meinen Blick über die Bücherregale schweifen. Darin finden sich verschiedene Ausgaben seiner eigenen Bücher, dazu diverse andere Fantasy- und Historienreihen, jede Menge Klassiker und auf ein paar Regalbrettern Bücher über das Schreiben.

Der Schreibtisch ist aufgeräumt. Kein PC oder Laptop – den muss er wohl mitgenommen haben. Ich ziehe die Schreibtischschubladen auf. Sie quellen über vor Notizzetteln und Fetzen von altem Briefpapier. Die drei Schubladen in der oberen Reihe sind alle mit Schlössern versehen. Die rechte lässt sich öffnen. Darin liegen Kopfhörer, Aufladekabel fürs Handy und andere Gerätekabel. Die mittlere lässt sich ebenfalls öffnen, stellt sich allerdings als flache Plattform heraus, mit der man den Schreibtisch erweitern kann. Die linke Schublade ist abgeschlossen.

Ich verschwende keine Zeit damit, nach einem Schlüssel zu suchen. Stattdessen benutze ich mein Schlossknack-Werkzeug und bekomme die Schublade problemlos auf. Zu meiner Enttäuschung ist sie leer. Ich schürze die Lippen und puste unzufrieden die Luft aus. Ich weiß nicht einmal, was ich erwartet hatte, in dem Zimmer zu finden. Vielleicht hat er die Tür auch nur abgeschlossen, weil er nicht wollte, dass unsere Kinder seinen Arbeitsbereich durcheinanderbringen – das wäre nur vernünftig. Ich bilde mir Geheimnisse ein, wo gar keine sind.

Ich setze mich einen Moment lang auf seinen Bürostuhl, betrachte mein Spiegelbild im dunklen Fenster und frage mich, was Niall denken würde, wenn er mich hier in seinem privaten Arbeitszimmer sähe, wie ich seine Sachen durchsuche. Ich kann mir ein Grinsen nicht verkneifen. Ich starre die offene Schublade an, lege die Hand hinein und taste die hinteren Ecken ab. Nichts. Ich drehe die Hand um und fahre mit den Fingerspitzen über die Oberseite der Schublade. Sie fühlt sich papierartig an und wölbt sich leicht nach unten.

Ich runzle die Stirn, ziehe die Schublade komplett aus dem Schreibtisch und lege sie auf den Boden. Dann knie ich mich hin und leuchte mit der Taschenlampe meines Handys in die entstandene Lücke. An der Oberseite des Schubfaches ist mit Klebeband ein dünner Papierstapel befestigt ... Oder sind es Fotos? Mein Herz beginnt zu hämmern. Vorsichtig löse ich sie aus ihrem Versteck und drehe sie um. Ich kann nicht glauben, dass er die immer noch hat. Ich nehme das billige kleine Handy zur Hand, das ich mit nach England genommen habe.

Es ist Zeit.

Alles ist bereit.

Jetzt oder nie.

# EINUNDDREISSIG

## BETH

Ich lasse mich auf ein niedriges Mäuerchen fallen, ziehe mir die Stilettos aus und massiere die Ballen meiner armen, blasenübersäten Füße. Ich bin über den Corso Reginna, die Hauptstraße, die von der Küstenstraße abzweigt, auf dem Weg nach Hause. Nachdem ich vom Restaurant zurückgelaufen bin, die ganzen Stufen hoch und die Promenade entlang, sind meine Füße geschwollen und pochen. Im Moment könnte ich nicht einen einzigen weiteren Schritt machen. Erst muss ich mich vernünftig ausruhen.

Ich kann nicht fassen, wie ungeschickt ich mich heute Abend angestellt habe. Zuerst habe ich zu schnell zu viel getrunken und Niall meine Anschuldigungen ohne die geringste Feinfühligkeit entgegengeschleudert. Dann habe ich Amber angerufen und genau das Gleiche wieder getan. Beim Gedanken daran schäme ich mich in Grund und Boden. Ich verziehe innerlich das Gesicht davor, wie zusammenhanglos und wirr ich mich für sie angehört haben muss. Sie muss denken, ich sei die reinste Idiotin. Mein sorgsam geplanter Abend liegt in Scherben. Mein Mann ist rasend wütend auf mich, und ich habe keine Ahnung, wie es mit Amber ist, da sie mich noch nicht zurückgerufen hat. Ich hingegen fühle mich müde, gedemütigt und nervös und glaube Nialls Geschichte immer noch nicht ganz. Kurz gesagt, habe ich rein gar nichts erreicht.

Ich seufze und stelle fest, dass ich immer noch recht ange-trunken bin. Für ein Glas Wasser könnte ich jetzt töten, aber ich habe mein Portemonnaie heute Abend nicht mitgenommen. Ziellos blicke ich zwischen den wunderschönen Steingebäuden hin und her, mit ihren hohen, mit Läden verschlossenen Fens-tern und ihren balkonartigen Austritten. Ich blicke über die trüben Umrisse der Hügel jenseits der Stadt und die darauf glit-zernden Lichter in der Dunkelheit. Was für ein bildschöner Ort. Viel zu schön, als dass ich solche Traurigkeit und Verzweif-lung empfinden sollte.

Ich richte meinen Blick zurück auf die Straße. Es haben noch immer einige Geschäfte geöffnet, Menschengruppen bevölkern Restaurants und Bars, fröhliches Geplapper flutet den Platz. Die Schlange vor einem geschäftigen Pizza-Takeaway zieht sich über das graue Kopfsteinpflaster. Plötzlich verspüre ich Hunger – im Restaurant habe ich kaum etwas angerührt, also käme ein Stück Pizza jetzt gerade recht. Es würde auch dabei helfen, etwas von dem Alkohol aufzusaugen. Ich verfluche meinen nicht vorhandenen Geldbeutel.

Zuletzt war ich am Markttag hier. Das ist erst zwei Tage her. Ich habe es sehr genossen, an jenem Vormittag mit den Jungs einzukaufen. Schade, dass Niall keinen Anteil an dieser guten Stimmung hatte, doch das scheint in letzter Zeit häufiger vorzukommen. Ich verstehe nicht, wie unsere Beziehung, die einmal so leidenschaftlich und überwältigend war, an einen Punkt geraten ist, an dem es sich beinah so anfühlt, als wäre er ein Fremder. Mir ist klar, dass es so nicht sein sollte. Er sollte mich nicht nervös machen. Ich sollte ihm nicht so grundlegend misstrauen. Er ist mein Ehemann, verdammt noch mal. Der Vater meiner Kinder.

Auf einmal kommt mir wieder in den Sinn, wie ich ihn hier vorgestern mit diesem Italiener habe reden sehen, von dem er behauptet hat, er sei ein aufdringlicher Verkäufer gewesen. *Das* habe ich auch nicht geglaubt. Die beiden wirkten zu vertraut. Als würden sie einander gut kennen. Als wären sie alte Freunde, die sich nach langer Zeit wieder über den Weg laufen. Wenn der Eindruck stimmt, warum sollte Niall mich deswegen anlügen? Es ergibt keinen Sinn. Es sei denn, der Typ hatte irgendwas mit der Niall-kennt-Amber-Angelegenheit zu tun.

Ich komme mir vor, als würde ich den Verstand verlieren. Ich habe keinerlei Beweise für irgendetwas. Bloß ein paar Fotos und ein Bauchgefühl. Reicht das aus, um meine Ehe aufs Spiel zu setzen? Hätte ich den Mund halten sollen?

Mein Handy klingelt und Nialls Gesicht erscheint auf dem Display. Vor Schreck dreht sich mir der Magen um. Ich sollte rangehen, aber ich ertrage jetzt nicht noch einen Streit. Ich muss erst wieder etwas nüchterner werden. Mir überlegen, wie ich weiter vorgehen möchte. Ob ich weiterhin nach Antworten bohre. Oder, ob ich das Ganze vergessen sollte. Vielleicht sollte ich mich sogar entschuldigen, damit wir zur Normalität zurückkehren können. Ich kann mich nicht entscheiden. Ich stecke das Handy zurück in die Tasche und lasse die Mailbox drangehen.

Tumult und laute Stimmen die Straße hinunter erregen meine Aufmerksamkeit. Ich drehe mich um und sehe einen älteren Mann vor einem Keramikladen, der auf zwei Männer einredet. Er ereifert sich und gestikuliert. Etwas an dem Bild kommt mir bekannt vor. Ich blinzle, um meinen Blick zu klären, stehe auf und nähere mich ein paar Schritte, ohne zu nahe zu kommen.

Ich bleibe wie angewurzelt stehen, als ich merke, dass es dieselben zwei Männer sind, die heute Morgen auf der Suche nach den Masons zur Villa kamen. Hastig wende ich das Gesicht ab, aus Angst, dass sie mich erkennen und herüberkommen. Ich mache mir Sorgen um den Mann, den sie drangsalie-

ren, aber ich bin weder mutig noch dumm genug, mich ihnen
entgegenzustellen. Was könnte ich auch schon ausrichten? Ich
spreche nicht einmal die Sprache. Soll ich die Polizei rufen?
Oder macht es das womöglich schlimmer?

Noch ein paar andere Leute schauen in ihre Richtung,
aber niemand schreitet ein. Ich darf mich da nicht einmischen.
Es geht mich nichts an, und ich habe schon genug um die
Ohren.

Ich bin mir nicht sicher, was ich tun soll. Um zur Villa
zurückzukehren, müsste ich an ihnen vorbei, es sei denn, ich
finde einen anderen Weg. Ich könnte versuchen, an ihnen
vorbeizuschlüpfen, aber was, wenn sie mich wiedererkennen?
Warum sollte ich ein derartiges Risiko eingehen? Nein, ich
werde umkehren und mir einen Ort suchen müssen, an dem ich
abwarten kann, bis sie fort sind.

Mit fahrigen Fingern ziehe ich mir die Schuhe wieder an,
richte mich auf und mache ein paar Schritte in die entgegenge-
setzte Richtung. Nicht zu schnell, ich möchte keine Aufmerksamkeit auf mich ziehen. Meine Absätze klackern, das
Geräusch hallt laut, aber dagegen kann ich nichts tun. Ich
widerstehe dem Drang, einen Blick über die Schulter zu
werfen, und schaue stattdessen starr geradeaus. Meine Handflächen sind feucht und mein Atem geht stoßweise. Mit diesen
Männern hätte ich heute Abend als Letztes gerechnet. Mich
überrascht, wie sehr ich deswegen durch den Wind bin.

Abermals frage ich mich, was sie heute von den Masons
wollten. Ich bin mir sicher, es kann nichts Gutes gewesen sein.
Ich habe immer noch ein äußerst ungutes Gefühl bei all dem.
So sehr es mich schmerzt, glaube ich, wir sollten die Villa
verlassen und uns eine andere Unterkunft suchen. Irgendwo,
wo diese Männer uns nicht finden. Wahrscheinlich kommen sie
nicht wieder, aber ich will es nicht riskieren. Ganz offensichtlich handelt es sich bei ihnen um irgendwelche Gangster.
Meine Stimmung sinkt weiter ins Bodenlose, als ich daran

denke, unser wunderschönes Ferienhaus nach weniger als der Hälfte des Urlaubs zu verlassen.

Einen Moment lang erlaube ich mir die Überlegung, in die Villa Cimbrone in Ravello zu ziehen. Aber das ist wahrscheinlich weniger kinderfreundlich, als in Maiori nahe dem Strand zu wohnen. Das Schwerste am Unterkunftswechsel wird sein, Niall davon zu überzeugen. Vor allem, weil er momentan so wütend ist. Der Streit von heute Abend kehrt schlagartig zu mir zurück. Nein. Niall und ich werden so schnell wohl kaum wieder in Urlaubsstimmung kommen. Wenn wir nicht in diesem verfluchten Häusertausch feststecken würden, würde ich vorschlagen, nach Hause zu fliegen. Aber wir können ja wohl kaum die Masons rausschmeißen. Oder doch? Immerhin war weder ein Einbruch noch ein Besuch von zwei angsteinflößenden Typen Teil der Abmachung. Es stünde uns durchaus zu, darauf zu bestehen, den Tausch abzubrechen.

Wehmütig denke ich an unser gemütliches Cottage. Daran, mit den Jungs auf dem Sofa herumzulungern, einen Film zu gucken oder Brettspiele zu spielen. Stattdessen hasst mich mein Ehemann und ich hinke nachts allein eine italienische Straße hinunter, in der Hoffnung, nicht von zwei furchterregenden Gangstern entdeckt zu werden. Nicht so ganz der perfekte Urlaub, den ich vor Augen hatte.

Ich sollte vermutlich Luciana anrufen und mich erkundigen, ob bei Connor und Liam alles in Ordnung ist. Sie meinte, wir sollten so lange wegbleiben, wie wir möchten. Sie gehe selten vor ein Uhr nachts ins Bett. Aber ich möchte sie nicht ausnutzen.

Ein Summen meines Handys reißt mich zurück in die Gegenwart. Wahrscheinlich ist es Niall. Ich bete, dass er sich beruhigt hat. Gleich sehe ich nach. Ich bin schon fast wieder an der Promenade, da summt mein Handy erneut.

Ich eile blindlings quer über die Hauptstraße und zwinge einen kleinen Fiat zum Abbremsen. Der Fahrer – ein junger

Kerl – ruft mir durchs Fenster etwas zu. Ich bin mir nicht sicher, ob es eine Beleidigung oder ein Kompliment war. So oder so bin ich zu sehr in Gedanken und zu betrunken, um ihm Beachtung zu schenken. Ich laufe weiter, indessen summt mein Handy ein drittes Mal. *Ist gut jetzt, Niall, reg dich nicht so auf.*

Wieder an der Promenade angekommen, entdecke ich weiter hinten eine freie Bank. Wenn ich hier einfach eine halbe Stunde oder so sitzen bleibe, sind diese zwei Männer hoffentlich verschwunden, ich kann zurück zur Villa gehen und versuchen, die Dinge mit meinem Mann zu kitten. Der Gedanke, allein dorthin zurückzugehen, ist allerdings nicht sehr reizvoll. Vielleicht hätte ich bleiben sollen, wo ich war, bis die Männer sich verziehen. Dann wüsste ich wenigstens, in welche Richtung sie verschwunden sind.

Ich bleibe stehen, um wieder aus den Schuhen zu schlüpfen, und bahne mir vorsichtig den Weg über die Promenade. Ich schlängle mich an flanierenden Paaren und Familien vorbei, an Hundebesitzern und krakeelenden Kindern, und steuere auf die Bank zu, in der Hoffnung, dass mir niemand den Platz wegschnappt, bevor ich dort ankomme.

Endlich erreiche ich mein Ziel, lasse mich dankbar auf die Sitzfläche fallen, schlucke und fahre mir mit der Zunge über die Lippen. Ich habe so schrecklichen Durst. Ich werde bald nach Hause gehen müssen, allein schon, um ein großes kühles Glas Wasser zu trinken. Ich nehme das Handy aus der Tasche und wappne mich für einen Strom wütender Nachrichten von meinem Mann.

Doch keine der Nachrichten, die ich erhalten habe, stammt von Niall. Sie kommen von einer unbekannten italienischen Nummer. Wahrscheinlich Nachrichten vom örtlichen Telefonnetz.

Ich tippe darauf und das Nachrichtenfenster öffnet sich. Kein Text, sondern Fotos. Ich runzle die Stirn und blinzle, versuche, daraus schlau zu werden. Als es langsam zu mir durchdringt, erstarre ich vor Grauen und Fassungslosigkeit. Das Blut rauscht mir durch die Adern, ich spüre das Hämmern meines Pulses und das Klingeln in meinen Ohren. Einen Augenblick lang trübt sich mein Blick und ich blinzle, um wieder klar zu sehen. Ich starre die Fotos an.

Das muss irgendein kranker Scherz sein.

Ganz sicher ist das nicht wahr.

*Es darf einfach nicht wahr sein.*

# ZWEIUNDDREISSIG

Ich war mir nicht sicher, ob ich dich an meiner Seite wissen kann. Aber nun, da ich Gewissheit habe, kann ich zielgerichteter zur Tat schreiten. Mit größerer Klarheit.

Vielleicht wird die bittere Eifersucht, die mir durch die Adern strömt, nun langsam abebben.

Vielleicht kann ich nun etwas Frieden finden.

# DREIUNDDREISSIG

## BETH

Das Blut rauscht mir in den Ohren, während ich die Bilder anstarre.

Drei Fotos.

Auf dem ersten haben Niall und Amber die Arme umeinander gelegt. Sie lachen in die Kamera. Es wurde vor längerer Zeit aufgenommen, da Nialls Haar darauf länger und noch nicht von Grau durchzogen ist. Es ist offensichtlich, dass sie nicht nur Freunde sind. Mein Mann und Amber hatten in der Vergangenheit einmal eine romantische Beziehung. Ich hatte das zwar bereits vermutet, aber ... sie so zusammen zu sehen ... mein Herz reißt, zerspringt. Ich kann nicht glauben, dass Niall mich deswegen angelogen hat. Schlimmer noch, dass er vorgeschlagen hat, hier Urlaub zu machen. *In ihrem Haus.*

Auf dem zweiten Foto küssen sich Niall und Amber. Ich schlage mir die Hand vor den Mund. Es ist ein riesiger Schock, sie auf diese Weise zusammen zu sehen. Sie halten die Augen geschlossen. Sie hat eine Hand an sein Gesicht gelegt.

Doch das dritte Foto ... Das dritte Foto ist das, von dem ich den Blick nicht abwenden kann.

Es zeigt Amber mit beiden Händen auf ihrem Bauch. Mit schwarzem Edding stehen quer über das Foto gekritzelt die Worte:

*Niall, das ist dein anderes Baby, wirst du zu ihm stehen?*

Soll das ein Witz sein? Ich kralle mir die Finger an die Kehle, meine Nägel schrammen über die Haut an meinem Hals.

Das Datum auf dem Foto liegt zwölfeinhalb Jahre zurück. Wenn das stimmt, dann wäre dieses Kind entstanden, während ich mit Connor schwanger war. Wenn ich das tatsächlich glauben soll, dann ist Ambers ältestes Kind Nialls Sohn.

Während ich versuche, diese Ungeheuerlichkeit aufzunehmen, spüre ich meine Ehe Stück für Stück zerbröckeln. Sie liegt zerstreut um mich herum wie die Scherben eines Spiegels, die all die Lügen, Treue- und Vertrauensbrüche zu mir zurückwerfen. Die Liebe, die ich gegeben habe. Die Träume, die ich aufgegeben habe. Die Hoffnungen, die ich noch immer aufrechterhalten habe ... bis vor einem Augenblick. Alle zerbrochen.

Wer hat mir die Fotos überhaupt geschickt? *Amber?* Ich kenne die Nummer nicht, aber das hat nichts zu bedeuten. Sie hätte sie von einem anderen Handy aus schicken können, um mich noch weiter in den Wahnsinn zu treiben.

Ich zucke zusammen, als mein Handy klingelt. Es ist Luciana. Ich sollte rangehen, aber ich schaffe es nicht. *Ich schaffe es einfach nicht.* Ich glaube nicht, dass ich mit irgendjemandem sprechen kann. Alles fühlt sich zu nah und gleichzeitig zu weit weg an. Die Dunkelheit, der Strand, die Villa, zu Hause. In meinem Kopf fliegt alles durcheinander. Der Klingelton meines Handys ist leise und laut, vertraut und unbekannt. Ich weiß nichts mit mir anzufangen. Weiß nicht, was ich denken soll. Was ich fühlen soll. Ich glaube, ich stehe unter

Schock. Der verwaschene, betrunkene Zustand, in dem ich mich kurz zuvor noch befand, ist einem scharfen Schmerz gewichen, der in meiner Magengrube beginnt und hinter meinen Augen aufhört.

Niall hatte während unserer Ehe eine Affäre mit Amber ... Sie hat ein Kind von ihm bekommen. Der Gedanke schnürt mir die Luft ab. Meine Kehle fühlt sich verengt an, meine Augen brennen. Haben sie immer noch etwas miteinander? Geht es bei diesem Urlaub darum? Um irgendeine unvollendete Geschichte? Der Gedanke macht mich krank. Es ergibt keinen Sinn. Sie ist in England und wir sind hier. Sie hat eine eigene Familie.

»Da bist du ja!« Ich erschrecke mich, als ich hinter mir die Stimme meines Mannes höre. Vertraut und dennoch fremd. »Warum bist du nicht ans Handy gegangen?«, ereifert er sich. »Ich habe dich mehrfach angerufen. Ich war krank vor Sorge!«

Ich bleibe auf der Bank sitzen und umklammere mein Handy. Ich drehe mich nicht einmal zu ihm um oder reagiere auf ihn, als er sich neben mich setzt.

»Ich dachte, du würdest mir nach Hause folgen, mich einholen«, sagt er, als hätte er vergessen, mir an den Kopf geworfen zu haben, bloß nicht zurückzukommen, bevor ich wieder nüchtern bin. »Ich bin zur Villa zurückgegangen, aber du bist nicht nachgekommen. Hast du die ganze Zeit hier gesessen?« Ich merke, wie er versucht, mir in die Augen zu sehen, aber ich rühre mich nicht. Es ist, als wäre ich zu Eis erstarrt. Als wäre ich Teil der Bank geworden. Wenn ich sitzen bleibe und mich nicht bewege, gibt er vielleicht auf und verschwindet. Ich möchte nicht darüber reden. Es ist alles zu viel. Ich weiß, dass, sobald ich den Mund öffne, alles aus mir heraussprudeln wird, und dann alles in sich zusammenbricht und mir entgleitet. Dieser Augenblick, jetzt gerade, ist der Moment, bevor sich mein Leben endgültig verändert.

»Beth! Sieh mich an!«

Ich schlucke. Meine Kehle ist trocken. Angeschwollen. Vor meinem inneren Auge sehe ich die drei Fotos, sie leuchten auf wie bei einer altmodischen Diashow: Amber und Niall Arm in Arm. Amber und Niall küssen sich. Ambers und Nialls ungeborenes Baby.

Wie fange ich dieses Gespräch überhaupt an?

Ich lockere den Griff um mein Handy und tippe auf den Bildschirm, sodass die Fotos wieder erscheinen.

»Was machst du da, Beth? Warum schaust du mich nicht an? Ich weiß, dass ich vorhin so einiges gesagt habe, aber das hast du auch! Deine Anschuldigungen haben mich wirklich verletzt.«

Ich reiche ihm das Handy, ohne aufzusehen.

»Was ist das?«

Mein Herz klopft, während ich darauf warte, dass die Bilder ihre Wirkung entfalten.

»*Scheiße*«, presst er hervor. Beinah kann ich hören, wie sein Hirn neben mir schwirrt und wirbelt. Schließlich seufzt er. »Okay.« Er hält inne und reibt sich über den Mund.

Während ich darauf warte, dass er weiterspricht, bekomme ich kaum Luft. Es fühlt sich an, als wäre sämtlicher Sauerstoff aus der Umgebung gesogen worden. Als er den Blick hebt, sehe ich ihn endlich an.

Er macht die Augen schmal. »Wer hat dir die geschickt?«

Ich gebe keine Antwort.

Niall schüttelt den Kopf und starrt wieder auf die Bilder. »Also gut, ich gebe zu, dass Amber und ich vor Jahren kurz was miteinander hatten. Aber das war, bevor wir beide uns überhaupt kennengelernt haben. Ich darf ja wohl eine Vergangenheit haben, oder?«

Seine Worte sind erbärmlich. Er gibt überhaupt nur deshalb etwas zu, weil ich ihm die Beweise vorgelegt habe. Er lässt komplett aus, dass er mich deswegen angelogen hat. Ich habe ihn mehrmals gefragt, ob er Amber kennt, und er hat es verneint. Wie soll ich jetzt also irgendeiner seiner Aussagen Glauben schenken?

»Schmollst du deshalb hier draußen rum? Wegen etwas, das Jahre her ist?« Er verlagert seine Haltung und beugt sich vor, will wieder meinem Blick begegnen. »Weißt du, es ist schwer, dieses Gespräch zu führen, wenn du dasitzt wie eine Statue. Sag wenigstens etwas.«

»Etwas sagen?«, entgegne ich ruhig. »Was soll ich denn sagen, nachdem ich herausgefunden habe, dass mein Mann mit einer anderen Frau geschlafen hat, während ich mit unserem Kind schwanger war?« Ich werfe ihm einen verächtlichen Blick zu. »Während du jemand anderes geschwängert hast?«

Trotz seiner Bräunung wird Niall aschfahl. »Das glaubst du doch nicht wirklich?« Er guckt wieder auf mein Handy. »Wer hat die Fotos denn nun geschickt? War es Amber? Hör mal, ich hab dir nicht von ihr erzählt, weil sie ... na ja, übergeschnappt ist. Sie war wie von mir besessen und hat Lügen darüber erfunden, dass ich der Vater sei. Herrgott noch mal, es kommt zeitlich nicht einmal hin. Sie und ich waren durch, bevor du und ich uns überhaupt kennengelernt haben. Sie wollte das ausnutzen, um mich zurückzubekommen. Es hat aber nicht funktioniert.«

Ich lasse seine Worte auf mich wirken und versuche abzuwägen, ob sie der Wahrheit entsprechen könnten. Amber sagte, Franco sei elf. Niall und ich lernten uns ungefähr drei Jahre vor der Geburt ihres Sohnes kennen, wenn er also die Wahrheit sagt, ist Ambers Datum so himmelweit weg, dass es abwegig wäre, das Kind als Nialls ausgeben zu wollen. Es erscheint mir unwahrscheinlich, dass sie ihm sagen würde, er sei der Vater ihres Neugeborenen, wenn sie seit drei Jahren nicht mehr miteinander geschlafen hätten.

»Ich glaube dir nicht«, sage ich und sehe ihm direkt in die Augen.

Er erbleicht und schluckt, und in diesem Moment weiß ich, dass ich richtig liege. Als hätte mich eine Bowlingkugel in den Magen getroffen. Diese Erkenntnis.

»Was tun wir hier, Niall? Du schleppst uns den ganzen Weg hierher, und jetzt wohnen wir im Haus deiner ... *Liebhaberin*? Deiner *Ex*? *Der Mutter deines Kindes*? Ich weiß nicht einmal, was sie für dich ist!«

Er legt mein Handy auf die Bank, steht auf und läuft ein paarmal auf und ab. »Dieses dämliche Miststück«, grummelt er.

»Sag. Mir einfach. Die Wahrheit. Mehr verlange ich nicht, Niall.« Ich setze mich auf meine Hände, um ihr Zittern zu unterdrücken. Ich fühle mich zu betäubt und geschockt, um zu weinen. Das Gewicht dieser ganzen Sache drückt schwer auf meinen Körper.

Er schüttelt den Kopf und holt Luft, antwortet mir aber nicht.

»Niall! Sag's mir einfach!«

Er fährt sich mit den Händen durchs Haar und steckt sie dann in die Hosentaschen. Er sieht so verletzlich aus. Überhaupt nicht wie mein selbstsicherer Ehemann. Er sieht aus wie ein kleiner Junge. Er nickt. »Okay, du hast recht«, antwortet er beinah gereizt. Dann wiederholt er es leiser. »Du hast recht.«

»Recht womit?«, will ich wissen. »Recht, dass du es mir sagen musst, oder recht wegen Amber?«

Er schaut zum Himmel und lässt den Blick dann zu Boden sinken. »Beides.«

Mein Herz stolpert. Ich blinzle und warte darauf, dass er weiterspricht, das Blut dröhnt mir in den Ohren.

»Amber hat mich nach jahrelanger Funkstille kontaktiert. Sie meinte, sie bräuchte einen Last-Minute-Urlaub, und hat den Häusertausch vorgeschlagen. Ich habe gesagt, das komme überhaupt nicht infrage. Sie sagte, wenn ich nicht zustimme, verrät sie dir von unserer Affäre.«

»Also *hattet* ihr eine Affäre?«, frage ich.

Er zögert, dann lässt er die Schultern sinken. »Ja.«

Die Luft weicht mir aus dem Körper. »*Warum?*«, flüstere ich.

Mein Mann schweigt.

Ich ringe nach Worten. »Warum tust du das, Niall? Ich dachte, wir wären glücklich. Ich dachte, wir hätten die perfekte Ehe. Ein wundervolles Leben vor uns. Ich war schwanger mit unserem ersten Kind! Warum solltest du all das aufs Spiel setzen? Warum würdest du das *wollen?*«

»Ich ...« Er bricht ab und sieht zu Boden. »Ich weiß nicht. Ich wünschte, ich könnte in der Zeit zurückgehen und es ungeschehen machen, aber das geht nicht.«

»Hast du sie geliebt?«

»Ich weiß nicht. *Nein.* Sie war ...« Er wirft die Hände nach oben. »Ich kann es nicht erklären.«

»Du kannst es versuchen! So viel bist du mir schuldig.«

»Na gut, ich war dumm. Fühlte mich geschmeichelt von ihrem Interesse. Ich habe es beendet. Es war vorbei, bevor es überhaupt richtig angefangen hatte. Aber dann erzählte sie mir von dem Baby ...«

Ich schüttle den Kopf bei seinen Worten. »Und ich dachte, ich wäre paranoid. Dass das Problem bei mir läge. Seit wir hier sind, gibst du mir ununterbrochen das Gefühl, ich müsste mich schlecht fühlen. Als würde ich mir sonst was einbilden! Dabei lag ich die ganze Zeit über richtig.«

»Es tut mir leid, Beth. Wirklich. Ich habe mir Sorgen um unsere Ehe gemacht. Das ist alles schon so lange her. Ich wollte nicht, dass es uns im Weg steht. Ich wollte nicht gefährden, was wir haben!«

Ich lache ungläubig. »Du wolltest nicht gefährden, was wir haben? Warum hast du dann überhaupt erst mit ihr geschlafen? War sie die Einzige? Gab es noch mehr Frauen?«

»Nein, natürlich nicht!«

»Tja, das kann ich ja nicht wissen, oder?« Ich stehe wacklig auf, gehe zum Rand der Promenade und starre auf den finsteren Ozean hinaus, während meine Hoffnungen in die tintenschwarze Dunkelheit stürzen. Niall folgt mir, aber ich will ihn nicht neben mir haben. Ich drehe mich um und gehe zur Bank zurück. Ich nehme mein Handy und stecke es in meine Tasche. Ich will meinem Mann davonstürmen, ich ertrage es kaum, ihn anzusehen. Doch ich weiß nicht, wo ich hinsoll. Zurück zu Ambers Villa? Der Gedanke bereitet mir Übelkeit.

Niall ist mir erneut gefolgt. Er steht unbeholfen da und wringt die Hände.

»Was ist mit ihrem Sohn, Franco?«, fauche ich. »Ist er von dir? Sag mir die Wahrheit.«

Er schweigt einen Moment lang. »Ich bin nicht sicher. Aber ich denke schon. Ja.«

»Du bist dir nicht sicher! Wie kannst du dir nicht sicher sein? Hast du keinen Vaterschaftstest verlangt?« Ich schreie die Worte fast, und Leute fangen an, mich anzustarren, aber das ist mir egal. Mein ganzes Leben fällt in sich zusammen.

»Ich schätze, ich habe ihr geglaubt. Ich bin mir ziemlich sicher, dass sie mich damals geliebt hat. Sie hat sonst mit niemandem geschlafen.«

Ich stoße die Luft aus. »Und? Dann ... was? Zahlst du ihr Unterhalt? Besuchst du ihn heimlich?« Mir dämmert, dass alles, was ich über mein Leben zu wissen glaubte, eine Lüge war. Es war alles eine kolossale Täuschung. Vielleicht waren die Unterhaltszahlungen an Amber der Grund, warum Niall immer so geheimniskrämerisch mit unseren Finanzen war. Warum er mich nicht miteinbezogen hat.

»Nein.« Er sieht wieder zu Boden. »Ich bin ihm nie begegnet. Ich glaube nicht, dass er überhaupt von mir weiß.«

»Also hast du sie einfach damit alleingelassen, euer Kind großzuziehen? Du hast ihr keinerlei Unterstützung angeboten?«

»Was hätte ich denn tun sollen?«, fährt er mich an. »Dich verlassen, um bei ihr zu sein? Uns alle als große, glückliche Familie zusammenführen? Es war verflucht noch mal ein Albtraum, Beth.«

»Oh, mir kommen die Tränen, Niall.« Ich denke an Connor und Liam. Daran, dass sie einen Bruder haben, über den sie nichts wissen. Was bedeutet das überhaupt? »Du hättest es mir damals sagen sollen. Du hättest es gar nicht erst tun sollen!«

»Ich weiß. Es tut mir leid. Ich konnte es dir nicht sagen.« Seine Augen füllen sich mit Tränen. »Du hättest mich verlassen.«

»Vielleicht hätte ich das, vielleicht auch nicht. Aber wenigstens wäre unsere Ehe nicht diese gigantische Lüge gewesen. Wenigstens wären wir einigermaßen aufrichtig Eltern geworden. Anstelle dieser … *Farce*.« Ich denke an meine Schwangerschaft zurück, krame in meinem Gedächtnis, ob es irgendwelche Anzeichen auf einen möglichen Betrug meines Mannes gab, die mich hätten misstrauisch machen sollen, doch ich erinnere mich aus dieser Zeit nur daran, wie glücklich wir waren. Dass Niall mich auf Händen getragen hat; dass er um ein Uhr nachts zur Tankstelle gefahren ist, weil ich solche Gelüste nach Orangen und weißer Schokolade hatte; dass er mir die Füße und Knöchel massiert hat, als sie wehtaten. Er war der perfekte Ehemann. Mit einem Schlag wird mir klar, dass seine Aufmerksamkeit vermutlich von einer Mischung aus Angst, er könnte uns verlieren, und einem schlechten Gewissen herrührte.

»Beth …« Er schaut mich an. »Es tut mir so leid. Ich …«

»›Es tut mir leid‹ reicht nicht ganz aus, Niall. ›Es tut mir leid‹ ist einen Scheißdreck wert, wenn du es genau wissen willst.«

»Ich weiß. Es …« Er bricht ab. »Was kann ich tun?«

»Fürs Erste kannst du mich allein lassen.«

»Ich will nicht von dir weg.« Eine Träne tropft ihm auf die Wange.

»Es ist mir egal, was du willst.«

»Warum kommst du nicht mit zurück zur Villa? Dann können wir vernünftig darüber reden. Ich tue alles, um es wieder gutzumachen. Ich weiß, die letzten Wochen war ich ein furchtbarer Ehemann. Ich war launisch und reizbar und habe meine Sorgen an dir ausgelassen, dabei bist du diejenige, die ich am allerbesten behandeln sollte. Ich bin ein schrecklicher Mensch. Von jetzt an will ich alles richtig machen.«

»Bitte geh einfach, Niall.« Ich lasse mich wieder auf die Bank fallen und starre an ihm vorbei.

Er kauert sich vor mir nieder und versucht, mich bei den Händen zu nehmen. »Bitte, Beth, kannst du nicht …«

»Lass mich los!« Ich schüttle seine Hände ab, als wären sie glühend heiße Kohlen.

Er stammelt eine Entschuldigung und steht wieder auf. »Beth, bitte …«

»Ich hab gesagt: GEH!«

Er nickt. »Okay. Ich gehe zurück und warte auf dich. Aber bleib nicht zu lange allein hier draußen. Ich will dich hier nicht so zurücklassen.«

»Wie ich schon sagte, es ist mir egal, was du willst. Du sollst verschwinden.«

Er blinzelt, dreht sich um und setzt sich in Bewegung.

Trotz allem, was er getan hat, hinterlässt er eine Lücke, die sich riesig, kalt und leer anfühlt. Ich wünschte, ich könnte ihn zurückrufen und ihn die Arme um mich schlingen lassen. Ihn sagen hören, dass es alles nur ein blödes Missverständnis war, dass er nichts davon wirklich getan hat und alles wieder gut ist. Aber ich weiß, dass ich mich an diese kalte, leere Lücke gewöhnen muss. Sie ist jetzt Teil meines Lebens. Ich begreife kaum, was geschieht. Mein Kopf dreht sich, mein Herz rast noch immer. Mir graut vor allem, was vor mir liegt. Doch in diese Angst mischt sich mehr und mehr die Wut darüber, dass mein Mann nicht zu schätzen wusste, was er hatte. Er hat die Wahrheit vor mir verborgen. Er hat alles zerstört. In diesem Moment wünschte ich, ich hätte den verfluchten Niall Kildare niemals kennengelernt. Ich könnte ihn umbringen für das, was er mir angetan hat. Was er unserer Familie angetan hat.

# VIERUNDDREISSIG

## AMBER

Während ich die Treppe hinuntergehe, bekomme ich das Goldarmband, nach dem Beth gefragt hat, nicht aus dem Kopf. *Ja, Beth, ich hatte mal ein Goldarmband.* Ich erinnere mich lebhaft an den Tag, an dem ich es Niall entgegengeschleudert habe, als er mit mir Schluss gemacht hat. Ein witziger Gedanke, dass er dieses Armband wiederverwertet und seiner Frau geschenkt hat. Witzig und empörend zugleich.

Nachdem ich Niall sagte, dass ich schwanger bin, machte er mit mir Schluss und erklärte, er werde unser Kind nicht als seines anerkennen. Er sei glücklich mit seiner Frau verheiratet und habe gedacht, das wäre mir klar. *Ähm, nein, Niall, das war mir nicht klar, ganz und gar nicht.* Ich war am Boden zerstört. Ich war mir so sicher gewesen, dass er sich über meine Neuigkeiten freuen würde. Dass meine Schwangerschaft der Anstoß sein würde, den er brauchte, um seine Frau zu verlassen und stattdessen mit mir zusammen zu sein. Seine Zurückweisung brach mir das Herz. Seine Zurückweisung von uns *beiden*. Eigentlich bemitleidenswert, wie naiv ich war. Wie viel Energie ich auf einen Mann verschwendet habe, der es nicht wert war.

Ich hatte wirklich geglaubt, dass Niall in mich verliebt war.

Dass er mein Seelenverwandter ist. Ich hatte mir unser gemeinsames Leben ausgemalt – der grüblerische, kreative Autor und seine lebenslustige, wunderschöne PR-Managerin. Wir hätten ein eindrucksvolles Team abgegeben. Stattdessen entschied er sich, bei seiner langweiligen Frau zu bleiben – einem blassen Abklatsch von mir. Keine Karriere, keine Leidenschaft, keine Persönlichkeit. Bloß der Schatten einer Frau. *Sein Pech.*

Zum Glück ist der Schmerz, den ich vor all diesen Jahren empfunden habe, verschwunden. Ich lernte Renzo noch in dem Monat kennen, in dem es mit Niall und mir vorbei war, und wir verliebten uns ineinander. Es war eine stillere Liebe als die, die ich für Niall gefühlt hatte, doch es war genau das, was ich damals brauchte. Es war einfacher, Renzo glauben zu lassen, Franco sei von ihm. Weniger Drama, weniger Leid. Für alle.

Renzo ist vielleicht kein künstlerisches Genie, aber er ist der bessere Mensch. Wenn man mich fragt, ist Renzo Francos Vater. Er war den Großteil der Schwangerschaft über an meiner Seite, er war derjenige, der ihm Schlaflieder vorsang und seine Tränen trocknete. Ihm beibrachte, wie man Fußball spielt und kocht. Am Ende habe ich gewonnen. Doch ich werde niemals vergessen, wie viel Schmerz mir Niall zugefügt hat.

Ich kehre zurück in die Wärme des Wohnzimmers, wo meine Familie immer noch beisammensitzt. Ich schaue zum Fernseher. Sieht so aus, als wären sie bereits halb durch den Film durch.

»Da bist du ja!« Renzo lächelt zu mir auf und drückt auf Pause. »Setz dich. Soll ich dir das Essen aufwärmen?«

»Nein. Ich esse später was.« Ich schüttle den Kopf und lasse mich neben Flora nieder, die sich an mich kuschelt. Abwesend streiche ich ihr übers Haar.

»Sicher? Du hast kaum etwas gegessen.«

»Ehrlich, ich hab keinen Hunger.«

»Alles in Ordnung bei der Arbeit?«

»Ähm, ja. Bloß eine quenglige Kundin, mit der ich von vorne bis hinten alles durchkauen sollte.«

»Etwas viel verlangt an einem Sonntag.« Renzo verdreht die Augen.

»Du sagst es.«

Auf meinem Handy geht eine weitere Nachricht ein. Ich werfe einen Blick darauf und fühle das Adrenalin heiß in meine Adern schießen.

»Nicht schon wieder«, sagt Renzo.

»Nein, es ist nichts«, wiegle ich ab, meine Stimme hört sich in meinen eigenen Ohren seltsam an.

»Sicher?«

»Jep. Lasst uns den Film gucken.«

Er nickt und drückt auf Play. Ich lehne mich auf dem Sofa zurück. Ich merke, dass mir die Hände zittern, also schiebe ich sie mir zwischen die Oberschenkel. Der Fernseher ist laut, er wetteifert mit der Wucht meiner Gedanken. Ich sollte mich auf den Film konzentrieren. Die Zweifel verdrängen.

Für sie ist es zu spät.

# FÜNFUNDDREISSIG

## BETH

Der Abend kühlt ab und die Promenade leert sich. Ich bleibe auf der Bank sitzen. Wie betäubt. Ich sollte mich bewegen. Irgendetwas tun. Irgendwo hingehen. Meine größte Angst besteht gerade darin, dass Niall zurückkommen und mit mir reden könnte. Dass er meinen Schock durchbrechen und mich dazu bringen könnte, etwas zu fühlen. Dabei möchte ich nichts anderes tun, als die Zeit anzuhalten. Alles anzuhalten. Denn ich weiß: Sobald ich mich bewege, muss ich mich den Tatsachen stellen.

Die einzigen Empfindungen, die ich mir erlaube, sind körperliche. Mein Durst. Die Blase an meiner rechten Fußsohle. Mein trockenes, angespanntes Gesicht. Meine juckenden, müden Augen.

Ein Gedanke schleicht sich an. Meine Kinder sind bei Luciana. Ich muss sie abholen. Aber wie kann ich ihnen gegenübertrete, ohne mir etwas anmerken zu lassen? Vielleicht könnte ich Luciana bitten, sie bei ihr übernachten zu lassen. Würde ihr das etwas ausmachen? Wenn ich mein Portemonnaie dabeihätte, würde ich in ein Hotel einchecken, statt zur Villa zurückzukehren. Aber das habe ich nicht. Ich werde also dorthin zurückmüssen. Ich würde die ganze Nacht auf dieser Bank bleiben, wenn ich keine Bedenken dabei hätte, allein hier draußen zu sein, oder die Polizei dann nicht auf mich aufmerksam werden würde. Nein. Ich werde zurückgehen und in einem der Gästezimmer schlafen. Ich muss nicht mit Niall sprechen. Nicht, solange ich nicht bereit dazu bin. Ich glaube nicht, dass ich es momentan überhaupt aushalten würde, ihn auch nur anzusehen.

Jedes Mal, wenn ich daran denke, was er getan hat, überrollt mich eine neue Welle des Schmerzes und der Wut. All die Jahre, vergeudet an einen Mann, der meine Liebe nicht verdiente. Gleich von Beginn an war er untreu. Hat unsere Ehe deshalb so geschwankt? Wegen seines Betrugs? Wenn er dieses Geheimnis vor mir hatte, was hat er dann noch alles verschwiegen? Wie ich Niall kenne, denkt er wahrscheinlich, er kann sich aus der Sache herausreden. Aber nie im Leben werde ich ihm das hier verzeihen können. Er muss einsehen, dass er eine Grenze überschritten hat. Dass er den Preis für seine Taten zahlen muss.

Inmitten dieses Wirbels schießt mir der Gedanke in den Kopf, dass ich jetzt wirklich Luciana wegen der Jungs benachrichtigen sollte. Ich nehme mein Handy und tippe auf das Display, aber es bleibt schwarz. Ich versuche es erneut. *Nichts.* Ohne jede Wirkung drücke ich den An-/Aus-Knopf. Der Akku ist leer. Ich frage mich, wie viel Uhr wir haben. Hoffentlich ist es noch nicht allzu spät. Ich ziehe die Schuhe an und stehe auf. Mein ganzer Körper fühlt sich steif und kalt an, mein Kleid ist zerknittert. Ich muss zurück. Kurz denke ich an die beiden Männer, die ich vorhin auf dem Corso Reginna gesehen habe. Ich habe keine Angst mehr davor, ihnen zu begegnen. Ich merke, dass sie mir vollkommen egal sind. Ich glaube nicht, dass mich jetzt überhaupt irgendetwas erschrecken oder einschüchtern könnte. Darüber bin ich einfach so weit hinaus.

Ich mache mich auf den Weg. Es herrscht kaum noch

Verkehr. Nur gelegentlich fährt ein Auto oder Moped vorbei. Die Läden haben schon alle zu und die Restaurants machen dicht, die Lichter erlöschen nach und nach und Türen werden geschlossen. Meine Schritte hallen laut auf dem grauen Pflaster. Ich werde zurück zur Villa gehen, ein großes Glas Wasser trinken, mein Handy an den Strom legen und Luciana schreiben. Sie fragen, ob es ihr etwas ausmacht, die Jungs über Nacht dazubehalten. Und danach ... *was?* Schlafen gehen? Ich bezweifle es. Ein flüchtiger Gedanke ermahnt mich, die Konfrontation bis morgen warten zu lassen. Bis ich mich etwas beruhigt habe. Aber ich bin mir nicht sicher, ob ich das schaffe.

Als ich mich unserer Straße nähere, ziehen sich mir Magen und Kehle zusammen. Kein Lüftchen rührt sich. Ein Hund bellt in der Ferne und aus einem vorbeirauschenden Auto ertönt Discomusik. Auf dem letzten Stück zur Villa versuche ich, den Hagel meiner widersprüchlichen Gedanken und Sorgen abzuwehren. Bedeutet das für Niall und mich wirklich das Ende? Soll ich ihm jetzt gleich gegenübertreten oder es sein lassen? Soll ich Amber anrufen und mir ihre Version der Geschichte anhören? Nein. Meine Entscheidung von eben, alles bis morgen ruhen zu lassen, ist die bessere, obwohl in meinem Blut das Bedürfnis kocht, ihn anzuschreien. Es ihm so richtig zu geben.

Als ich das Haus erreiche, wundere ich mich darüber, es in völliger Dunkelheit daliegen zu sehen. Ich durchschreite die Auffahrt und nähere mich der Haustür, doch die Sicherheitsbeleuchtung springt nicht an. Ich halte inne und schüttle einen kurzen Anflug von Angst ab. Ich habe gerade keinen Platz dafür. Nicht, nachdem sich mein ganzes Leben auf den Kopf gestellt hat.

Die Haustür ist nicht abgeschlossen, die Diele dahinter dunkel. Nicht einmal die extravagante Treppe leuchtet. Ich schalte das Licht an, kicke mir die Schuhe von den Füßen und gehe geradewegs in die Küche, wo ich eine Flasche Wasser aus dem Kühlschrank hole und mir ein Glas einschenke. Ich stürze es in einem einzigen langen Schluck herunter und gieße mir dann direkt noch eins ein. Ich spüre, wie mir das Wasser kühl die Speiseröhre hinunterrinnt und in meinem Magen landet. Als ich ausgetrunken habe, umklammere ich die Theke und schließe für einen Moment die Augen, um mich zu beruhigen. Ich kann nicht fassen, dass ich immer noch keine Träne vergossen habe. Bestimmt stehe ich unter Schock.

Im Haus herrscht Stille. Ich öffne die Augen und spitze die Ohren, lausche auf ein Geräusch von Niall. Ich war mir sicher, er würde wach bleiben und auf mich warten, um noch einmal zu versuchen, auf mich einzureden. Vielleicht schläft er doch schon. Eine weitere dunkle Zorneswolke braut sich in mir zusammen. Nicht einmal aufbleiben konnte er! Ich hätte ihn zwar ohnehin wie Luft behandelt, doch die Feststellung, dass er mich derart geringschätzt, macht mich rasend wütend. Dass er nach so einer entsetzlichen Enthüllung einfach so ins Bett gehen konnte, ohne auch nur zu versuchen, mich zurückzuge-winnen. Dass er überhaupt schlafen kann.

Ein dumpfer Schlag von oben sagt mir, dass er noch auf ist. Jegliche Gedanken daran, die Konfrontation bis morgen warten zu lassen, sind verflogen. Ich werde niemals schlafen können, solange diese heftigen Gefühle in mir wüten. Ich beiße die Zähne zusammen und verlasse die Küche. Während ich barfuß die Treppe hinaufmarschiere, komme ich mir vor, als wäre ich gar nicht mehr mit meinem Körper verbunden. Meine Gedanken rasen, lodern, schwellen zu sehr an, als dass sie sich noch weiter zügeln lassen würden. Ich muss um mich schlagen. Meinem Mann schonungslos sagen, was ich von seinem Betrug und seinen Lügen halte. Ich stürme den Flur entlang und hole tief Luft, bevor ich die Schlafzimmertür aufreiße.

Es ist dunkel. Die Schiebetüren zum Balkon stehen offen. Ich schalte das Licht nicht an, weil ich keine Insekten anlocken will. Ich schüttle den Kopf. Warum zum Teufel mache ich mir darüber Gedanken? Das muss die Gewohnheit sein. *Seltsam.* Das Zimmer ist leer, in unserem Bett hat niemand gelegen. Ich gehe durchs Ankleidezimmer ins Bad und wappne mich dafür, meinem Mann gegenüberzutreten und gepflegt auszuticken. Doch auch diese beiden Räume sind dunkel und verlassen. *Der Balkon.* Vermutlich ist er da draußen und brütet in der Dunkelheit vor sich hin. Das sähe ihm ähnlich.

Ich gehe zurück ins Schlafzimmer und durchquere kampfbereit den Raum. Ich habe die Fäuste geballt, Adrenalin flutet meine Adern. Ich trete auf den Balkon hinaus.

Er ist leer.

Mir fällt auf, dass wir die beiden Liegestühle hier noch gar nicht genutzt haben. Als wir gerade frisch angekommen waren, dachte ich, wie schön es wäre, hier oben unseren morgendlichen Kaffee zu trinken und auf den Pool hinauszublicken. Zusammen. Tja, das wird nun nie mehr passieren. Ich stoße ein leises bitteres Lachen aus. Warum quäle ich mich überhaupt mit solchen Gedanken?

Ich umfasse das Geländer, starre einen Moment lang machtlos in den dunklen Garten hinaus und höre dem Zischen der Rasensprenger zu. Ein Geräusch aus dem Schlafzimmer lässt mich zusammenschrecken. Das muss mein Mann sein. Gerade will ich herumwirbeln und ihm klipp und klar entgegenschleudern, was ich über ihn denke. Aber genau in dem Augenblick, in dem ich diesen Gedanken fasse, erregt etwas unterhalb des Balkons meine Aufmerksamkeit. Ein dunkler Umriss auf der Terrasse.

Kein Umriss.

Ein Mann, der mit dem Gesicht nach oben daliegt.

Ich stoße einen spitzen Schrei aus. Ich kann nicht glauben, was ich da sehe. Er liegt regungslos da, mit einem fürchterlichen, dunklen Fleck um seinen Kopf. Es sieht aus, als wäre er tot ...

*Es ist mein Mann. Es ist Niall.*

# SECHSUNDDREISSIG

## BETH

Ich starre vom Balkon auf meinen Mann auf der Terrasse hinab. Das Entsetzen lässt Übelkeit in mir aufsteigen. Sein Gesicht ist regungslos. Sein Körper in einem unnatürlichen Winkel verrenkt.

»*Niall*«, rufe ich erstickt.

Mein Atem geht stoßweise. Ich muss da runter. Ich muss einen Rettungswagen rufen. Ich krame in meiner Tasche nach meinem Handy, da fällt mir ein, dass der Akku leer ist. Ich verlasse den Balkon, rausche aus dem Schlafzimmer, raufe mein Kleid zusammen und rase die Treppe hinunter, durch die Küche und zu den Schiebetüren. Sie sind abgeschlossen, mit zitternden Fingern drehe ich den Schlüssel. Ich ziehe die Tür auf und stocke einen Moment, als ich den gebrochenen Körper meines Mannes auf der Terrasse liegen sehe, eine dunkle Blutlache um seinen Kopf.

»Niall!«, rufe ich erneut.

Besteht irgendeine Chance, dass er noch lebt? Ich mache einen Schritt auf ihn zu, entsetzt von seiner Reglosigkeit, seinem offen stehenden Mund, dem Blut auf der Terrasse, der Art, wie seine Beine abknicken. Ich gehe in die Hocke und berühre zögerlich seine Wange. Sie ist noch warm, fühlt sich aber anders an. Seine Haut sieht blass und wächsern aus. Ich kann nicht glauben, dass diese leblose Gestalt mein Mann ist. *Wie ist das möglich?* Ich muss an die Wärme von Nialls Haut denken, den Klang seiner Stimme, seine mächtige Ausstrahlung. Selbst nach der furchtbaren Erkenntnis seiner Untreue und meinen mörderischen Gedanken ihm gegenüber hätte ich das hier niemals gewollt! Ich beginne zu zittern.

Kann das wahr sein? Ich muss einen Rettungswagen rufen ... und die Polizei. Ich muss hineingehen und mein Handy aufladen, doch scheinbar kann ich mich nicht mehr bewegen. Es erscheint mir falsch, ihn hier einfach so zurückzulassen.

Ist er gestürzt? Ich blicke hinauf zum gläsernen Balkongeländer, das beinah brusthoch ist. Selbst im betrunkenen Zustand unmöglich, aus Versehen darüber zu fallen.

Sicherlich hätte er sich das nicht selbst angetan. Ich weiß, wir hatten einen schlimmen Streit, aber ich kann nicht glauben, dass er etwas so Endgültiges tun würde. Nein. Ich kann mir nicht vorstellen, dass Niall jemals zu so etwas fähig wäre.

Die einzige andere Möglichkeit ist also ...

Ich erstarre in absolutem Grauen, als ich hinter mir die sanfte Stimme eines Mannes höre. Jemand mit italienischem Akzent. Meine Beine werden zu Gummi und mein Herz rast.

»*Amber*«, sagt er. »Du bist hier.«

Wer *ist* das? Ich habe zu viel Angst, um auch nur den Mund zu öffnen. Langsam drehe ich mich um und bewege mich rückwärts, weg von meinem Mann und weg von diesem Eindringling.

Hat dieser Mann mich Amber genannt? Oder habe ich mir das nur eingebildet? Ist es einer der Männer, die nach den Masons gesucht haben? Will er mir etwas antun? Wenn ich könnte, würde ich noch weiter zurückweichen, aber ich befinde mich am Rand des Pools. Ich kann nicht weiter. Ich habe Angst, dass er sich auf mich stürzen wird. Hat dieser Mann Niall vom Balkon gestoßen? Kalter Schweiß prickelt mir auf der Haut.

Ist das meine Schuld? Wenn ich mit Niall nach Hause gegangen wäre, wäre das vielleicht niemals passiert.

Vielleicht würden wir dann aber auch beide tot auf der Terrasse liegen.

Der Mann steht im Schatten. Er hebt sich bloß als dunkler Umriss hervor, wie eine Skulptur aus schwarzem Eis. Dann macht er einen Schritt vorwärts in den Lichtkegel, der aus der Küche dringt. Ich schreie spitz auf. Jetzt kann ich seine Züge erkennen – er ist dunkelhaarig und unglaublich gutaussehend, trägt eine dunkle Anzughose und ein weißes, oben geöffnetes Hemd. In seinen Augen liegt ein eigenartiges Funkeln. Ich habe diesen Mann noch nie zuvor gesehen. Er ist keiner der Gangster, die heute Morgen vor der Tür standen. Vielleicht arbeitet er mit ihnen zusammen. Ich bebe am ganzen Körper. Will er mich auch umbringen? Meine Gedanken rasen. Hat er mich gerade Amber genannt oder habe ich es mir nur eingebildet?

»Wer *sind* Sie?«, frage ich mit kraftloser Stimme. »Haben Sie meinen Mann umgebracht?«

Er sieht mich verwirrt an. Wütend. Er beachtet meine Fragen nicht und stellt selbst welche. »Wer sind Sie? Was tun Sie hier?«

»Ich heiße Beth. Wir sind hier im Urlaub.« Meine Stimme klingt hoch und zittert. Ich klinge erbärmlich. Wie das nächste Opfer.

Der Duft seines Eau de Cologne wabert mir warm und moschusartig entgegen. Ungewohnt. Der Geruch bleibt mir in der Kehle hängen, und einen Augenblick lang denke ich, ich muss mich übergeben. Ich schlucke und versuche, normal zu atmen, doch mein Körper ist genauso wie mein Geist in hellem Aufruhr.

»*Hallo!*« Die Stimme einer Frau erklingt von jenseits der Küche, ich höre Schritte auf den Fliesen. »Beth? Bist du da?«

Luciana. Gott sei Dank! Ich bete, dass sie die Jungs nicht dabeihat.

Die Augen des Mannes werden groß und er wirft einen hastigen Blick hinter sich.

»Hol Hilfe!«, will ich in Lucianas Richtung schreien, aber es kommt bloß als schwaches Keuchen heraus. Meine Kehle hat sich zusammengeschnürt. Ich schiebe mich ein paar Schritte am Rand des Pools entlang und überlege, ob ich es schaffen würde, an dem Mann vorbeizustürmen, ohne dass er mich abfängt.

Ich setze zur Bewegung an, er macht einen Schritt auf mich zu. Ich kreische auf und haste zur Seite. Ich hieve eine Topfpflanze an der Ecke des Pools hoch und schleudere sie ihm entgegen. Der Topf zerschmettert auf den Fliesen, ohne sein Ziel zu erreichen, aber immerhin hält ihn das auf, er dreht sich um und flieht ins Haus. Ich atme aus, das Herz wummert mir in der Brust, meine Knie sind wacklig.

Mit einem Schlag finde ich meinen Mut und meine Stimme, und folge dem Mann. »Vorsicht, Luciana!«, schreie ich. »Ein Eindringling! Er kommt auf dich zu!«

»Mum!«

*Oh nein! Connor!* Mein Magen verdreht sich beim Klang seiner Stimme. Bitte lass diesen Mann meinen Jungs nichts tun, und lass sie nicht ihren Vater da draußen auf der Terrasse sehen.

»Connor! Liam! Raus hier! Lauft weg und versteckt euch!«, kreische ich und rutsche in meiner Eile, sie zu erreichen, fast aus. Ich rase durch die Küche und sehe, wie der Mann an Luciana vorbeistürmt, und an den Jungs, vor die sie sich schützend gestellt hat.

Die Haustür steht weit offen, und dort sehe ich noch jemanden. Einen Mann. Könnte es ein Komplize sein? »Pass auf, hinter dir!«, rufe ich ihr zu und zeige auf den zweiten Mann.

»Matteo!«, ruft Luciana. Sie schreit etwas auf Italienisch,

und mit plötzlicher Erleichterung wird mir klar, dass die andere Person Lucianas Bruder ist.

Als ich an der Treppe ankomme und meine Kinder an mich drücke, sehe ich, wie Matteo den Eindringling mit einem lauten Krachen zu Boden wirft.

Luciana schreit ihnen immer noch zu. Nun, da ich die Jungs habe, rennt sie zur Haustür, wo Matteo und der Eindringling am Boden miteinander ringen. Es sieht aus, als versuchte Matteo, ihn dort festzuhalten, aber sie rollen herum, treten und schlagen um sich. Luciana sieht aus, als wollte sie ihrem Bruder helfen, doch die beiden sind das reinste Gewirr aus Armen und Beinen.

»Pass auf, Luciana!«, rufe ich. »Ruf die Polizei!«

»Mach ich!«, gibt sie zurück.

Hätte ich doch bloß mein Handy aufgeladen, sobald ich zu Hause war. »Geht es euch Jungs gut?«, schnaufe ich.

Connor nickt. Ich versuche, sie vom Geschehen abgewandt zu halten. Liam hat das Gesicht an meiner Brust vergraben, aber Connor will immer wieder zur Tür schauen, seine Augen sind vor Entsetzen geweitet. »Ist das der Einbrecher von gestern?«, fragt er.

Liam hat angefangen zu weinen. »Ich will nach Hause, Mummy.«

Ein Schmerzensschrei, entweder von Matteo oder dem Eindringling, lässt uns drei zusammenfahren. Luciana spricht wild gestikulierend in ihr Handy. Tränen strömen ihr übers Gesicht.

Der Eindringling schlüpft unter Matteo hervor. Er rappelt sich auf. Ich schiebe die Jungs hinter mich, falls er zurück ins Haus kommt. Ich traue mich nicht, sie wegzuschicken, um sich zu verstecken, denn dann entdecken sie nachher noch ihren Vater. Beim Gedanken an Niall, der dort draußen liegt, geben meine Knie nach und ich muss mich fangen, um nicht zusammenzubrechen.

Ich hoffe, Luciana hat die Polizei erreicht. Bitte lass sie schnell hier sein. Matteo schreit vor Schmerz und ruft nach Luciana. Sie läuft zu ihm und fällt auf die Knie. Er spricht leise und schnell. Sie schreit auf und zückt sofort wieder das Handy.

Ich bin hin- und hergerissen, ob ich so nah wie möglich bei meinen Kindern bleiben oder nachschauen soll, ob der Eindringling wirklich fort ist. Ich wende mich an Connor. »Setzt euch hier unten an die Treppe. Bewegt euch nicht. Ich gehe nur rüber zu Luciana, okay?«

Zum Glück protestiert er nicht. Er nimmt Liams Hand und setzt sich. Sobald ich sie dort sitzen sehe, eile ich zur Tür, wo sich Matteo mit bleichem Gesicht und keuchendem Atem aufrichtet. Ich muss Luciana von Niall erzählen und ihr sagen, sie soll einen Rettungswagen rufen, aber die Jungs sollen es nicht mitbekommen.

»Der Mann, er hatte ein Messer!«, schreit Luciana und packt mich beim Arm. »Er hat auf meinen Bruder eingestochen!«

Mein Blick schießt zu Matteo und zu meinem Entsetzen sehe ich ein kleines Messer in seiner Schulter stecken. Hellrotes Blut befleckt seine weiße Kochjacke. Es ist zwar nicht allzu viel, aber genug, um zu erkennen, dass er dringend medizinische Hilfe braucht.

Luciana spricht ins Handy und fuchtelt mit den Händen in Richtung ihres Bruders.

»Geht es ihm gut?«, rufe ich.

»Ich bin okay«, ächzt er. Danach sieht er allerdings nicht aus.

Luciana sieht mich mit panischem Blick an. »Bist du auch verletzt?«

Ich schüttle den Kopf. »Nein, ich nicht.« Ich denke an Niall, und eine Welle des Schwindels überrollt mich. Das alles fühlt sich an wie in einem Horrorfilm.

»Dein Mann?«, ruft Luciana. »Wo ist er? Oben?«

»Sch.« Ich lege einen Finger an die Lippen und werfe einen Blick zurück durch den Türrahmen, um zu sehen, ob die Kinder auch nichts hören. Doch sie haben sich dicht zusammengekauert, die hängenden Köpfe zusammengesteckt und reden miteinander.

»Niall ist verletzt?«, fragt sie mit gesenkter Stimme.

Ich schüttle den Kopf und presse die Lippen aufeinander. Ich kann es nicht laut aussprechen.

»Was?« Sie runzelt die Stirn.

»Niall ... Er ist ...« Ich schüttle wieder den Kopf.

»*Was?*« Ihre Augen weiten sich, als sie versteht, was ich zu sagen versuche.

Ich nicke. »Er ... Er ist draußen auf der Terrasse.«

Sie nimmt meine Hand und drückt sie. »Die Polizei und ein Rettungswagen sind auf dem Weg.«

Meine Kehle schnürt sich zu. »Es ist zu spät für einen Rettungswagen. Ich sollte nach ihm sehen, aber ich muss mich um meine Jungs kümmern und sie sollen nicht sehen ...« Mir bricht die Stimme. Ich weiß, dass Niall tot ist, aber mein Kopf will es nicht begreifen.

»Natürlich musst du bei den Jungs sein«, antwortet Luciana. »Bleib hier. Bitte hab ein Auge auf Matteo. Ich sehe nach deinem Mann.«

»Sicher?«

Sie nickt und sagt auf Italienisch etwas zu ihrem Bruder, bevor sie durch die Küche auf die Terrasse verschwindet. Ich schlinge die Arme um die Jungs und warte. Matteo sitzt gegen die Wand gelehnt auf dem Dielenboden.

»Wie fühlst du dich?«, frage ich schließlich nutzlos.

»Ich werde wieder«, antwortet er, aber sein Gesicht ist blass und ganz offensichtlich hat er Schmerzen. »Ich habe versucht, den Mann aufzuhalten, aber er hatte das Messer, also konnte ich nicht ...« Er schüttelt den Kopf und zuckt zusammen.

»Ich kann nicht fassen, dass du ihn umgehauen hast«, gebe

ich zurück. »Danke, dass du ihn aufzuhalten versucht hast. Es tut mir so leid, dass er dich verletzt hat. Wirklich.«

Matteo schließt die Augen. Hoffentlich braucht der Rettungswagen nicht mehr lange.

Luciana kommt mit einem Glas Wasser zurück, das sie ihrem Bruder an die Lippen hält. Sie sieht zu mir herüber und schüttelt mit Trauer im Blick knapp den Kopf.

Ich schlucke und lasse die Gewissheit einsinken. Niall ist tatsächlich tot. Es wirkt nicht real.

»Wo ist Dad?«, fragt Connor.

Mein Herz gerät ins Schlingern.

»Euer Vater ist gerade nicht hier«, sagt Luciana.

Ich unterdrücke einen Schluchzer, ich darf nicht weinen. Noch nicht. Ich muss für meine Kinder stark sein. Für die Nachricht, die ich ihnen überbringen muss. Wie soll ich ihnen sagen, dass ihr Vater tot ist?

# SIEBENUNDDREISSIG

## BETH

Die Polizei und die Rettungswagen treffen endlich ein, und alles verschwimmt zu einem Wirbel aus Menschen, Lichtern und Geräuschen aus Polizeifunkgeräten. Zuerst sprechen sie mit Matteo und Luciana, davon verstehe ich kein Wort. Sie warten auf einen Polizisten, der fließend Englisch spricht und meine Aussage aufnehmen kann. Kurz darauf kommt Luciana zu dem Mäuerchen in der Einfahrt herüber, wo ich mit den Jungs sitze.

»Wie geht es euch?«, fragt sie und legt mir eine Hand auf den Arm.

Ich zucke mit den Schultern und schüttle den Kopf, ich bekomme kein Wort heraus.

»Die Polizei sagt, dass, wenn es für dich in Ordnung ist, Connor und Liam heute Nacht bei mir bleiben können, während du hier mit ihnen sprichst.«

Wacklig stehe ich auf. Mein erster Impuls lautet, dass ich die Jungs bei mir haben möchte. Doch ich weiß, dass es besser für sie wäre, nicht dabei zu sein, wenn ich mit der Polizei spreche. Ich nicke meiner Freundin zu und bemühe mich, angemessen dankbar zu klingen, dabei verlangt es mir schon alles ab, überhaupt einen Satz zu formulieren. »Das wäre toll, Luciana. Danke.« Ich bedeute ihr, mir außer Hörweite der Jungs zu folgen. »Ähm ...« Ich schlucke. Mein Mund ist trocken und mein Kopf wie benebelt, aber ich muss sicherstellen, dass es meinen Kindern gut geht. »Connor und Liam wissen noch nichts von Niall, also sag bitte nichts zu ihnen.«

»Natürlich. Ich sage nichts. Ich habe den Polizisten von deinem Mann erzählt. Sie warten noch auf das Spezialteam. Die, die sich den Tatort angucken.«

»Die Spurensicherung.«

»Genau.« Sie nickt.

Ich hole tief Luft. »Es tut mir leid wegen Matteo. Geht es Marco und Gianni gut? Musstest du sie allein zu Hause lassen?«

»Meine Nachbarin ist da. Bei ihnen ist alles in Ordnung. Und Matteo erholt sich auch wieder. Der *Paramedico* meinte, es ist nicht allzu schlimm, aber sie bringen ihn zur Behandlung ins Krankenhaus.«

»Ich bin erleichtert, das zu hören«, antworte ich und schlinge mir die Arme um den Körper. »Ich bin so froh, dass ihr im richtigen Augenblick aufgetaucht seid.«

»Ja, ich hatte dich vorhin angerufen, um zu fragen, ob die Jungs bei Marco und Gianni übernachten sollen, aber ich bin immer auf der Mailbox gelandet. Ich habe dir auch geschrieben, aber keine Antwort bekommen.«

»Es tut mir leid. Mein Akku war leer.« Ich sage nichts von Nialls Enthüllung über Amber oder unseren anschließenden Streit. Das kann ich gerade alles noch gar nicht verarbeiten, geschweige denn darüber reden.

»Okay.« Luciana tätschelt mir die Hand. »Na ja, ich habe mir Sorgen gemacht und dachte, es ist vielleicht etwas passiert. Deshalb bin ich mit den Kindern hergekommen, um zu sehen, ob alles okay ist. Matteo meinte, er kommt mit, weil es ihm nicht gefiel, uns nachts allein rausgehen zu lassen. Dann kamen wir hierher ... und dann ...« Sie wirft die Hände nach oben und macht ein Geräusch, als würde eine Bombe explodieren.

»Ich dachte, dieser Mann würde mich umbringen.« Ich schlinge die Arme noch enger um mich und beiße mir auf die Lippe, um die Tränen zurückzuhalten. »Ich glaube ... Ich glaube, wenn ihr nicht genau in der Sekunde aufgetaucht wärt, wäre ich jetzt vielleicht tot.«

Luciana schüttelt den Kopf und murmelt sich selbst ein paar Worte auf Italienisch zu. Sie nimmt meine Hand und drückt sie, aber durch das dumpfe Kribbeln in meinen Fingern spüre ich ihre Berührung kaum.

»Es tut mir so leid wegen ...« Sie zögert einen Moment. »Wegen Niall. Du musst unter Schock stehen. Bleib heute Nacht nicht hier. Nachdem du mit der Polizei gesprochen hast, kommst du rüber und übernachtest bei mir, okay? Lass dich von der Polizei am Restaurant absetzen.«

»Danke.« Meine Stimme hört sich durch das Rauschen in meinen Ohren weit entfernt an. »Ich glaube, ich möchte nie wieder einen Fuß in dieses Haus setzen.«

»Nein, natürlich nicht. Wie schrecklich. Du tust mir so leid, und was passiert ist, tut mir auch so leid. Wollte er euch ausrauben?«

Ich zucke mit den Schultern. »Ich weiß nicht. Der Mann ...« Ich schlucke. »Der Mann, der Matteo verletzt hat, dachte, ich sei Amber. Ich glaube, er kannte sie.«

Bei dieser Neuigkeit weitet Luciana die Augen. Sie hat ja keine Ahnung. Aber ich habe noch nicht die Kraft, über alles zu sprechen. Ich bin mir auch nicht sicher, wie viel ich der Polizei sagen soll. Ist mein Streit mit Niall auf irgendeine Weise wichtig für das, was passiert ist? Nicht wirklich. Außer, dass Niall allein zum Haus zurückgekehrt ist. *Niall*. Ich kann nicht glauben, dass ich ihn nie mehr wiedersehen werde.

»Okay, dann nehme ich die Jungs jetzt wieder mit zu mir?«, fragt Luciana.

»Danke«, antworte ich. Mir graut vor der Vorstellung, hier allein zurückzubleiben, aber ich weiß, dass Connor und Liam so schnell wie möglich von hier weg sollten, bevor sie Wind davon bekommen, was vorgefallen ist.

Als ein weiteres Auto die Straße heraufkommt, nickt Luciana entschlossen. »Ich verschwinde jetzt mit den beiden.«

»Danke. Ich komme nach, sobald ich kann.«

»Du solltest dein Handy aufladen«, rät sie. »Falls du es brauchst.«

»Mach ich.« Doch beim Gedanken daran, das Haus noch einmal zu betreten, beginne ich wieder zu zittern.

Luciana geht zu meinen Söhnen hinüber. Ich möchte sie dicht bei mir behalten, aber ich weiß, dass es so das Beste für sie ist. Sie müssen ruhig bleiben und versuchen, etwas Schlaf zu bekommen. Morgen ist genug Zeit, ihnen das Herz zu brechen.

Ich umarme und küsse sie beide. Ihre Augen sind glasig vor Erschöpfung und Schock. Mit jeder Faser meines Körpers will ich mit ihnen gehen, aber ich muss hierbleiben und mit der Polizei sprechen. Ich muss herausfinden, was hier passiert ist.

»Ihr geht jetzt wieder mit Luciana mit, okay?«, sage ich zu ihnen.

»Wann kommt Dad?«, will Connor wissen.

»Ich will bei dir bleiben.« Liam wirft sich mir entgegen und vergräbt den Kopf an meinem Bauch.

»Warum sind hier so viele Polizisten?«, fragt Connor.

Bei ihren Fragen bekomme ich Panik. Soll ich ihnen die Wahrheit sagen? Mit einem Blick auf Liams tränenüberströmtes Gesicht ist klar, dass das jetzt zu viel für sie wäre. Ich werde es den beiden morgen erzählen.

»Alles klar, Jungs.« Ich versuche, meiner Stimme etwas Heiterkeit zu verleihen. »Wir hatten alle einen etwas anstrengenden Abend, ihr müsst jetzt also unbedingt mit Luciana zurückgehen und ihr Gesellschaft leisten, okay? Würdet ihr das für mich tun?«

Die Jungs schauen mich argwöhnisch an. Connor öffnet den Mund, um noch etwas zu sagen, aber Luciana kommt ihm zuvor, klatscht in die Hände und betont, sie müssten jetzt wirklich aufbrechen, weil Gianni und Marco sich bestimmt schon fragen, wo sie stecken. Ich werfe ihr einen dankbaren Blick zu, als sie sie fortlotst.

Während Luciana mit den Jungs davongeht, steigen drei Männer, locker in Jeans gekleidet, aus dem Auto auf der Straße aus und kommen die Auffahrt hoch. Einer von ihnen spricht einen Moment lang mit meiner Freundin. Sie zeigt in meine Richtung, dann lässt er sie gehen.

Einer der Männer, recht jung und mit hellem Haar, nickt mir zu, geht dann aber weiter zu den restlichen Polizisten. Die anderen zwei kommen auf mich zu, beide haben dunkle Haare und dunkle Augen.

»Mrs Kildare?«, sagt einer von ihnen auf beinah perfektem Englisch. Er trägt dunkelblaue Jeans und ein blassblaues Hemd mit hochgerollten Ärmeln. Ich schätze ihn auf Anfang vierzig. Sein Kollege sieht etwa zehn Jahre jünger aus.

»Ja, ich bin Beth Kildare«, antworte ich mit zitternder Stimme.

»Mein Name ist Stefano Motta, und das ist Aldo Di Napoli. Wir sind Ermittlungsbeamte. Wie wir hörten, ist heute Abend jemand in Ihr Haus eingedrungen. Unser Beileid wegen Ihres Mannes.«

»Danke.« Ich bekomme das Wort kaum heraus. Es fühlt sich alles so surreal an.

»Wir können uns hier unterhalten, Sie können aber auch mit aufs Revier kommen, wenn Ihnen das lieber wäre?«

»Hier bitte. Aber nicht im Haus.«

»In Ordnung. Könnten Sie hier zwei Minuten warten? Wir müssen mit unseren Kollegen drinnen sprechen, danach kommen wir direkt wieder zu Ihnen.«

»Okay.« Ich bin froh über den Aufschub.

Die zwei gehen in die Villa. Ich fühle mich unbeholfen und seltsam dabei, ganz allein mitten in der Auffahrt zu stehen, also gehe ich zum Mäuerchen zurück und setze mich wieder. Das Bild, wie mein Mann auf der Terrasse liegt, schießt mir immer wieder in den Kopf. Ich glaube nicht, dass ich jemals aufhören kann, daran zu denken. Wie verbannt man eine solche Erinnerung aus dem Gedächtnis? Ich zittere wieder. Ich bebe am ganzen Körper, als wäre ich besessen.

Eine Polizeibeamtin in Uniform kommt auf mich zu. Sie hat eine graue Wolldecke dabei, die sie mir mit einem warmherzigen Lächeln um die Schultern legt. Ich nicke als Dank, schaffe es aber nicht, die Lippen zu bewegen, um das Lächeln zu erwidern. Sie geht zurück zum Haus. Ich warte darauf, dass die beiden Ermittler wiederkommen, und frage mich, wie lange sie noch brauchen und wie lange es dauern wird, meine Aussage aufzunehmen. Ich wünschte, ich könnte mich einfach zu einer Kugel zusammenrollen und müsste über nichts hiervon nachdenken oder sprechen. Ich ziehe die Decke enger um mich.

Kurze Zeit später kehrt die Polizistin mit einem weißen Becher schwarzem Kaffee zurück, den sie mir in die Hand drückt. Die Wärme hilft, mein Zittern zu unterbinden. Ich nippe an der heißen Flüssigkeit und schere mich nicht darum, dass ich mir die Zunge und den Gaumen daran verbrenne. Es schmeckt bitter, aber auch süß. Normalerweise nehme ich keinen Zucker. Die Polizistin ist wieder verschwunden und mir fällt auf, dass ich ihr gar nicht gedankt habe. Ihre Freundlichkeit nicht mal ein kleines bisschen zur Kenntnis genommen habe.

Ich muss gedanklich abgedriftet sein, denn als ich wieder aufsehe, sind die beiden Ermittler zurück. Sie stehen vor mir und es fühlt sich eigenartig an, sitzen zu bleiben, während sie über mir aufragen. Ich glaube aber nicht, dass ich momentan stehen könnte.

»Wie fühlen Sie sich, Mrs Kildare?«, fragt der Ältere. Stefano hieß er, glaube ich.

Ich schüttle den Kopf. »Nennen Sie mich Beth.«

»Okay, Beth. Wir werden diese Aussage aufzeichnen. Mein Kollege Aldo nimmt das Gespräch mit dem Handy auf, einverstanden?«

Ich nicke.

Aldo nennt unsere Namen sowie die Zeit und den Ort. Er spricht ebenfalls Englisch, aber mit stärkerem Akzent.

Stefano verschränkt die Arme. »Wir wissen bereits, dass es hier gestern einen Einbruch gab. Können Sie uns bestätigen, dass dies nicht Ihr Wohnsitz ist, dass Sie britische Staatsbürger und im Urlaub hier sind?«

»Ja«, antworte ich. »Wir haben mit den Masons Häuser getauscht, sie wohnen hier.«

»Das heißt, sie machen Urlaub in Ihrem Haus im UK?«

»Ja.«

»Können Sie uns sagen, was hier heute Abend passiert ist?«, fragt er.

Ich nehme einen letzten Schluck Kaffee, dann stelle ich den Becher neben mir auf die Mauer. Ich beginne zögerlich und erzähle die Geschichte von dem Punkt an, an dem ich zum Haus zurückkam. Zwischendurch unterbrechen mich die beiden Ermittler und bitten um detaillierte Beschreibungen. Ich gebe mein Bestes, mich wahrheitsgetreu an alles zu erinnern. Ich beende meine Schilderungen an der Stelle, an der die Polizei am Haus ankam. »Meinen Sie, Sie erwischen ihn?«, frage ich. »Den Mann, der … den Eindringling?«

»Es sind bereits Kollegen unterwegs, die nach ihm suchen«, antwortet Stefano grimmig. »Ihre Freunde haben uns eine gute Beschreibung geliefert. Wir sind mit Spürhunden auf der Suche, außerdem gehen wir in der Nachbarschaft von Haus zu Haus und fragen, ob jemand etwas Verdächtiges bemerkt hat.«

Ich schlucke und schaue auf meine nackten Füße hinab, doch ich spüre Stefanos Blick auf mir.

»Sind Sie ganz sicher, dass Sie den Mann ›Amber‹ haben sagen hören?«, fragt er. »Besteht irgendeine Möglichkeit, dass Sie sich geirrt haben?«

Ich blinzle ein paarmal und versuche, mich zu erinnern. »Es ging alles so schnell.«

»Von eins bis zehn, wie sicher sind Sie, dass er ihren Namen genannt hat?«

»Ähm, vielleicht sechs? Er schien so verärgert, mich zu sehen, als hätte er jemand anderes erwartet.«

»Hätte er nicht auch verärgert sein können, weil Sie und Ihr Mann ihm in die Quere gekommen sind, während er versucht hat, Sie auszurauben?«

»Ich weiß nicht.« Ich sehe zu den beiden Männern auf. »Meinen Sie wirklich, es war ein fehlgeschlagener Raubüberfall?«

»Danach sieht es aus, aber momentan schließen wir noch nichts aus.« Stefanos Blick wird weich. »Gibt es einen Ort, an dem Sie heute Nacht bleiben können? Vielleicht bei Freunden? Ich denke, die Spurensicherung wird noch eine Weile brauchen.«

»Danke, ich übernachte bei meiner Freundin Luciana.«

Er nickt.

»Ich habe den Masons noch nicht Bescheid gesagt. Ich glaube nicht, dass ich sie heute Nacht noch anrufen kann. Das ist zu viel.« Meine Stimme bricht.

»Natürlich.« Stefano senkt den Blick. »Wir rufen sie an und setzen sie über alles in Kenntnis.«

Sie bitten mich um die Kontaktdaten, dann bietet Aldo an, mich bei Luciana abzusetzen. Es ist zwar direkt um die Ecke, aber ich nehme das Angebot an und folge ihm zum Auto.

Als er vom Bordstein wegfährt und die Villa hinter uns zurücklässt, denke ich an meinen armen Mann, der immer noch dort draußen auf der Terrasse liegt, umgeben von Polizeibeamten. Von *Fremden*. Das hätte er grässlich gefunden.

Niall und ich haben uns vielleicht gestritten, vielleicht standen wir sogar am Rand einer Trennung, aber ich spüre seine Abwesenheit so deutlich, als würde mir ein Körperteil fehlen. Seit fünfzehn Jahren ist er Teil meines Lebens. Er ist der Vater meiner Kinder. Er war der Mann, den ich geliebt habe. Ich kann nicht glauben, dass mir das passiert. Wir waren doch ein ganz normales Ehepaar, eine normale Familie, oder nicht? So etwas passiert nicht. Nicht uns.

Ich schiebe den Gedanken beiseite, dass es möglicherweise noch ein Kind von ihm gibt, das derzeit bei uns zu Hause wohnt. Ein verirrter Gedanke kommt mir in den Sinn. Dass Niall so hartnäckig darauf bestanden hat, nicht mit dem Familienporträt der Masons gegenüber unserem Bett schlafen zu wollen, lag vermutlich daran, dass er dann den Sohn hätte anschauen müssen, den er geleugnet hat.

Ich versuche, nicht daran zu denken. Das Gewirr aus Geheimnissen, das mein Mann mir hinterlassen hat, kann ein anderes Mal entknotet werden. Ich lehne mich auf dem Beifahrersitz zurück und schließe die Augen. Hier drinnen riecht es nach Zigarettenrauch und Lufterfrischer.

»Alles okay?«, fragt Aldo, als wir das Ende der Straße erreichen. Das Auto kommt zum Stehen und er wendet sich mir zu.

Ich schüttle den Kopf und lache erstickt auf. »Nein.«

»Versuchen Sie, heute Nacht ein bisschen zu schlafen«, sagt er und biegt in die leere Straße ein. »Essen und schlafen.«

Es klingt so einfach.

Aber ich kann mir nicht vorstellen, dass noch einmal etwas so einfach sein kann. Nach heute Abend nicht mehr.

# ACHTUNDDREISSIG

## AMBER

»Sind sie im Bett?«, frage ich und schaue von meiner Sofaecke auf. Nach dem Film waren beide Kinder am Gähnen, also beschlossen wir, sie früh ins Bett zu schicken. Franco war dagegen, aber ich gab nicht nach.

»Flora ist eingeschlafen, sobald sie den Kopf aufs Kissen gelegt hat«, sagt Renzo mit einem liebevollen Lachen. »Und bei Franco dauert es bestimmt auch nicht mehr lang. Sie sind heute beide müde.« Er setzt sich neben mich und zieht mich an sich, um mich zu küssen.

Kurz erwidere ich den Kuss. Dann löse ich mich widerwillig von ihm.

Er zieht den Kopf zurück und sieht mich an. »Was ist los?«

Normalerweise bin ich gut darin, meine Sorgen vor ihm zu verbergen, aber er hat meine fahrige Stimmung bemerkt. Ich antworte ihm nicht direkt.

»Amber?« Er legt den Kopf schief.

»Es ist etwas passiert«, sage ich. »Zu Hause.«

Renzo wird blass. Er richtet sich auf und rückt etwas vor, damit er mich richtig ansehen kann. »Was denn?«

»Mich hat eben jemand von der Polizei angerufen, Stefano Motta.«

»Ging es um den Einbruch gestern?«

»Mehr oder weniger.« Ich knete meine Hände im Schoß und hole Luft. Ich weiß nicht, was mit mir los ist. Sonst haben mich meine Emotionen nicht so sehr im Griff. Ich muss mich zusammenreißen.

»Amber, sprich mit mir.« Er macht die Augen schmal. »Hat es mit dem Einbruch zu tun?«

Ich schüttle mich. »Tut mir leid, ja. Es gab noch einen.«

»*Was?* Noch einen Einbruch?« Er stößt einen gedämpften Fluch aus, springt auf und reibt sich mit der Hand über den Kopf.

»Es kommt noch schlimmer«, sage ich.

Renzo wirft die Hände zur Seite. »*Schlimmer?* Inwiefern?«

»Offenbar ist Niall Kildare dem Typen begegnet, und ...« Ich lasse den Satz unvollendet stehen.

»Und?«

»Der Ermittler, Motta, meinte, es sieht so aus, als habe der Eindringling Niall vom Schlafzimmerbalkon gestoßen.«

»*Nein!*« Renzos Kinnlade klappt herunter.

»Er ist auf der Terrasse gelandet und ...« Ich zucke mit den Schultern und verziehe das Gesicht.

»Und *was*? Ist er verletzt?«

Ich schüttle den Kopf.

»Was, er ist *tot*?«

»Anscheinend. Ja.«

Renzo beginnt, im Wohnzimmer auf und ab zu laufen. »Ich glaube es nicht. Ich kann es einfach nicht glauben.«

Ich stemme mich vom Sofa hoch und lege ihm eine Hand auf den Arm.

»Das ist übel«, murmelt er. »Das ist so was von übel.«

»Ich weiß, aber wir hätten nichts dagegen tun können«, versuche ich, ihn zu beruhigen.

»Haben sie denjenigen wenigstens erwischt?«, fragt er und wartet wie erstarrt auf meine Antwort.

»Nein.« Ich schüttle den Kopf. »Er ist abgehauen.«

Renzo lässt die Schultern hängen.

»Offenbar waren Luciana und ihr Bruder im Haus.«

»Wer?« Er runzelt die Stirn.

»Du weißt schon, vom Restaurant Terrazza Luciana«, erkläre ich.

»Was haben *die* denn da gemacht?«

»Das ist eine lange Geschichte, aber der Eindringling hat Lucianas Bruder mit einem Messer in die Schulter gestochen, bevor er weggerannt ist.«

»*Nein!*«

»Aber es geht ihm gut. Das heißt, jedenfalls bald wieder.«

»Okay, ich schätze, das ist gut. Aber das ist ja der reinste Albtraum.« Renzo fährt sich mit der Hand durch die Haare.

»Ich weiß. Es ist schrecklich, aber es ist nicht unsere Schuld. Wenn man mal darüber nachdenkt, sind wir gerade noch einmal davongekommen. Stell dir mal vor, wir wären in dem Moment zu Hause gewesen. Das hätten wir sein können. Ich bin nur froh, dass das nicht *dir* passiert ist.« Ich will meinen Mann umarmen, aber er steht stocksteif da.

Er schüttelt mich mit gequältem Blick ab. »Du verstehst das nicht!«, ruft er. Eine Träne rinnt ihm die Wange hinunter und er beginnt zu zittern.

Ich starre meinen Mann an. Ich habe ihm etwas Furchtbares und Schockierendes verkündet, aber eine so heftige Reaktion rechtfertigt es dann doch nicht. Mein Mann ist emotional, wenn es um Familienangelegenheiten geht, aber diese Leute sind Fremde. »Renzo, was ist los? Ich weiß, es ist ein Schock, und was passiert ist, ist fürchterlich, aber wir sind in Sicherheit. Uns geht es gut. Es hätte so viel schlimmer kommen können, wenn wir zu Hause gewesen wären. Daran will ich gar nicht denken.«

Er bläst die Luft aus. »Ach, Amber, es tut mir leid. Ich habe etwas vor dir geheim gehalten.« Er schluckt. »Etwas Schlimmes.«

Mein Herz schlägt schneller. Renzo hat etwas vor mir geheim gehalten? Das sieht ihm nicht ähnlich. Ich bin diejenige, die Geheimnisse hat, nicht er. Mein Mann ist wie ein offenes Buch. So war er schon immer. Deshalb liebe ich ihn so sehr. Ich brauche seine Direktheit, seine Ehrlichkeit. Ohne sie wäre unsere Familie verloren.

Er geht zum vorderen Fenster und zieht die Vorhänge auf. Schaut auf die dunkle, ruhige Straße hinaus, auf den dunstigen Schein der Straßenlaternen.

»Renzo, wovon redest du?« Ich mache einen Schritt auf ihn zu, komme ihm aber nicht zu nah. Er wirkt, als bräuchte er etwas Abstand.

Er legt beide Hände an den Hinterkopf. »Die Einbrüche, der Mord an Niall Kildare ... Das waren keine Zufälle.« Er steht immer noch mit dem Rücken zu mir und schaut aus dem Fenster, sodass ich seinen Gesichtsausdruck nicht sehen kann.

»Wie kommst du darauf, dass es keine Zufälle waren?« Ich schlucke und erschaudere.

»Wir stecken in Schwierigkeiten, Amber.«

Das Herz rutscht mir in die Hose. Wovon spricht er da?

»Finanzielle Schwierigkeiten«, erklärt er und lässt die Arme wieder an die Seiten sinken.

*Was?* Das ergibt keinen Sinn. Wir waren immer sehr wohlhabend. Durch seine Luxus-Juweliergeschäfte und meine PR-Kunden haben wir das Glück, es finanziell nie schwer gehabt zu haben.

Während ich zu begreifen versuche, was er mir sagen will, dreht er sich langsam zu mir um, sieht mir einen kurzen Moment lang in die Augen und senkt dann den Blick zu einem Punkt auf dem Boden. »Erinnerst du dich noch, vor ein paar Jahren, als das Geschäft nicht so gut lief?«

»Vage«, antworte ich. »Aber ich dachte, das hättest du in den Griff bekommen.«

Er gibt ein knappes, bitteres Lachen von sich. »Habe ich auch. Aber damit habe ich es am Ende nur schlimmer gemacht.« Er sieht sich um. »Ich brauche einen Drink.«

»Ich mache noch eine Flasche auf«, sage ich und gehe in die Küche, wo auf der Theke eine Rotweinflasche wartet. Ich öffne sie, schnappe mir zwei saubere Gläser und nehme sie mit zurück ins Wohnzimmer, wo mein Mann inzwischen mit dem Kopf in den Händen auf der Sofakante kauert. Ich gieße uns ein und reiche ihm ein Glas. Ich fasse es nicht, dass er mir das verschwiegen hat. Ich war so sehr mit mir selbst beschäftigt, dass ich nicht genug auf Renzo geachtet habe. Ich hätte erkennen müssen, dass etwas mit ihm nicht stimmt. Wie konnte mir das entgehen?

Er hebt den Blick, nickt zum Dank und nimmt einen großen Schluck. »Amber, ich hatte gehofft, dir nichts davon sagen zu müssen.«

»Ich dachte, du könntest mir alles sagen«, gebe ich zurück und ziehe einen der Sessel heran. Ich setze mich ihm gegenüber und warte darauf, dass er fortfährt.

»Ich habe mir Geld geliehen, als Überbrückungshilfe für das Unternehmen. Das war kein Problem. Ich habe alles pünktlich zurückgezahlt. Das Geschäft nahm wieder Fahrt auf und ich bekam endlich so viel zusammen, dass ich die Schulden tilgen konnte.« Er räuspert sich. »Aber die Leute, von denen ich mir das Geld geliehen hatte ...«

»Moment mal«, unterbreche ich. »Du hast es dir nicht bei der Bank geliehen?«

»Nein. Ich habe es mir vom Freund eines Freundes geliehen. Er hat mir einen besseren Zinssatz angeboten, und es schien einfacher so.«

»Was für ein Freund?« Ich bekomme bereits ein äußerst ungutes Gefühl bei der Sache.

»Nicht direkt ein Freund. Du kennst doch Tony. Seinem Dad gehört der Keramikladen um die Ecke von unserem Geschäft.«

Ich schüttle den Kopf. »Ich glaube, ich kenne den Laden, aber Tony sagt mir nichts.« Ich beiße die Zähne zusammen. Ich hasse Tony jetzt schon.

»Na ja, wir kamen eines Abends ins Gespräch und er erwähnte, dass er ein paar gute Leute kennt.« Renzo nimmt einen weiteren großen Schluck Wein. »Nur waren sie keine guten *Menschen*.« Er drückt sich die Finger an die Stirn und senkt die Stimme, als könnte jemand mithören. »Sie wollten meine letzte Zahlung nicht annehmen. Sie behaupteten, dass der Deal sich geändert habe und ich stattdessen mit meinem Geschäft Geld für sie waschen solle.«

Bei seinen Worten läuft mir ein eisiger Schauer den Rücken hinunter. »Du machst Witze, oder?«

»Ich wünschte, das würde ich, Amber.«

Mir fehlen die Worte, mir steht der Mund offen.

Er spricht weiter: »Als du mir von der Häusertausch-Idee erzählt hast, dachte ich, es wäre eine gute Gelegenheit, zu entkommen. Um darüber nachdenken zu können, was ich nun tun soll. Ich habe ihnen schon gesagt, dass ich mich nicht darauf einlassen werde, aber das haben sie nicht besonders gern gehört. Ich glaube, sie hatten ursprünglich angenommen, dass ich das Geld nicht würde zurückzahlen können und dass sie mich daraufhin zu der Geldwäsche zwingen könnten. Als ich dann mit der letzten Rate ankam, hat ihnen das einen Strich durch die Rechnung gemacht. Jetzt wollen sie, dass ich es trotzdem mache. Sie wollten die Zahlung nicht annehmen. Ich weiß immer noch nicht, was ich deswegen unternehmen soll.«

»Du meinst also, die Einbrüche bei uns zu Hause hatten damit zu tun?«

»So muss es doch sein, oder? Ich hatte schon damit gerechnet, dass sie versuchen, mich einzuschüchtern, aber *Mord*? Was, wenn sie diesen Niall umgebracht haben, weil sie dachten, er wäre ich?«

»Nein.« Ich schüttle entschieden den Kopf. »Das glaube ich nicht. Du hast nichts Falsches getan. Du hast das Geld zurückgezahlt – jedenfalls das meiste, und den Rest hast du ihnen auch angeboten. Sie bringen doch niemanden um, der seine Schulden beglichen hat. Der Polizist meinte, es wäre einfach ein fehlgeschlagener Einbruch gewesen. Mach dir keine Sorgen, Renz. Es kommt alles in Ordnung.« Sein Geständnis schockiert mich, aber wenigstens hat er es mir nun erzählt. Wir können uns dem gemeinsam stellen.

Renzos Augen füllen sich mit Tränen und er verbirgt das Gesicht in den Händen. »Ich habe Scheiße gebaut, Amber. Es tut mir so leid. Kannst du mir jemals verzeihen?«

»Es gibt nichts zu verzeihen.«

»Ich hätte es dir sagen sollen, ich weiß das.«

Ich rutsche aufs Sofa, schlinge die Arme um meinen Mann und küsse seine Tränen fort.

»*Sie* waren es«, schluchzt er. »Ich weiß, sie waren es, die Niall umgebracht haben. Alles andere wäre ein zu großer Zufall. Ehrlich, mir wird ganz schlecht ...«

Ich versuche, meinen Mann mit sanften Worten und behutsamen Berührungen zu beruhigen, übersähe seine salzigen Wangen mit Küssen und drücke ihn fest an mich, während er all seinen Ängsten Luft macht. »Alles wird gut, Renzo. Du bist in Sicherheit. Ich verspreche es dir.«

»Nein, Amber.« Er löst sich ruckartig von mir. »Diese Sache wird sich nicht in Luft auflösen, und jetzt ist ein Unschuldiger gestorben. Meinetwegen. Wegen einer dummen Entscheidung, die ich getroffen habe.«

»Hör mir zu.« Ich nehme seinen Kopf in meine Hände und zwinge ihn, mich anzusehen. »Das ist nicht deine Schuld, okay?«

Renzo nimmt meine Hände von seinem Gesicht und lässt

den Kopf hängen. »Es *ist* meine Schuld.« Er wischt sich mit dem Handrücken die Tränen ab. »Aber ich werde es wieder geraderücken.«

*Das hört sich nicht gut an.* »Was meinst du damit?«

Er holt tief Luft und zieht sein Handy aus der Tasche. »Ich rufe die Polizei an und erzähle ihnen, was passiert ist.« Er sieht mich mit entschlossenem Blick an.

Ich schalte schnell. »Nein. Renzo, das ist keine gute Idee. Wenn du der Polizei von diesen Leuten erzählst, könnte uns das alle in ernsthafte Gefahr bringen. Dich, mich, die Kinder ...«

»Wir sind doch schon in Gefahr!«, ereifert er sich. »Sie haben jemanden ermordet, weil sie dachten, er wäre *ich*! Wenn ich es der Polizei sage, können sie uns vielleicht wenigstens irgendwie helfen. Das ist besser, als allein damit klarkommen zu wollen.«

»Renzo, du darfst die Polizei nicht anrufen.« Ich versuche, ihm das Handy abzunehmen, aber er entzieht es meinem Griff.

»Es tut mir leid, Amber, aber ...«

Ich unterbreche ihn. »Du darfst die Polizei nicht anrufen, weil es etwas gibt, das ich *dir* nicht erzählt habe.«

Verwirrung huscht über sein Gesicht. Er lehnt sich zurück und sieht mich fragend an.

Ich beiße mir auf die Lippe und knete die Hände, während ich mit mir selbst diskutiere, wie genau ich meinem Mann die Wahrheit sagen soll.

Er darf die Polizei nicht anrufen.

Denn es waren nicht jene Leute, die Niall umgebracht haben.

Ich weiß genau, wer Niall Kildare getötet hat.

# NEUNUNDDREISSIG

## BETH

Es ist dunkel. Das beigefarbene Sofa ist weich, in der Mitte hängt das Polster ein wenig durch. Im Zimmer ist es warm, ein schwacher Geruch von abgestandenem Essen und den Deos und Parfüms anderer Leute hängt in der Luft. Ich liege im Wohnzimmer von Lucianas Wohnung über dem Restaurant, in der sie mit ihren Kindern wohnt. Das Obergeschoss ist in zwei Apartments aufgeteilt – im einen lebt ihr Bruder, im anderen sie mit ihren Söhnen. Es ist klein, aber gemütlich, und immer noch mit den Möbeln und der Dekoration ihrer Eltern ausgestattet.

Als ich vorhin ankam, habe ich bei Connor und Liam hineingeschaut, die sich im Zimmer von Gianni und Marco ein Bett teilen. Alle vier schliefen tief und fest. Ich wollte hineingehen und meine Jungs fest in den Arm nehmen, aber ich habe sie schlafen lassen. Morgen wird genug Zeit für Umarmungen sein.

Luciana ist schon vor ein paar Stunden ins Bett gegangen. Wir haben noch eine Weile geredet, nachdem Aldo mich abgesetzt hatte, doch auch sie war merklich erschöpft, also sagte ich ihr, sie solle schlafen gehen und wir würden uns morgen früh weiter unterhalten. Matteo bleibt über Nacht im Krankenhaus. Er wird wieder gesund, aber zur Sicherheit wollten sie ihn im Auge behalten.

Ich glaube nicht, dass ich heute Nacht ein Auge zutun werde. Ich bekomme das Bild von Nialls Leiche nicht aus dem Kopf. Sein Gesicht. Das Blut. Ich durchlebe einen Albtraum. Und an die Fotos, die ich geschickt bekommen habe, möchte ich nicht einmal denken. Am schlimmsten ist, glaube ich, dass ich niemals erfahren werde, ob Niall und ich seine Lügen hätten überwinden können. Er wurde mir genommen, bevor wir die Chance hatten, richtig darüber zu reden, was passiert ist. Bevor wir auf irgendeine Weise damit abschließen konnten.

Im Moment möchte ich nichts lieber, als nach Dorset zurückzukehren. Ich möchte, dass Amber und ihre Familie unser Cottage verlassen. Die italienische Polizei meinte, ich müsse im Land bleiben, bis sie ihre Ermittlungen abgeschlossen haben. Weiß der Himmel, wie lange das dauern wird. Sie scheinen überzeugt zu sein, dass es sich um einen misslungen Raubüberfall handelt, aber ich bin mir da nicht so sicher. Ich versuche, mich an den Hergang der Ereignisse zu erinnern, vor allem an die Worte des Eindringlings. Hat er Ambers Namen gesagt? Ein eisiger Schauder läuft mir den Rücken hinunter. Könnte sie irgendetwas mit dem zu tun haben, was heute Abend passiert ist?

Ich setze mich auf. Ich trage einen von Lucianas Baumwollpyjamas. Er riecht nach unvertrautem Waschpulver. Ich muss wieder meine eigenen Sachen anziehen. Rasch streife ich den Pyjama ab und schlüpfe zurück in mein Kleid. Es gleicht inzwischen mehr zerknitterten Lumpen, aber das ist mir egal. Meine Schuhe habe ich an der Villa zurückgelassen, also schleiche ich in den Flur und sehe mich um. Eine Tür steht nur angelehnt. Ich ziehe sie auf und werde mit einem Garderobenschrank und einem Schuhregal darunter belohnt. Die meisten Schuhe darauf sind Kinderturnschuhe. Ich greife nach einem

Paar, das ungefähr nach meiner Größe aussieht. Ich schlüpfe hinein. Sie sitzen ein bisschen eng, aber das ist besser, als barfuß zu laufen.

Auf dem Tisch liegt ein gelber Post-it-Block. Ich kritzle schnell eine Nachricht und klebe den Zettel an die Wohnungstür. Dann öffne ich die Tür, gehe hinaus und ziehe sie leise hinter mir zu, bevor ich die Treppe hinunter und auf die Straße schleiche.

Draußen ist es immer noch dunkel, das Morgengrauen ist noch nicht ganz angebrochen. Es ist kühl und trocken. Ich zittere und frage mich, ob es dumm von mir ist, jetzt zurück zur Villa zu gehen. Die Polizei ist vielleicht immer noch da. Vielleicht lassen sie mich gar nicht hinein. Die Vernunft ermahnt mich, dazubleiben, doch eine irrsinnige Stimme in meinem Kopf treibt mich weiter. Ich muss es versuchen. Ich muss herausfinden, ob ich irgendwie aus den Ereignissen schlau werden kann. Vielleicht hilft es meinem Gedächtnis auf die Sprünge, dort zu sein. Hilft mir, mich genauer zu erinnern.

Ich ziehe wie ein Geist durch die leeren Straßen, meine Füße machen in den von Marco geliehenen Turnschuhen kaum ein Geräusch auf dem Gehsteig. Wenige Minuten später bin ich wieder auf der Straße der Masons, unterwegs zu ihrem Haus. Ich sollte nervös sein, angespannt, traumatisiert ... irgendetwas, stattdessen sind meine Gefühle gedämpft, wie betäubt. Als hätte mein Gehirn wegen Überlastung dichtgemacht. Es hilft, dass alles so ruhig und dämmrig ist, um mich herum nur Luft, frischer und sauberer als tagsüber.

Ich bleibe vor dem Grundstück der Villa stehen. Es liegt im Dunklen. Die Polizei und all ihre Fahrzeuge scheinen fürs Erste verschwunden zu sein. Absperrband ist kreuz und quer über die Toröffnung zur Auffahrt gespannt. Es ist ein Tatort. Ich sollte ihn nicht betreten. Aber im Haus wird es so oder so von meinen Fingerabdrücken wimmeln. Ich werde versuchen, nichts anzufassen, und falls jemand fragt, sage ich, ich wollte

bloß ein paar Ersatzklamotten holen und zu Luciana mitnehmen. Das ist eigentlich keine schlechte Idee.

Ich ducke mich unter dem Flatterband durch und überlege,
ob es wohl möglich ist, noch ein paar Tage bei Luciana zu bleiben. Ich möchte sie ungern fragen, weil ich ihr nicht zur Last
fallen will. Ihre Wohnung ist klein, und es ist vermutlich ihren
Jungs gegenüber nicht fair, weil sie sich dann ein Bett teilen
müssten. Vielleicht sollte ich mich nach etwas umsehen, wo ich
uns eine Woche einquartieren kann. Das wäre mir lieber, als
hier in der Villa zu bleiben.

Ich wünschte, ich müsste nicht noch länger in Italien bleiben. Der Gedanke gibt mir das Gefühl, gefangen zu sein. Ich
wünschte, ich könnte mit den Jungs nach Hause fahren.
Nachdem ich ihnen von Niall erzählt habe, werden sie etwas
Normalität brauchen, um trauern zu können. Genau wie ich.
Ich weiß nicht einmal, was ich ihnen von dem, was passiert ist,
erzählen soll. Vielleicht hilft es, wenn ich sage, er sei mutig
gewesen. Dass er sich auf den Eindringling gestürzt habe, um
seine Familie zu beschützen. Egal, wie sehr mich Niall hinter-
gangen hat, er war immerhin ihr Vater, und sie sollen ihn gut in
Erinnerung behalten.

Ich schließe die Haustür auf, schlüpfe unter einem weiteren
Absperrband hindurch, richte mich in der Diele auf und spitze
die Ohren, für den Fall, dass vielleicht doch ein Polizist im Haus
zurückgeblieben ist. Aber alles ist dunkel, also bezweifle ich es.
Nun, da ich im Innern bin, schlägt mein Herz lauter, die Erinnerungen an Matteos Kampf mit dem Eindringling rücken wieder
in den Vordergrund. Ich stütze mich mit einer Hand an der
Wand ab. *Was tue ich hier?* Ich muss verrückt sein, ganz allein
hierher zurückzukommen. Ich glaube nicht, dass ich schon
wieder bei Verstand bin. Ich stehe immer noch unter Schock.

Schnell komme ich zu dem Schluss, dass mir die Anwesenheit hier nichts bringen wird, außer mich weiter zu traumatisie-

ren. Ich denke, ich schnappe mir ein paar Ersatzsachen für mich und die Jungs und sehe dann zu, dass ich von hier wegkomme.

Ich traue mich nicht, das Licht einzuschalten, also benutze ich auf dem Weg nach oben meine Handytaschenlampe. Vorhin bei Luciana habe ich den Akku wieder aufgeladen. Das Haus kommt mir mit seinen hohen Decken und glänzenden Oberflächen wie ein Mausoleum vor. Zuerst betrete ich das Zimmer der Jungs und packe ein paar Sachen in ihren Koffer. Ich hole die Zahnbürsten aus dem Bad. Dann schließe ich den Koffer und ziehe ihn durch den Flur zu unserem Schlafzimmer, wobei ich versuche, nicht an das letzte Mal zu denken, als ich hier oben war.

Ich drücke die Tür auf und gehe hinein. Der Raum liegt reglos und kühl da, die Klimaanlage erledigt weiterhin ihren Job. Die Balkontüren sind geschlossen. Ich überlege, hinauszugehen und auf die Terrasse hinunterzuschauen, aber ich traue mich nicht. Sicherlich haben sie Niall fortgebracht, aber ich würde es auch nicht ertragen, die Nachwirkungen von dem zu sehen, was geschehen ist. Das Blut, den zerschmetterten Blumentopf ... Mir kommt die Galle hoch. Ich lasse den Koffer stehen und renne durch das Ankleidezimmer ins Bad, wo ich mein Handy auf den Boden fallen lasse und mich in die Toilette übergebe. Ich habe kaum etwas im Magen. Ich würge mehr oder weniger nur. Es dauert nicht lang. Ich drücke die Spülung und lasse mich zitternd und schwitzend auf den Badezimmerboden sinken.

Nach einem kurzen Moment greife ich nach meinem Handy, komme wacklig auf die Beine und spüle mir am Waschbecken den Mund aus. Erneut frage ich mich, was in aller Welt ich mir dabei gedacht habe, hierher zurückzukehren. Es gibt nichts Neues zu erfahren. Ich habe nichts zu gewinnen, indem ich das Trauma noch einmal durchlebe. Ich werde mir ein paar praktische Klamotten heraussuchen und zurück zu Luciana gehen.

Als ich ins Schlafzimmer zurückkomme, um den Koffer zu holen, bemerke ich, dass der Schal über dem Familienporträt der Masons zu Boden gefallen ist und ihre vier fröhlichen Gesichter enthüllt hat. Ich kann nicht anders, als Franco anzustarren und nach einer Ähnlichkeit zu Niall zu suchen, oder auch zu Liam und Connor. Doch ich erkenne lediglich einen lächelnden Jungen.

Ich schüttle mich, nehme den Koffer und ziehe ihn ins Ankleidezimmer. Ein leises Geräusch hinter mir lässt mich erstarren und den Atem anhalten. Habe ich die Haustür hinter mir geschlossen, als ich hereinkam? Die feinen Härchen in meinem Nacken stellen sich auf und die Haut an meinen Armen kribbelt. Ich nehme all meinen Mut zusammen, um mich umzudrehen, da legt sich eine große, warme Hand auf meinen Mund, und ein Mann spricht mir leise ins Ohr.

»Machen Sie kein Geräusch, sonst bringe ich Sie um.«

# VIERZIG

## AMBER

»Wovon redest du da?« Renzo schüttelt verwirrt den Kopf. »Das hat nichts mit dir zu tun. Versuch nicht, mir die Schuld von den Schultern zu nehmen, Amber. Ich weiß das zu schätzen, aber das hier habe ich verbockt, und ich hole uns da auch wieder raus, hörst du?«

Ich liebe meinen Mann für seinen Edelmut. Dafür, dass er das alles sich selbst aufbürden will, aber das darf ich nicht zulassen. Und vor allem darf ich ihn nicht die Polizei anrufen lassen. »Ich nehme dir keine Schuld von den Schultern, denn es ist nicht so, wie du denkst. Ich muss dir etwas beichten.« Mein Mund wird trocken und in mir dreht sich alles, während ich darüber nachdenke, ihm alles zu gestehen. Ich gehe durchs Wohnzimmer, weg von meinem Mann, setze mich auf den Rand eines Sessels und umklammere meine Hände vor mir, als könnte ich so die Zukunft abwehren.

Ist der Moment der Wahrheit gekommen? Oder soll ich den Mund halten? Sobald ich anfange zu sprechen, gibt es kein Zurück mehr. Doch ich glaube nicht, dass ich eine Wahl habe. Nun, da ich ihr diese Fotos geschickt habe, weiß Beth, dass Niall Francos leiblicher Vater ist, und ich bezweifle, dass das noch lange ein Geheimnis bleiben wird. Ich hatte meine Gründe, ihr die Fotos heute Abend zu schicken – dass Beth von mir und Niall erfahren hat, gibt ihr ein klares Motiv, ihren Mann umzubringen. Falls es so weit kommen sollte, verlagert das den Verdacht von mir zu ihr. Der einzige Nachteil ist, dass Renzo erfahren wird, was ich getan habe. *Und das ist ein riesiger Nachteil.*

Wenn ich ehrlich bin, wollte ich darüber hinaus Salz in die Wunde streuen. Niall hat Beth *mir* vorgezogen. Diese Entscheidung ist mir immer ein Stachel im Fleisch geblieben. Ich habe ihr diese Fotos geschickt, weil ich Beth wehtun wollte, und damit sie Niall wegen seiner Entscheidung zur Rede stellt. Ich wollte für Spannungen in ihrer Ehe sorgen. Zwölfeinhalb Jahre lang wollte ich ihnen das antun, doch nun, da es getan ist, empfinde ich nichts als Schrecken. *Nackte Angst* davor, bald alles zu verlieren.

»Amber, du machst mir Angst.« Renzo kommt auf mich zu und hält dann inne.

»Ich muss dir ein paar Dinge sagen, Renzo. Du bist nicht der Einzige, der sich Sorgen macht. An mir nagt in letzter Zeit vieles, und ...« Ich schlucke. »Vielleicht bin ich damit nicht so gut umgegangen, wie ich es hätte tun sollen.«

»Es kann doch nicht schlimmer sein als das, was ich dir erzählt habe. Oder?«

Als Antwort lache ich bitter auf. »Setz dich, Renzo. Bitte.«

Er hält den Blick einen Moment lang auf mich gerichtet, dann folgt er meiner Aufforderung. Er lässt sich auf das gegenüberliegende Sofa sinken.

Ich bohre die Fingernägel in die Handflächen. Sie sind schweißnass, und mein Herz rast vor Grauen. »Was ich dir gleich sagen werde, klingt schlimmer, als es ist, weil ich dir alles auf einmal erzählen muss. Bitte, dir muss klar sein, dass das alles auf etwas zurückgeht, das schon Jahre her ist, noch bevor wir uns kannten. Und das ist das Einzige, bei dem mich keine

Schuld trifft. Ich habe mir dabei bloß vorzuwerfen, dass ich dir damals nicht gleich die Wahrheit gesagt habe. Das wird dich verletzen, Renzo.«

Schatten huschen ihm übers Gesicht. Er rührt sich nicht. Er wartet.

Ich weiß nicht, mit welchem Geheimnis ich anfangen soll. Gibt es hierbei eine richtige Reihenfolge? Warum dachte ich, es wäre eine gute Idee, meinem Mann zu eröffnen, wie abscheulich ich bin? Vielleicht, weil ich weiß, dass bald alles ans Licht kommt. Vielleicht, weil ich destruktiv bin und Dinge gern zerstöre, bevor sie die Gelegenheit bekommen, *mich* zu zerstören.

Ich kann ihn nicht einmal ansehen. Stattdessen starre ich auf meine Hände im Schoß, während ich langsam und deutlich ansetze: »Der Mann, der Niall Kildare getötet hat, heißt Luca Silvestre. Ich bin nicht stolz darauf, aber letztes Jahr in Neapel hatte ich kurz etwas mit ihm. Vorher war ich dir noch nie untreu und werde es auch nie wieder sein. Es war ein schrecklicher Fehler. Es tut mir so leid.«

Ich schaue zu Renzo hoch. Ein Ausdruck tiefer Bestürzung fährt ihm übers Gesicht, dann spannt er den Unterkiefer an.

Ich reibe mir den Hals, wende den Blick ab und zwinge mich, fortzufahren. »Ich habe Luca gesagt, dass es ein Fehler war und ich ihn nicht wiedersehen möchte. Ich dachte, er würde es akzeptieren und damit wäre es erledigt. Aber ... Es war furchtbar, er war wie besessen von mir. Er hat einfach nicht aufgehört, anzurufen und mir zu schreiben. Er tauchte plötzlich in Maiori auf. Seine Nachrichten wurden richtig beängstigend, und ich habe überlegt, zur Polizei zu gehen. Aber ich wusste, wenn ich das tue, würde die Wahrheit herauskommen, und ich hatte zu viel Angst, es dir zu sagen.«

Renzo sagt immer noch kein Wort. Sein Gesichtsausdruck ist nicht zu deuten. So habe ich ihn noch nie gesehen. Ich wünschte, er würde reagieren. Etwas sagen. *Irgendetwas.* Wenn ich nur rückgängig machen könnte, was ich getan habe – aber dafür ist es zu spät. Ich stecke mittendrin, es gibt kein zurück.

»Luca meinte, wenn ich dich nicht verlasse, würde er dich eigenhändig aus dem Weg räumen. Ich hatte Angst um dein Leben, also habe ich einen Plan geschmiedet, uns aus dem Land zu schaffen.«

Ich rutsche auf dem Sessel herum und ziehe am Kragen meines Pullovers. »Hier drinnen ist es so heiß.« Schweiß bildet sich auf meiner Oberlippe und kribbelt mir unter den Achseln. »Ist dir nicht warm?« Ich sehe meinen Mann an, doch meine Worte verhallen in der Stille.

»Luca hat mir gesagt, er würde dich umbringen. Ich dachte, wenn die Kildares da wären, wenn er versucht, seinen Plan auszuführen, dann tut er es vielleicht und erfährt nie, dass die Person, die er umgebracht hat, gar nicht du warst. Ich dachte, die Polizei würde ihn fassen.«

»Amber! Nein!« Renzo springt auf. Er starrt mich voller Entsetzen an, als er begreift, wie mein Plan aussah.

»Du weißt doch, dass ich nicht sentimental veranlagt bin, Renzo. Ich bin nicht weichherzig und gefühlsduselig. Das war dir immer klar, und so hast du mich immer akzeptiert.«

Sein Unterkiefer ist heruntergeklappt und er schüttelt mit verschleiertem Blick den Kopf. »Weil ich dachte, du bleibst eben gern auf Distanz. Bist verletzlich! Ich dachte, du hättest zu viel Angst davor, dein Innerstes zu zeigen. *Das* wusste ich zu schätzen. Dass du *mir* dein Innerstes gezeigt hast!« Er keucht. »Aber was du getan hast ... Ich weiß nicht, welcher Teil der schlimmste ist!«

»Du *kennst* mich, Renzo. Ich bin dieselbe Person, die ich immer war. Ich habe mit Luca einen Fehler gemacht, das ist alles. Nur ein Fehler ... So wie du mit dem Geschäft.«

»Das ist überhaupt nicht dasselbe, Amber, und das weißt du genau!« Renzos Blick ist wieder hart geworden. Er sieht mich an, als würde er mich verachten. »Du ... du hast mit jemand anderem geschlafen. Du hast Niall in die Lage gebracht, an meiner Stelle zu sterben. Du hast deine Affäre einen unschuldigen Mann umbringen lassen!«

»So ist es nicht«, entgegne ich. Und dann, bevor ich mich zurückhalten kann, füge ich hinzu: »Niall ist nicht unschuldig.«

Renzo runzelt die Stirn und schüttelt den Kopf. »Woher weißt du das? Wer bist du, Amber? Bist du meine Frau? Ich glaube nämlich, ich kenne dich überhaupt nicht!«

Ich bin erst halb mit meiner Geschichte durch und habe ihn bereits verloren. Ich weiß nicht, warum ich jemals dachte, er würde das hinnehmen. Ich glaube nicht, dass ich das wirklich angenommen habe. Ich sollte einfach aufgeben, meine Sachen packen und gehen.

»Nun?«, fordert mich Renzo auf und breitet die Arme aus. »Willst du mir nicht noch den Rest von dem berichten, was passiert und nicht deine Schuld ist?« Diese letzte, sarkastische Bemerkung sticht mir gleich mehrfach ins Herz.

»Renzo ...« Ich stehe auf und versuche, ihn bei den Händen zu nehmen, aber er schüttelt meine Berührung ab, als hätte ich die Pest. Ich lasse die Hände zu beiden Seiten sinken und versuche, mich nicht von seiner Reaktion treffen zu lassen. Ich sage mir, dass da nur der Schock spricht. Dass er bloß etwas Zeit braucht und dann darüber hinwegkommt. Allerdings muss ich ihm den schlimmsten Teil erst noch erzählen.

Ich glaube nicht, dass ich das schaffe. Ich kann ihm nicht sagen, dass Franco nicht sein Sohn ist. Er wäre am Boden zerstört, und es würde uns den Rest geben. Ich werde einfach beten müssen, dass Beth nichts sagt. Dass dieses Geheimnis unter uns bleibt. Ich werde ihr gegenüber behaupten, ich hätte gelogen, um sie und Niall zu verletzen. Ich werde es abstreiten. Sie wird froh sein, dass es nicht stimmt. Oder vielleicht ist es ihr auch egal. Jetzt, da sie weiß, dass ihr Mann untreu war. Jetzt, da er tot ist.

»Mehr gibt es nicht, Renzo. Das ist alles.«

Er macht die Augen schmal. »Das glaube ich dir nicht. Aber für den Moment reicht das. Morgen fliege ich mit den Kindern zurück nach Maiori.«

»Wir fliegen zusammen nach Hause und stellen uns dem gemeinsam«, sage ich verzweifelt. »Wir kümmern uns um diese Männer mit dem geliehenen Geld ...«

»Nein!« Seine Stimme dröhnt durchs Zimmer und ich zucke zusammen. Er holt tief Luft und fährt mit ruhigerem Ton fort: »Ich fliege allein mit den Kindern zurück nach Italien. *Du* kommst nicht mit.« Er wirft mir einen angeekelten Blick zu, der mich entzweischneidet, dann verlässt er das Zimmer und schließt die Tür hinter sich.

Mir wird heiß und kalt, der Puls pocht mir in den Ohren und ich fühle mich, als würde ich gleich auf dem Boden zusammenbrechen und nie mehr aufstehen. Das darf nicht passieren. Renzo ist mein Ein und Alles. Wenn ich ihn nicht habe, habe ich gar nichts.

# EINUNDVIERZIG

## BETH

Meine Knie werden weich und mir ist, als würde ich gleich ohnmächtig. Es ist der Eindringling ... der *Mörder*. Er ist wieder da. *Warum ist er zurückgekommen?* Was will er? Mein Herz klopft und ich bekomme meinen Atem nicht unter Kontrolle.

»Ich habe ein Messer«, sagt er ruhig.

Ich spüre die Spitze der Klinge an meinem Rücken, als er mir klarmacht, dass er nicht blufft.

»Ich nehme jetzt die Hand von Ihrem Mund. Wenn Sie schreien oder ein Geräusch machen, ersteche ich Sie. Wenn Sie versuchen, wegzulaufen, kriege ich Sie und töte Sie, okay?«

Schwarze Punkte tanzen am Rand meines Blickfeldes. Das ist es. Ich werde sterben. Ich gebe ein jämmerliches Geräusch von mir, das er als Zustimmung deutet.

Er nimmt die Hand von meinem Mund und ich schnappe nach Luft, versuche nicht zu schreien und nicht zusammenzuklappen. Ich wünschte, ich hätte den Mut, nach dem Messer zu schnappen und zu fliehen, aber ich kann mich kaum aufrechthalten. Ich darf meinen Kindern zuliebe kein Risiko eingehen. Sie haben bereits ein Elternteil verloren.

»Was wollen Sie?«, frage ich mit bebender Stimme und drehe mich langsam mit erhobenen Händen um.

Er streckt die freie Hand aus, um mir das Handy abzunehmen, und ich überlasse es ihm. Es ist nicht zu leugnen, dass dieser Mann unglaublich gut aussieht, beinah wie ein Filmstar. Aber irgendetwas stimmt nicht mit ihm. Seine Haut sieht wächsern aus, seine Augen zu funkelnd, sein Blick zu bohrend. Ich frage mich, ob er high ist.

»Wir reden jetzt«, sagt er, fuchtelt mit dem Küchenmesser in meine Richtung und bedeutet mir, vor ihm her zu gehen. »Los. Ins Badezimmer.« Er leuchtet mir mit dem Handylicht. Ich folge der Anweisung und stolpere durch das Ankleidezimmer ins Bad. »In die Dusche«, fordert er mich auf.

Ich rühre mich nicht vom Fleck, voller Angst, was er mir vielleicht antun wird. Ich weiß, wozu er fähig ist. Er hat bereits meinen Mann getötet.

»Rein da«, wiederholt er.

Ich stocke, bleibe wie angewurzelt stehen. »Warum soll ich da rein?« Ich schaue die riesige Kabine an, die Fotowand von Ambers nacktem Körper. Wird dieser Mann mich in der Dusche umbringen? Er blockiert den einzigen Ausgang des Raums, ich kann also nirgendwohin entkommen. Er ist fast eins neunzig groß und hat breite Schultern. Niemals würde ich heil an ihm vorbeikommen.

Er knurrt sich selbst ein paar wütende Worte auf Italienisch zu. Er funkelt mich an und hält drohend das Messer hoch.

Ich mache einen widerwilligen Schritt auf die Dusche zu.

Er nickt ermunternd, und obwohl mich jede Zelle meines Körpers anschreit, es nicht zu tun, betrete ich die Glaskabine und drücke mich an die Wand. Zu meiner Erleichterung folgt er mir nicht hinein. Stattdessen schiebt er die Tür hinter mir zu und bleibt davor stehen. Nun, da ich drinnen bin, sehe ich, wie sich seine Haltung leicht entspannt. Okay, vielleicht will er mich nur hier einschließen. Bisher hat er mir nichts getan.

Wenn er mich töten wollte, hätte er das doch bestimmt längst gemacht. Ich erlaube mir, mich an diesem Hoffnungsschimmer festzuklammern.

»Wer sind Sie?«, fragt er, seine Stimme klingt durch die geschlossene Duschtür gedämpft. »Und wo ist Amber?«

»Ich heiße Beth«, antworte ich schwach. Ich räuspere mich und gebe mir Mühe, weniger verängstigt zu klingen. »Meine Familie und ich sind hier im Urlaub.« Meine Worte hallen in der Kabine wider.

»Sie sind mit Amber befreundet?« Er runzelt die Stirn. »Wo ist sie?«

»Nein. Wir haben mit den Masons Häuser getauscht. Wir sind nach Italien in den Urlaub gefahren und sie in unser Haus nach England.«

Der Mann erbleicht. Seine Arme werden schlaff und sinken hinab. Er hält noch immer das Messer und mein Handy in den Händen, doch es scheint, als sei ihm jegliche Anspannung aus dem Körper gewichen.

»Warum haben Sie meinen Mann umgebracht?«, frage ich, ermutigt durch die Veränderung in seiner Haltung. »Wer *sind* Sie?«

»Ich habe Ihren Mann umgebracht?«, fragt er langsam und ungläubig.

Mir kommt der Gedanke, dass er vielleicht krank ist. Das kann er doch sicher nicht vergessen haben. »Ja. Haben Sie ihn vom Balkon gestoßen? *Warum haben Sie das getan?*«

Er legt sich eine Hand an die Stirn und reibt, als wollte er sich einen Fleck von der Haut wischen.

»Hey!« Ich versuche, wieder seine Aufmerksamkeit zu gewinnen. »Antworten Sie mir!«

Er runzelt die Stirn und reißt den Kopf hoch. »Nein! Sie lügen. Es war Ambers Ehemann. Ich habe Ambers Mann hinuntergestoßen, Renzo.«

»Warum sollte ich lügen?«, rufe ich. Plötzlich ist es mir egal, ob ich ihn wütend mache. »Ich weiß nicht mal, wer Sie sind. Ich weiß nur, dass Sie Niall umgebracht haben. Sie haben ihn ermordet.«

»Nein, nein, nein«, stöhnt er. Sowohl mein Handy als auch sein Messer gleiten ihm aus der Hand und fallen auf die Fliesen. Zu meiner größten Verblüffung tut er es ihnen nach, bricht auf den Boden zusammen, verbirgt das Gesicht in den Händen und beginnt zu schluchzen.

Langsam, ganz vorsichtig, schiebe ich die Tür der Duschkabine auf und bücke mich, um mein Handy an mich zu nehmen. Ich verziehe das Gesicht, als ich danach greife, voller Angst, der Mann könnte meine Hand schnappen und mich aufhalten. Aber er rührt sich nicht. Er kauert noch immer als Häufchen Elend auf dem Boden. Ich schleiche an ihm vorbei aus dem Raum und verschwinde dann so schnell ich kann, während ich die Nummer des Notrufs wähle, die Aldo mir vorhin gegeben hat.

Ich warte, während es klingelt.

Bete, dass sie rangehen.

Bete, dass sie schnell hier sind.

Bete, dass ich lebend hier herauskomme.

# ZWEIUNDVIERZIG

## BETH

Ein Jahr später

Bisher läuft alles nach Plan; so viel wie möglich habe ich schon im Voraus vorbereitet. Ich setze mich einen Moment an die Theke, um zu Atem zu kommen. Ich muss aufhören, mir Sorgen zu machen. Ich schiebe das Blech Rosmarinkartoffeln zurück in den Ofen – sie werden schön knusprig. Als Nächstes sehe ich nach der pikanten Butternut-Kürbissuppe – sie duftet himmlisch. Ich war einmal eine großartige Köchin; ich muss einfach daran glauben, dass ich es immer noch draufhabe.

Ich mache heute Abend das Catering bei meiner ersten bezahlten Veranstaltung. Es ist der vierzigste Geburtstag einer reichen, geschiedenen Friseurkundin von Sal. Die Frau gibt eine Dinnerparty für sich und ihre sieben Freundinnen. Sie sind bereits bei ihrer vierten Flasche Sauvignon Blanc, also habe ich keine großen Bedenken. Es wäre allerdings toll, wenn sie noch nüchtern genug sind, um das Essen zu schätzen zu wissen, damit sie mich an ihre Freunde und Familien weiterempfehlen.

Das vergangene Jahr war das schwerste meines Lebens. Ich

hätte niemals damit gerechnet, dass unser perfekter Familienurlaub sich in einen solchen Albtraum verwandeln könnte. Die
Jungs haben noch schlimmer gelitten als ich. Vor allem Connor.
Mein armer Schatz. Er war überzeugt, wenn er an jenem
Abend nicht bei Luciana gewesen wäre, hätte er seinem Vater
das Leben retten können. Ich musste ihm einen Therapeuten
suchen, der ihm mit seinen Gefühlen der Trauer, der Schuld
und des Schocks hilft. Ich denke, die Therapie tut ihm gut,
doch es geht nur langsam voran. Liam hat sich schneller erholt,
litt hinterher allerdings noch mehrere Monate lang unter
Albträumen, eine Zeit lang fand ich an den meisten Morgen,
wenn ich aufwachte, seinen kleinen Körper dicht an mich
gedrückt vor. Es spendete uns beiden Trost.

»Hier drinnen alles in Ordnung?«, fragt meine Kundin
beschwingt, während sie auf den Weinkühler zusteuert, zwei
weitere Flaschen herausnimmt und mir grinsend damit
zuwinkt.

»Ja, der erste Gang ist in fünf Minuten bei Ihnen. Soll ich
Ihnen in der Zwischenzeit noch etwas Brot oder Knabberzeug
bringen?«

»Nein, alles gut, danke. Riecht lecker!« Während sie davon-
tänzelt, stelle ich die Suppenschälchen zum Aufwärmen in den
Ofen.

Connor war nicht der Einzige, der eine Therapie brauchte.
Ich habe ebenfalls mit jemandem über die Geschehnisse
gesprochen. Erst wollte ich nicht hingehen, doch nach ein paar
Monaten voller Albträume und Schweißausbrüche, Beklem-
mungsanfälle und plötzlichen Panikattacken, die mich völlig
aus dem Nichts überfielen, wurde mir klar, dass ich Hilfe
brauchte.

Langsam beginne ich, das emotionale Chaos zu entwirren,
das mit Nialls Tod verwickelt war. Ich konnte ihm nie richtig
sagen, wie tief mich seine Untreue verletzt hat. Der Therapeut
schlug vor, Niall eine Reihe Briefe zu schreiben. Alles auf

Papier zu bannen und mir damit die Last von der Seele zu nehmen. Ich hielt es für eine bescheuerte Idee, da Niall die Briefe ja nicht lesen kann. Doch überraschenderweise hat es geholfen, ein paar dieser düsteren Gefühle aufzuhellen. Ich wollte auf keinen Fall, dass einer der Jungs auf meine ungezügelten Emotionen stößt – ich habe in den Briefen meinem ganzen Schmerz und Zorn freien Lauf gelassen –, also habe ich jeden einzelnen verbrannt, nachdem ich ihn geschrieben hatte.

Ich spielte mit dem Gedanken, das Cottage zu verkaufen. Immerhin stecken in jeder Ecke Erinnerungen an Niall – an unsere Ehe –, zudem hat Amber mit ihrer Familie hier gewohnt. Doch am Ende kam ich zu dem Entschluss, dass wir bleiben sollten. Das Letzte, was die Jungs damals hätten gebrauchen können, wäre noch mehr Umbruch gewesen. Stattdessen renovierten wir das Haus, und pünktlich vor Weihnachten räumten wir Nialls Arbeitszimmer aus. Das war zwar schmerzhaft, aber es ist das größte der drei oberen Zimmer, und ich war der Meinung, Connor sollte es bekommen. Ich dachte, es würde ihm vielleicht helfen, sich seinem Vater näher zu fühlen. Ich sagte ihm, er könne sein ganz eigenes Zimmer daraus machen, es einrichten, wie auch immer es ihm gefällt. Er hielt sich zurück, wollte nicht zu viel verändern. Er liebt den Raum mit dem Schreibtisch seines Vaters und ein paar der alten Bücherregale.

Liam gewöhnt sich mehr und mehr daran, ein eigenes Zimmer zu haben, ist aber immer noch nicht sonderlich wild darauf und nutzt jeden Vorwand, um sich in das Zimmer seines großen Bruders zu stehlen. Das Verhältnis der beiden ist noch enger geworden, seit das alles passiert ist. Das war dieses Jahr der einzige Lichtblick. Erst teilten sie ihre Tränen miteinander, dann redeten und lachten sie auch immer häufiger zusammen.

Ich habe lange und gründlich über die Fotos nachgedacht, die Amber mir geschickt hat – zumindest bin ich mir ziemlich sicher, dass sie von ihr kamen –, und beschlossen, die Enthüllung über ihren Sohn für mich zu behalten.

Nicht lange nach Nialls Tod bekam ich Besuch von Renzo Mason. Er rief mich an, sagte, er sei in Sherborne, und fragte, ob wir uns treffen könnten. Vor unserer Verabredung war ich nervös, hauptsächlich deswegen, weil ich nicht wusste, wie viel von der Wahrheit er kannte.

Wir trafen uns in einem Restaurant zum Mittagessen. Kaum hatte ich ihn kennengelernt, wurde ich direkt ruhiger, und ich spürte auf Anhieb eine Verbundenheit zu ihm. Uns war beiden Leid angetan worden. Allerdings wusste Renzo nicht, dass mein Mann wegen seiner Beziehung zu Amber gelogen hatte. Er nahm an, Niall sei ebenso unschuldig gewesen wie ich.

Er entschuldigte sich für die Taten seiner Frau, erzählte mir, dass sie sich scheiden ließen und sie für ihre fragwürdige Rolle beim Mord an meinem Mann vor Gericht kam. Er war aufrichtig entsetzt über alles, was vorgefallen war. Ich hatte den Eindruck, dass er trotz allem nur ungern schlecht über seine Frau redete; dass er noch immer einen Rest Loyalität gegenüber der Mutter seiner Kinder empfand.

Mir wurde klar, dass es besser war, die Sache mit der Vaterschaft für mich zu behalten. So, wie Renzo über seine Kinder sprach, wurde überdeutlich, wie vernarrt er in sie ist. Sie geben ihm einen Grund, durchzuhalten. Ich war mir nicht sicher, ob Amber ihm bereits die Wahrheit gesagt hatte oder nicht, aber falls sie das getan hatte, erwähnte Renzo es mit keinem Wort. Also tat ich es ebenfalls nicht. Wenn ich ihm gesagt hätte, dass Niall Francos Vater war, wem hätte das geholfen? *Niemandem.* Niall wollte Franco nicht als Sohn, Renzo hingegen liebt ihn abgöttisch. So einfach ist das. Es steht mir nicht zu, ihr Glück zu zerstören.

Amber hat deswegen nie Kontakt zu mir aufgenommen oder versucht, mich davon abzuhalten, es Renzo zu verraten.

Ich hätte gedacht, das würde sie als Allererstes tun. Aber vielleicht ist sie der Ansicht, es sei besser, keine schlafenden Hunde zu wecken. Und ich möchte der Frau ganz bestimmt nie wieder begegnen oder mit ihr sprechen. Ich wünschte, ich hätte niemals von Amber Mason gehört.

Trotz allem, was vorgefallen ist, trauere ich um Niall. Um unsere Ehe. Um unsere Familie, wie ich sie mir gewünscht hatte. Aber mir ist klar geworden, dass er nie der Mensch war, für den ich ihn gehalten habe. Seine Untreue und Geheimnisse machten einen Hohn aus unserer Beziehung und gefährdeten meine Familie. Ich nehme es mir selbst übel, dass ich meinem Bauchgefühl nicht schon vor Jahren vertraut habe. Dass ich immerzu versucht habe, die Risse abzudecken, statt sie offenzulegen und vernünftig zu reparieren.

Der Timer piept und ich schalte den Ofen aus, schlüpfe in die Topflappen stelle sie auf eins der großen goldlackierten Tablette, die ich mitgebracht habe. Eins nach dem anderen fülle ich mit der Suppe, gebe Crème Fraîche dazu und streue noch geröstete Pinienkerne und Rosinen darüber.

Der erste Gang ist servierfertig.

Ich hole tief Luft und straffe die Schultern. Los geht's ... Ich tue das für meine Jungs. Für unsere kleine Familie, aber auch für mich selbst. Um etwas zurückzugewinnen, das ich verloren hatte. Um mein Leben in die eigene Hand zu nehmen, wie ich es schon die ganze Zeit über hätte tun sollen. Die Vergangenheit war ein enttäuschender, furchterregender Ort, doch die Zukunft winkt mir zu, und obwohl sie immer noch ungewiss ist, stelle ich fest, dass ich endlich keine Angst mehr habe.

# DREIUNDVIERZIG

## AMBER

Mein Fehler lag in der Annahme, es könne alles sauber erledigt werden. Dass ich mir etwas überlege, und es dann exakt so ablaufen würde, wie ich es mir vorgestellt hatte. Ich war immer schon gut im Planen. Manche Leute würden es vielleicht eher »Verschwörung« oder »Intrigieren« nennen, aber es kommt aufs Gleiche heraus.

Mit den meisten meiner Pläne hatte ich am Ende großen Erfolg. Schön und intelligent zu sein, hilft dabei natürlich, klarer Fall. Aber allein das bringt einen ab einem bestimmten Punkt nicht weiter. Ich war immer der Überzeugung, wenn man Erfolg haben will, muss man alles bis ins kleinste Detail planen.

Ich habe mir eine interessante, florierende Karriere aufgebaut. Ich habe mir einen gutaussehenden, erfolgreichen und liebevollen Mann geangelt. *Liebevoll* ist genauso wichtig wie die anderen Eigenschaften. *Liebevoll* ist unerlässlich. Damit lag ich beim ersten Mal falsch – bei Niall. Er war kein liebevoller Mann, er war zu selbstsüchtig, um mir die Liebe zu schenken, die ich verdiente. Ich habe zwei wundervolle Kinder bekommen – einen Sohn und eine Tochter. Mein Zuhause war perfekt, an einem der schönsten Orte der Welt. Ja, alle meine Pläne waren durchschlagende Erfolge.

Doch am Ende griff ich nach dem kleinen bisschen zu viel, und schon fiel alles in sich zusammen.

Ich weiß nicht, was schlimmer ist – meine Gedankenspiralen oder die deprimierende Aussicht durch das verschmierte Fenster des Apartments. Ich lege die Hände auf das Fensterbrett und lasse meinen Blick düster über Telefon- und Strommasten schweifen, über graue Wohnblöcke und das gelegentliche verwahrloste Fleckchen Gebüsch dazwischen, über ein Rudel Hunde, das sich im Schatten des kleinen Ladens unten räkelt. Selbst der blaue Himmel und der gleißende Sonnenschein können diese Aussicht nicht beschönigen. Ich starre ins Leere und lasse mich von den Erinnerungen in die Vergangenheit ziehen.

Luca war nicht der, für den ich ihn gehalten habe. Er gab vor, ein wohlhabender potenzieller Kunde zu sein. Er verführte mich nach allen Regeln der Kunst, und ich dachte, unser spaßiges kleines Wochenende würde niemandem wehtun. Doch er war ein Betrüger. Ein gutaussehender, charmanter, durchgedrehter Betrüger. Und ich habe den Preis für dieses Wochenende bezahlt.

Ich hatte ihm gesagt, dass zwischen uns nichts sei. Dass, was auch immer in der Vergangenheit passiert war, nun vorbei sei. Dass ich einen Mann hatte. Eine Familie. Aber er hörte nicht zu. Seine Drohungen wurden immer verstörender, bis er mir vor ein paar Monaten schließlich schrieb, er kenne meine Adresse und werde meinen Mann umbringen, damit wir zusammen sein könnten. Eigentlich bin ich nicht so leicht aus der Ruhe zu bringen. Aber diese Nachricht jagte mir gehörige Angst ein.

Ich erklärte mich einverstanden, ihn in Neapel zu treffen. Ich wollte versuchen, es ihm auszureden. Doch das war ein Fehler. Dass ich überhaupt auftauchte, ermutigte ihn nur. Es vermittelte ihm die falsche Botschaft. Es wäre besser gewesen, ihn zu ignorieren.

Nach diesem Treffen fragte ich mich, was ich überhaupt je an ihm gefunden hatte. Ich musste verrückt gewesen sein, meine Ehe derart aufs Spiel zu setzen. Aber ich hielt mich für unbesiegbar. Ich dachte, ich würde über genug Glück und Unerschrockenheit verfügen, um mit allem davonzukommen. Bei diesem letzten Treffen war es offensichtlich, dass etwas mit Luca nicht stimmte. Ob er es im Vorfeld vor mir versteckt hatte oder erst nach unserem Kennenlernen den Verstand verlor, weiß ich nicht. Nach dem Treffen wusste ich lediglich, dass er gefährlich war, und fähig, seine Drohungen wahrzumachen.

Er schrieb mir regelmäßig, um mir seine entsetzlichen Pläne mitzuteilen. Anfangs schrieb ich ihm noch zurück, er solle nichts Dummes tun, doch schließlich hörte ich auf zu antworten.

Ich überlegte, zur Polizei zu gehen, doch dann wäre alles rausgekommen. Renzo hätte erfahren, dass ich ihm untreu gewesen war. Er hätte mir niemals verziehen. Inzwischen ist mir klar, dass ich Luca hätte anzeigen sollen. Der Mann hatte solche Wahnvorstellungen, dass ich vermutlich glaubhaft hätte behaupten können, er würde lügen und wir hätten niemals eine Affäre gehabt. Aber jetzt ist es zu spät für solche Wünsche.

Ich hatte Angst und war überzeugt, er würde versuchen, Renzo etwas anzutun. Daher leitete ich den Gratis-»Urlaub« für uns in die Wege, um uns alle aus dem Land zu schaffen; ich nahm nach Jahren der Funkstille wieder Kontakt zu Niall auf und erpresste ihn. Ich sagte ihm, wenn er nicht mitmachte, würde ich seiner Frau von unserem Sohn erzählen. Ein Sohn, der während ihrer Schwangerschaft entstanden war. Natürlich hatte ich keinerlei Absicht, so etwas tatsächlich zu tun, aber es diente meinem Zweck, Niall unter die Knute zu bekommen und ihn für den Häusertausch einzuspannen.

Ich registrierte unser Haus auf einer Häusertausch-Seite und wies Niall an, dasselbe zu tun.

Der zweite Teil meines Plans war die Hoffnung, dass Niall für Renzo gehalten werden würde. Sie sahen sich recht ähnlich, hinzu kam, dass Beth etwa so groß ist wie ich und ähnliches dunkles Haar und eine ähnliche kurvige Figur hat. Mit etwas Glück würde Luca also nichts merken. Ich weiß, dass dieser Teil ein gewisses Risiko barg, aber Luca war so versessen aufs Töten, dass er vorher wohl kaum innehalten und Referenzen prüfen würde. Luca war Renzo nie begegnet, und Niall wohnte in meinem Haus – wer sonst sollte es sein? Außerdem war Luca nicht bei klarem Verstand, das half ebenfalls.

Ich empfand schon ein wenig Reue, weil ich Niall in Lucas wahnsinnigen Plan verstrickte. Doch ich sah es auch als Racheakt dafür, dass Niall mich vor all den Jahren mit seinem Kind sitzen gelassen hatte.

Salopp ausgedrückt habe ich zwei Fliegen mit einer Klappe geschlagen: Rache an Niall, während ich meinen Stalker dazu bringe, den Falschen umzubringen, verhaftet zu werden und für immer aus meinem Leben zu verschwinden.

Mein Plan B, falls sie Luca nicht erwischen würden, sah vor, den Verdacht auf Beth zu lenken. Immerhin war sie die eifersüchtige Ehefrau, die gerade erst herausgefunden hatte, dass ihr Mann sie betrogen und ein Kind mit einer anderen hatte. Ihr Motiv wäre klar.

Ich dachte, ich hätte alles so gründlich geplant. Ich hätte sorgfältig für jede Eventualität gesorgt. Ich hatte nicht damit gerechnet, dass der verfluchte Luca Reue dafür zeigen würde, die falsche Person ermordet zu haben. Dass er der Polizei alles gestehen würde.

Der dämliche Kerl hatte einen kompletten Zusammenbruch, und das ausgerechnet in meinem Badezimmer. Als er erfuhr, dass er aus Versehen Beths Mann getötet hatte, stellte er sich der Polizei und erzählte ihnen alles.

Im Zuge seines Geständnisses zeigte er der Polizei auch unseren Nachrichtenverlauf. Zum Glück hatte ich nichts Belastendes geschrieben – *so* doof bin ich nicht. Doch die Ermittler schöpften Verdacht, ich könnte meine Familie außer Gefahr gebracht und stattdessen unschuldige Menschen ins Fadenkreuz gerückt haben. Sie waren zudem misstrauisch, weil ich Luca nicht angezeigt hatte. Natürlich stritt ich ihre Anschuldigungen vehement ab und behauptete, ich hätte zu viel Angst gehabt, um zur Polizei zu gehen, weil das Lucas Wut vielleicht noch weiter angeschürt hätte – und das ist ja auch nicht komplett gelogen.

Es kam zum Prozess, aber sie konnten nicht beweisen, dass ich irgendetwas Falsches getan hatte. Ich hatte nicht geplant, jemanden umzubringen. Ich war einfach mit meiner Familie in den Urlaub gefahren. Ich zitterte und schluchzte und beteuerte den Geschworenen, ich hätte nie ernsthaft gedacht, dieser Mann würde etwas so Drastisches tun. Und sie glaubten mir. Renzo sagte nichts, was mich belastet hätte. Ich weiß nicht, warum – er hätte ihnen von meinem Geständnis ihm gegenüber erzählen können. Vielleicht wollte er nicht, dass die Mutter seiner Kinder ins Gefängnis kommt. Vielleicht machte er sich aber auch Sorgen, dass diese Geldwäschegeschichte herauskommen könnte. Eigentlich spielt es auch keine Rolle.

Zum Glück schaffte ich es, meinen Security-Typen in die Villa zu schleusen, nachdem die Polizei weg war. Er entfernte die ganzen versteckten Kameras und erneuerte den Putz, wo es nötig war. Sie waren so clever platziert, dass es mich nicht erstaunt, dass sie unentdeckt geblieben sind. Ich hatte Sorge, dass die Polizei sie vielleicht finden würde, aber für diesen Fall hätte ich eine Erklärung parat gehabt. Ich hätte ihnen aufgetischt, die Kameras seien Teil des Sicherheitssystems des Hauses, wir hätten sie aber für die Dauer des Häusertauschs abgeschaltet. Glücklicherweise musste ich nicht auf diese Variante zurückgreifen und ich ließ die Kameras entfernen, ohne dass auch nur Renzo von ihnen erfuhr.

Luca wanderte ins Gefängnis und wird so bald auch nicht mehr herauskommen, Gott sei Dank. Natürlich stand die Angelegenheit in allen Zeitungen und kam auch in den Nachrichten, also hat sie mir das komplette Geschäft und den Ruf zerstört. Ich mag zwar keines Verbrechens schuldig gesprochen worden sein, doch die Medien stürzten sich nur zu gern in Spekulationen und machten mir das Leben zur Hölle.

Renzo bekam es hin, die Sache mit dem geliehenen Geld aus der Welt zu schaffen – zumindest behauptete er das, als ich ihn danach fragte. Er spricht kaum noch mit mir. Er ist mit den Kindern zurück in sein schönes Elternhaus gezogen. Sie leben noch in Maiori, also müssen die Kinder nicht die Schule wechseln oder neue Freunde finden. Renzos Vater hatte allein in dem Haus gelebt, seit seine Frau gestorben war, und ich habe keine Ahnung, wie er damit klarkommt, dass dort nun wieder mehr los ist.

Mir ist es nicht so gut ergangen. Ich verlor mein Zuhause – auf dem eine deftige Hypothek lastete. Ich verlor wegen der schlechten Presse meine Lebensgrundlage. Und natürlich verlor ich meine wunderschöne Familie. Jetzt lebe ich hier, in dieser billigen Mietwohnung im Landesinneren. Ich hasse sie. Sie ist eng und muffig, die Nachbarn machen Lärm und ich habe Angst, hier im Viertel allein herumzulaufen.

Ich vermisse mein schönes Haus und meine Arbeit. Ich vermisse meinen Renzo. Er zahlt mir einen kleinen Unterhalt, was wohl immerhin etwas ist. Ach ja, und ich sehe Franco und Flora jede zweite Woche, aber das ist nicht dasselbe. Ich bin keine mütterliche Person. Allein stelle ich mich nicht gut an mit den Kindern, nicht ohne Renzo, der immer den Hauptteil erledigt hat. Mir geht das kindische Geschnatter auf den Geist. Ich liebe sie, natürlich, aber ich will, dass wir alle als Familie zusammen sind. Ohne meinen Mann funktioniert es nicht. Nichts funktioniert ohne *ihn*.

Ich habe alles verloren, und ich weiß nicht, wie zum Teufel ich es wieder zurückbekommen soll.

Ich hege immer noch die Hoffnung, dass Renzo vielleicht darüber hinwegkommt. Er ist so ein guter Mensch. Ich hoffe, dass er niemand anderen kennenlernt, und dass er das Gute in mir sehen möchte.

Auch, wenn ich es selbst nicht sehen kann.

Ich gebe ihm Zeit, aber ich gebe ihn nicht auf. *Ich kann nicht.* Ich kenne Renzo gut. Ich weiß, was ihn glücklich macht, was ihn wütend macht, was ihm das Herz zerreißt. Das alles kann ich zu meinem Vorteil nutzen. Ich kann nicht fassen, dass ich das komplette Paket hatte und mir alles habe entgleiten lassen. Doch ich bin nicht die Art Mensch, die das einfach hinnimmt. Die aufgibt, sich fallen lässt und Trübsal bläst. Nein. Mich treibt das brennende Bedürfnis an, meine Familie zurück-zuerobern. Wieder respektiert, bewundert und geliebt zu werden. Wenn der richtige Zeitpunkt kommt, mache ich meinen Zug und bekomme alles zurück.

Als Erstes muss ich sicherstellen, dass Beth Renzo niemals verrät, was sie weiß. Die scheißperfekte Beth, die es jetzt schön bequem hat, wirklich nett, in ihrem hübschen Cottage auf dem Land, wo jedes Vierteljahr die fetten Tantiemenschecks ihres toten Ehemanns eintrudeln.

Zugegeben, ich bin überrascht, dass sie schon so lange den Mund darüber hält, wer Francos Vater ist. Zumindest hoffe ich, dass sie das tut. Sicher hätte ich davon erfahren, wenn sie Renzo etwas gesteckt hätte, denn dann wäre er sofort zu mir gekommen, schwer gebeugt vor Kummer und schäumend vor Wut. Auf das Drama kann ich gut verzichten. Ich wünschte, ich hätte es Beth gar nicht erst verraten müssen. Obwohl es schon ein herrliches Gefühl war, ihr diese Bilder zu schicken.

Vielleicht wartet sie auf den richtigen Moment, um zuzuschlagen. Lässt mich zappeln. Hält drohend das Schwert über mich. Das würde ich jedenfalls tun, wenn ich sie wäre. Ich würde das Wissen für den Fall der Fälle in der Hinterhand behalten. Schließlich bedeuten Geheimnisse Macht. Aber ich werde nicht zulassen, dass jemand diese Art Macht über mich ausübt. *Auf keinen Fall.* Ich darf das Risiko nicht eingehen, dass sie etwas ausplaudert.

Ich wende mich von der deprimierenden Aussicht ab und laufe im winzigen Wohnzimmer auf und ab. Ich muss etwas wegen Beth unternehmen. Und zwar bald. Möglicherweise war es in Wirklichkeit ein Segen, dass Luca in mein Leben getreten ist, dass ich lange Unerledigtes abhaken konnte, dass ich die Unannehmlichkeiten loswerden konnte, die mich jahrelang verfolgt haben. Vielleicht kann ich selbst vollenden, was Luca begonnen hat. Doch das würde noch eine Reise nach England bedeuten, und das könnte Verdacht erregen, vor allem, wenn ich allein fahre.

Ich frage mich, ob ich Renzo überzeugen könnte, mir eine Woche lang die Kinder zu überlassen. Noch eine Reise, um unsere Bindung zu stärken und ihre britischen Wurzeln besser kennenzulernen, da der letzte Urlaub ja so ein abruptes Ende genommen hat. Vielleicht könnte ich Renzo sogar überreden, mitzukommen. Bei dem Gedanken macht mein Herz einen kleinen Hüpfer.

*Ja.* Ich glaube, das könnte der perfekte Zeitpunkt sein, um noch einen Familienurlaub zu planen …

# EPILOG

Ein Jahr zuvor

*Entsetzt starrt Luciana auf die Blutflecken an der Jacke ihres Bruders. Sie wendet sich Beth zu und packt sie beim Arm. »Der Mann, er hatte ein Messer! Er hat auf meinen Bruder einge-stochen!«*

*Lucianas Herz klopft wie wild. Es ging alles so schnell. Sie kamen mit Beths Kindern an der Villa an, und plötzlich brach die Hölle los.*

*Luciana ringt um klare Gedanken. Sie nimmt ihr Handy aus der Tasche und wählt den Notruf. Zum Glück geht sofort jemand dran und sie gibt die Einzelheiten durch, wobei sie sich bemüht, nicht drauflos zu schnattern, und sich zwingen muss, ruhig zu bleiben. Wilder Schrecken rast ihr durch die Adern. Das letzte Mal, als sie sich so gefühlt hat, hatte ihr Ex-Mann sie geschlagen. Das war das letzte Mal, bevor sie von irgendwoher den Mut nahm, ihn zu verlassen. Zum Glück ist er nun nicht mehr Teil ihres Lebens, doch der Gewaltausbruch heute Abend hat die Angst zurückgeschleudert. Ihre Haut ist schweißüber-zogen und ihre Kehle trocken.*

»Geht es ihm gut?«, ruft Beth, die den Blick voller Entsetzen auf Lucianas Bruder gerichtet hält.

»Ich bin okay«, ächzt Matteo, während die Frau am Telefon Luciana versichert, dass der Rettungswagen bald bei ihnen ist, genau wie die carabinieri.

Luciana fällt ein, dass sie vor lauter Sorge um Matteo gar nicht gefragt hat, wie es Beth geht. Sie dreht sich um und sucht ihre Freundin nach irgendwelchen Spuren von Blut oder Verletzungen ab. Beth ist aschfahl vor Schock. Sie scheint unversehrt zu sein, aber vielleicht ist sie auf andere Weise traumatisiert. »Bist du auch verletzt?«

Beth schüttelt den Kopf. »Nein, ich nicht.« Sie wird noch blasser und sieht aus, als würde sie gleich ohnmächtig werden.

»Dein Mann?«, fragt Luciana, als ihr klar wird, dass von Niall jede Spur fehlt. »Wo ist er? Oben?«

»Sch.« Beth legt einen Finger an die Lippen und wirft einen Blick zurück durch den Türrahmen, um zu sehen, ob die Kinder auch nichts hören. Doch sie haben sich dicht zusammengekauert, die hängenden Köpfe zusammengesteckt und reden miteinander.

»Niall ist verletzt?«, fragt Luciana mit gesenkter Stimme.

Beth schüttelt den Kopf und presst die Lippen aufeinander.

»Was?« Luciana wird klar, dass Beths Mann vielleicht ebenfalls Hilfe braucht. Sie sieht sich kurz nach Matteo um, der ihr aufmunternd zunickt.

»Niall ... Er ist ...« Beth schüttelt wieder den Kopf und legt die Hand vor den Mund.

»Was?« Versucht Beth ihr zu sagen, dass Niall tot ist? Ihr Herz beginnt zu rasen.

Beth flüstert: »Er ... Er ist draußen auf der Terrasse.«

Luciana nimmt ihre Hand und drückt sie, in dem Versuch, ihre Freundin zu beruhigen. »Die Polizei und ein Rettungswagen sind auf dem Weg.«

Beth sieht sie mit geweiteten Augen an. »Es ist zu spät für einen Rettungswagen. Ich sollte nach ihm sehen, aber ich muss *mich um meine Jungs kümmern und sie sollen nicht sehen ...«* Beth bricht die Stimme und Luciana überrollt eine Welle des Mitleids.

»Natürlich musst du bei deinen Jungs sein«, antwortet Luciana. »Bleib hier. Bitte hab ein Auge auf Matteo. Ich sehe nach deinem Mann.«

»Sicher?«

Luciana nickt. Sie sagt ihrem Bruder, dass sie gleich wieder zurück ist, bevor sie durch die riesige Küche Richtung Terrasse verschwindet. Als würde sie in einem Traum feststecken, schüttelt sie den Kopf über die dramatischen Ereignisse des Abends. Sie fragt sich, was Amber und Renzo über all das denken werden, wenn sie davon erfahren. Sie wirken immer so unnahbar. Als liefe für sie stets alles perfekt, wohin auch immer sie kamen. Nicht wie normale Menschen mit den üblichen Problemen und Sorgen. Wenn das hier wirklich ein misslungener Raubüberfall war, haben die Masons unheimliches Glück gehabt, gerade zufällig im Urlaub zu sein. Aus der Schusslinie. Die Kildares hatten weniger Glück.

Luciana erreicht die offene Terrassentür und bleibt wie angewurzelt stehen, als sie Niall entdeckt, der grauenhaft verrenkt auf der Terrasse liegt. Dunkles Blut breitet sich als Fleck um seinen Kopf aus. Sie schüttelt sich. Von hier aus sieht es offensichtlich aus, dass der Mann tot ist. Vielleicht sollte sie einfach zurückgehen und Beth sagen, dass es ihr leidtut, dass sie ihren Mann verloren hat.

Luciana will unbedingt zurück zu ihrem Bruder. Sie will bei ihm sein, während sie auf den Notarzt warten. Zudem ist sie nicht besonders wild darauf, Nialls gebrochenem Körper noch näherzukommen. Aber sie hat Beth versprochen, dass sie nach ihm sieht, also muss sie tapfer sein und ihn genauer in Augenschein nehmen.

Ihr Magen verkrampft sich in ängstlicher Erwartung. Sie holt tief und beruhigend Luft und verlässt die helle Sicherheit der Küche. *Auf wackligen Beinen überquert Luciana die Terrasse.*

*Als sie sich dem Körper nähert, erkennt sie, dass Nialls Gesicht aschfahl ist. Seine Augen sind geschlossen, sein Mund steht offen und er rührt sich kein bisschen. Sie hockt sich neben ihn, legt ihm Zeige- und Mittelfinger seitlich an den Hals und sucht nach einem Puls, spürt aber nichts. Er ist mit ziemlicher Sicherheit tot.*

*Vielleicht ist es besser so. Der Mann war ein arroganter Tyrann, und obwohl sie das Paar erst seit Kurzem kennt, kann Luciana nicht abstreiten, dass sie sich über Beths Ehe Sorgen gemacht hat. Über ihre offensichtliche Angst vor ihm. Über ihre Unterwürfigkeit. Niall hat Luciana sehr an ihren Ex-Mann erinnert. Diese kühle Herablassung und dieser gebieterische Ton. Dass er nichts duldete, was nicht auf seine Art und Weise geschah. Die gleichen Eigenschaften hat sie auch in dem Mann erkannt, der hier liegt. Sie kann nicht mit Sicherheit sagen, ob Niall Beth auch körperlich missbraucht hat, aber wenn nicht, war es nur eine Frage der Zeit.*

*Nun, jetzt ist er nicht mehr, und Beth bekommt vielleicht eine neue Chance auf ein glückliches Leben. Ein Leben, in dem sie eine Karriere und finanzielle Unabhängigkeit haben kann. In dem sie nicht ständig wie auf Eiern gehen muss. In dem sie sich nicht immerzu nach den Launen von jemandem richten muss, der sie herumschubst und kleinhält.*

*Luciana richtet sich auf und will gerade aufstehen, da gefriert ihr das Blut in den Adern.*

*Nialls Augen sind offen.*

*Er starrt sie geradewegs an.*

*Lucianas Handflächen werden feucht, doch sie kann sich immer noch nicht rühren. Kann den Blick nicht von dem Mann lösen, den sie für tot gehalten hat.*

*»Hilf ... mir«, krächzt Niall.*

*Luciana schaut ihm wie gelähmt in die Augen. In die Seele.*

Sie sollte hineinrennen und Beth holen. Die Sanitäter werden jeden Moment hier sein. Sie werden ihn retten, und die Ärzte werden ihn irgendwie wieder zusammenflicken. Beth wird ein Stein vom Herzen fallen.

Doch dann wird sie abermals in dieser giftigen Beziehung gefangen sein.

Luciana ballt die Fäuste, als die Erinnerungen sie überfallen. Die Hiebe in ihre Rippen, der höhnische Spott, die lähmende Angst in ihren Knochen, das Grauen davor, dass ihr Mann sie umbringt und ihre Jungs ihm dann ausgeliefert sind. Die ungezügelten Emotionen, von denen sie dachte, sie hätte sie hinter sich gelassen, scheinen sie zu überwältigen.

Dann, plötzlich, verlangsamt sich Lucianas Herzschlag, ihr Kopf klärt sich und ihr Körper hört auf zu zittern. Sie sieht Niall weiterhin in die Augen, während sie die Hände um seinen Kopf legt. Es bedarf jetzt keiner Worte.

Sie hebt seinen Kopf ein Stück vom Boden an und donnert ihn dann zurück auf die Porzellanfliesen. Das tut sie einmal, zweimal. Sein Blick wird unscharf, vorsichtig legt sie seinen Kopf ab und steht auf. Sie geht wieder hinein, um Beth die grausame Gewissheit zu überbringen: Genau, wie sie vermutet hat, ist ihr Mann ganz ohne Zweifel tot.

# MEHR VON BOOKOUTURE
# DEUTSCHLAND

Für mehr Infos rund um Bookouture Deutschland und unsere Bücher melde dich für unseren Newsletter an:

*deutschland.bookouture.com/subscribe/*

Oder folge uns auf Social Media:

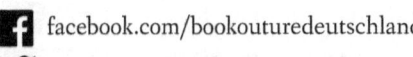

facebook.com/bookouturedeutschland

twitter.com/bookouturede

instagram.com/bookouturedeutschland

# EIN BRIEF VON SHALINI

Liebe Leser:innen,

danke, dass ihr euch entschieden habt, *Der Familienurlaub* zu lesen. Ich hoffe, es hat euch gefallen. Die Amalfiküste gehört zu meinen Lieblingsorten auf der Welt. Pete und ich haben dort vor fünfundzwanzig Jahren unsere Flitterwochen verbracht und die beste Zeit unseres Lebens gehabt – die Menschen, die Landschaft, das Wetter, das *Essen* ... allesamt unglaublich. Zwanzig Jahre später kehrten wir dann noch einmal für einen Familienurlaub zurück – zum Glück ohne Mordfälle und ohne Amber.

Wenn ihr gerne über meine Neuerscheinungen auf dem Laufenden bleiben möchtet, meldet euch einfach hier an:

*deutschland.bookouture.com/subscribe/*

Ich freue mich immer über Feedback zu meinen Büchern, wenn ihr also ein paar Minuten Zeit habt, wäre ich wirklich dankbar, wenn ihr netterweise eine Rezension schreiben oder euren Freund:innen davon erzählen würdet. Eine gute Bewertung versüßt mir jedes Mal den Tag!

Wenn ich nicht schreibe, lese, spazieren gehe oder Zeit mit meiner Familie verbringe, könnt ihr mich über meine Facebookseite, Twitter, Goodreads, meine Website oder die Mailingliste erreichen.

Vielen Dank,

Shalini Boland x

www.shaliniboland.co.uk

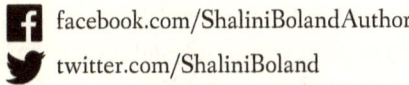 facebook.com/ShaliniBolandAuthor
twitter.com/ShaliniBoland

# DANKSAGUNG

Es ist jedes Mal so ein Vergnügen und so eine Freude, mit meiner sensationellen, talentierten Verlegerin Natasha Harding zusammenzuarbeiten. Danke für all deine harte Arbeit an diesem Buch während so einer schwierigen Zeit. Das weiß ich wirklich zu schätzen.

Danke auch an das wundervolle Team bei Bookouture. Jenny Geras, Ruth Tross, Peta Nightingale, Richard King, Sarah Hardy, Kim Nash, Noelle Holton, Alexandra Holmes, Emily Boyce, Saidah Graham, Aimée Walsh, Natalie Butlin, Alex Crow, Melanie Price, Hannah Deuce, Occy Carr, Mark Alder und alle anderen, die diesem Buch aus den Startlöchern geholfen haben.

Danke an meine exzellente Lektorin Maddy Newquist. Danke auch an Lauren Finger für deine hervorragenden Fähigkeiten beim Korrekturlesen. Danke an die Designerin Lisa Horton für ein weiteres atmosphärisches Cover, das ins Auge fällt.

Danke an Katie Villa, die all meine Hörbücher bei Bookouture liest, brillant produziert von Arran Dutton von der Audio Factory und Bookoutures unglaublicher Audio-Managerin Alba Proko. Ihr erweckt meine Figuren immer wahnsinnig toll zum Leben.

Ich habe viel Glück mit meinen ebenso treuen wie gründlichen Beta-Leser:innen. Danke, Terry Harden und Julie Carey. Ihr seid der Hammer!

Danke an all meine lieben Leser:innen, die sich die Zeit

nehmen, meine Romane zu lesen, zu rezensieren oder weiterzu-empfehlen. Das bedeutet mir sehr, sehr viel. Danke auch an alle fabelhaften Menschen da draußen, die über Bücher bloggen und posten und sie so bekannter machen. Ihr seid die Besten!

Und schließlich möchte ich meiner eigenen kleinen Familie danken, für eure grenzenlose Unterstützung, eure Gesellschaft, eure schlechten Witze, festen Umarmungen, das Chaos, das Lachen, einfach alles.